KB253385
KB253385

대성
臺城

강 위에 비 흩뿌리고 강가의 풀은 가지런한데
육조의 영화는 꿈과 같고 새만 부질없이 울고 있다
무정한 것은 궁성에 늘어진 버드나무이건만
변함없이 연기처럼 십 리 뚝방을 감싸고 있다

江雨霏霏江草齊
六朝如夢鳥空啼
無情最是臺城柳
依舊煙籠十里堤

풍류비공

風流飛功

—바람의 비기—

풍류비공 6

지화풍 新무협 판타지 소설

초판 1쇄 찍은 날 § 2006년 5월 22일
초판 1쇄 펴낸 날 § 2006년 5월 31일

지은이 § 지화풍
펴낸이 § 서경석

편집장 § 문혜영
편집책임 § 유경화
편집 § 심재영

펴낸곳 § 도서출판 청어람
등록번호 § 제1081-1-89호
등록일자 § 1999. 5. 31
어람번호 § 제2-0918호

주소 § 경기도 부천시 원미구 심곡1동 350-1 남성B/D 3F (우) 420-011
전화 § 032-656-4452 팩스 § 032-656-4453
http://www.chungeoram.com
E-mail § eoram99@chollian.net

ⓒ 지화풍, 2006

ISBN 89-251-0136-X 04810
ISBN 89-5831-918-6 (세트)

※ 파본은 본사나 구입하신 서점에서 교환하여 드립니다.
※ 저자와 협의하여 인지를 붙이지 않습니다.

풍류비공

風流飛功

| 바람의 비기 |

Fantastic Oriental Heroes

지화풍 新무협 판타지 소설

6
완결
풍류지도(風流之道)

도서출판 청어람

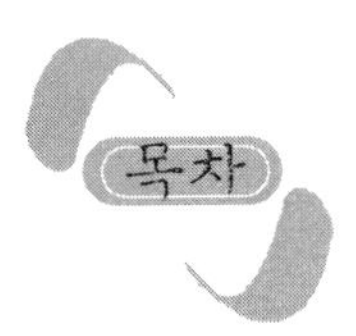

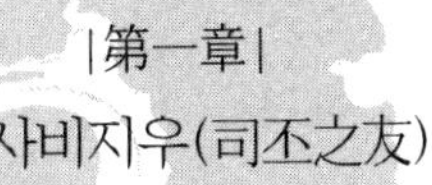

|第一章|
사비지우(司조之友)

"모두 물러서시오!"

공우생이 손을 번쩍 치켜들며 앞으로 나서자 사비를 향해 불나방처럼 날아들었던 무인들이 주춤주춤 뒤로 물러났다.

그사이 사비를 어떻게 처리할지를 놓고 고심 중이던 공황식은 헐레벌떡 달려온 수하의 귓속말을 듣더니 황급히 자리를 벗어나기 시작했다.

'으음! 좋지 않군! 하필 이런 시기에… 공주께서 오시다니…….'

공황식은 사비를 이렇게 두고 가는 것이 못내 걸리는지 쓴 입맛을 다셨다. 하지만 수정공주의 방문은 사비를 처리하는 일보다 훨씬 중요했다. 이에 공황식은 공우생이라면 사비 문제를 자신보다 훨씬 능숙하게 처리할 것이라고 자위하며 빠르게 걸음을 놀렸다. 하지만 그렇다고 불안한 마음이 없어지지는 않았다.

"의외군! 자네가 탈혼광랑이라니……."

잠시 의아한 눈길로 공황식의 뒷모습을 바라보던 공우생은 사비를 향해 한 걸음 더 다가가며 고개를 갸웃거렸다.

사비의 모습은 소문과는 다소 거리가 있다. 삼두육비의 괴물 같은 용모의 중년인이라는 것도, 도황마제를 처리함에 있어 본 실력으로는 부족해 흑화일심대와 합심을 했었다는 것도.

공우생은 지금 복인문과 마항산에게 펼친 무위로 보건대 사비가 도황마제를 단신으로 상대했을 가능성도 충분하다는 생각이 들었다.

"왜 생각했던 것보다 잘생겼어?"

공우생의 눈길을 맞받는 사비의 음양혼신포가 다시 검은색으로 돌아갔다. 이를 본 공우생의 눈에 찰나지간 이채가 스치고 지나갔다.

"복 방주와 마 방주를 저리 만든 것만 봐도 본 맹에 좋은 뜻을 품고 오지는 않았을 터! 하지만 난 자네 입을 통해 확실히 듣고 싶군. 그래, 본 맹에 찾아와 이렇게 행패를 부리는 이유가 뭔가?"

각기 걸개들과 신농방도들에게 부축을 받아 실려 나가는 마항산과 복인문을 착잡한 눈으로 바라보던 공우생이 다시 사비를 향해 고개를 돌려 물었다.

"얘기했잖아! 내가 여기 온 건… 개 한 마리를 잡기 위해서라고. 어라! 근데 그 개새끼는 어디 간 거야?"

사비는 공황식이 없어진 것을 확인하고 어리둥절한 표정을 지었다. 자신에게 부지런히 가공할 투기를 흘려보내는 공우생과 한쪽 구석에 웅크리고 서서 호시탐탐 기회를 엿보는 은강후에게 신경을 쓰느라 미처 공황식이 자리를 벗어나는 것을 못 본 까닭이다.

사비의 눈이 점점 찌푸려지자 공우생은 행여 그의 입에서 더 심한 말이 튀어나올까 염려되는지 급하게 입을 열었다.

“역시 백천맹에 있는 누군가를 노리고 왔다는 얘긴데… 그럼 하나만 더 묻지! 두 방주를 상대하던 자네의 무공… 음양마교의 마령심공이 맞나?”

“마! 령! 심! 공!”

공우생의 입에서 튀어나온 단어에 삽시간에 주변이 술렁였다.

탈혼광랑이 타락수라와 함께 다녔다는 소문, 그 둘이 모두 마령심공을 익히고 있으며 그들을 전인으로 키운 이가 흑화검성 사군우라는 소문. 한동안 무림을 일대 혼란으로 몰아넣었던 그 소문들은 지닌 내용이 하도 허황되어 나중에는 말 그대로 한낱 소문에 불과할 뿐이라 치부되었었는데, 공우생의 입을 통해 다시 한 번 쟁점으로 부각되고 있었다.

이윽고 모든 이의 시선이 자신의 입을 주목하는 가운데 사비가 귀찮다는 표정으로 입술을 삐죽거리며 입을 열었다.

“마령심공도 쓰긴 했는데… 그게 당신하고 무슨 상관이지?”

“……”

사비의 발언에 장내는 온통 긴장감이 감돌았다. 본인 입으로 아무거리낌 없이 마교의 무공을 익혔다고 하는데 더 이상의 대화가 무슨 필요 있으랴.

“마, 맙소사!”

지붕 위에서 사태를 지켜보던 유백이 고개를 설레설레 저으며 무휴의 어깨에 제 이마를 찧었다. 설마했는데 저런 식으로 쉽게 인정해 버린다면 자신이 어떤 수를 쓰더라도 사비는 이제 죽은 목숨이다. 사비가 마령심공을 익혔다고 인정한 것은 자기 스스로에게 내뱉은 사형 선고나 다름없었다. 그것은 이 자리에 있는 이들 중 가장 너그러운 성격일 가능성이 큰 도상 대사의 눈에서조차 살기가 감돌고 있는 것만 봐도 알 수 있는 일.

"어쩌죠?"

"끝이지!"

"아미타불!"

단리무옥의 걱정스런 물음에 유백이 또 한 번 고개를 저었고 무휴 대사는 두 눈을 지그시 감고 나직이 불호를 외웠다. 이미 사비에게 두 번이나 구명지은을 입은 그들로서는 위급한 순간마다 사비를 외면하게 되는 것 같아 못내 착잡한 심정을 금할 길이 없었다. 하지만 지금 이 상황에서 사비 편을 드는 것은 함께 죽겠다는 말이나 진배없었다.

"그렇다면 더 이상 자네 출신이 흑천인지, 음양마교인지는 물어볼 필요도 없겠군! 내 검이 무정타 말라!"

공우생은 자신과 평생을 두고 생사고락을 함께해 온 애검 천룡의 검병을 꽉 쥐고 눈앞으로 들어올렸다.

기이이이잉―!

고색 빛을 머금은 천룡검이 청아한 검명을 토했다.

'흐음! 역시 저 영감탱이도 구린 데가 있군! 내 무공이 마공에 근간을 둔 것이 아님을 알면서도 나를 이렇게 죽이려고 달려드는 걸 보면 말이야. 어디 그렇게 쉽게 되는지 한번 두고 보자고! 후후후!'

사비는 공우생의 전신 공력을 끌어올리는 것을 보며 새하얀 이를 드러내어 웃었다.

'웃다니⋯⋯?'

공우생의 눈가에 잔 경련이 일었다. 주변에 있는 사람들은 자신이 십성까지 공력을 끌어올렸다는 것을 느끼지 못하겠지만, 사비는 모를 리 없다. 마지막 기회를 주는 셈치고 일부러 진기를 흘렸던 것인데, 사비는 오히려 끌어올렸던 대부분의 기운들을 거둬들이며 피식 미소 지었다.

"지금… 뭐 하는 것이냐?"

"당신은 나를 못 죽여!"

"뭣이?"

"내가 음양마교하고 상관없는 사람이라는 건 당신도 잘 알잖아. 안 그래?"

"……."

사비가 툭 던진 말에 장내가 일순 찬물을 끼얹은 듯 조용해졌다. 하지만 공우생은 그런 분위기가 마음에 들지 않는지 고개를 번쩍 치켜들며 빠르게 입을 열었다.

"난 마교의 잡졸과 입씨름할 만큼 한가한 사람이 아니다! 그리고 넌 그 이유가 아니더라도 죽음으로 사죄해야 할 대죄를 저질렀다! 너는 연륜으로 보나 경륜으로 보나 하늘 같은 선대 명숙들을 암습해 그들의 명성에 치명적인 상처를 안겼고, 무인에게 있어 가장 소중한 명예를 앗아갔다! 내 너를 단죄하여 옛 지기들의 명예를 다시 찾아오겠다! 그러니 어서 검을 맞을 준비를 해라!"

공우생의 단호한 외침에 군웅들은 절로 고개를 숙이며 숙연한 얼굴이 됐다.

공우생의 악을 증오하는 마음은 그가 강호에 첫발을 내디뎠을 때부터 유명했다.

검황이라는 명호를 얻기 전까지 강소검패라 불렸던 공우생. 오죽하면 그가 죽였던 무수한 사마외도인들의 수급을 쌓으면 천 장 절벽을 메운다는 말이 있을까.

지금 공우생이 사비를 향해 보이는 서릿발 같은 눈썹은 정도 의기의 상징이나 다름없었다. 그러니 공우생과 대치하는 사비가 곱게 보일 리 만무했다.

"이 영감탱이가 노망이 났나? 혹시 당신 집에 가면 취미생활로 벽에 똥칠하면서 사는 거 아냐? 아니면 내 얘기를 좀……!"

"갈(喝)!"

스팟!

공우생의 검이 굵은 궤적을 그리며 사비의 허리를 양단했다. 일체의 변식도 없는 지극히 간결한 휘두름이었지만, 사비는 이전까지 겪어본 그 어떤 상대보다 강한 대적을 만났음을 직감했다.

"켁!"

사비가 괴상망측한 소리를 지르며 허공으로 뛰어올랐다. 그의 몸놀림 역시 너무 빨라 보이지 않았다. 마치 공우생의 검에 허리가 잘려 솟구쳤다는 착각이 일 정도였다. 하지만 공우생은 사비가 간발의 차이로 자신의 검을 피했음을 알았다.

"어림없다!"

쐐액—!

공우생의 검이 날카로운 파공성과 함께 삽시간에 육 장 길이로 늘어나며 사비의 명치를 향했지만, 검의 비행 속도가 하도 빨라 늘어난 것으로 보였을 뿐, 검은 여전히 넉 자 삼 촌의 길이였다.

허공에 떠 있던 사비가 날아오는 검을 보고 얼굴을 굳혔다. 지금으로서는 도저히 피할 수 없는 빠름.

그 찰나의 순간, 사비는 사가권에 화류패기를 실어 상대할 것인지, 아니면 흑화검을 꺼낼 것인지에 대해 고민했다. 하지만 어느 것도 여의치 않았다. 사가권으로 상대하기에는 공우생의 검신에 묻어 잔뜩 빛을 발하는 시퍼런 섬광이 불안했고, 흑화검을 꺼내기에는 검이 날아오는 가공할 속도가 불안했다.

결국 사비는 다급히 화류패기를 끌어올리며 만류흡을 전개했다.

슈곽!

검에 어깨를 관통당한 사비가 십여 장 뒤로 날아갔고, 그의 어깨에서 시작된 가느다란 혈선이 그의 신형을 따라 하늘을 붉게 물들였다.

그사이 공우생이 날렸던 천룡검은 끈이라도 달린 것처럼 공우생의 손으로 다시 돌아갔다.

"이, 이기어… 검!!"

장내의 모든 이들은 공우생이 펼친 신위에 놀란 나머지 입을 다물지 못했다.

그저 말 지어내기 좋아하는 호사가들이 옛이야기를 꾸며낸 것에 불과할 것이라 여겼던 이기어검의 경지가 눈앞에서 펼쳐지다니.

그러나 그런 지고무상한 무공을 선보인 공우생의 얼굴은 그리 유쾌해 보이지 않았다. 아니, 오히려 벌레 씹은 사람처럼 시커멓게 굳은 얼굴로 뒤로 몸을 날린 사비에게 시선을 고정하고 있었다.

"어떻게… 막았느냐?"

"내가 바보냐? 그걸 알려주게!"

"헉!"

공우생의 검에 관통당하는 사비를 보고 두 눈을 질끈 감았던 유백이 헛바람을 집어삼키며 눈을 번쩍 떴다. 방금 들린 장난기 다분한 목소리는 분명 사비의 것이기 때문이다.

"근데 말이야, 내가 아직 말이 안 끝났거든? 한 번만 더 내가 말하는 도중에 끊으면 그때는 나이고 뭐고 없어! 아예 골로 보내줄 테니까 각오하라고!"

유백이 있는 맞은편 전각, 천웅전의 지붕 위에 올라선 사비는 멀쩡했다. 또한 그의 목소리는 전에 비해 한결 차분해져 있었다.

공우생이 굳이 자신을 상대하면서도 주저리주저리 말이 많은 이유를 깨달은 것이다.

'이 영감은 나를 음양마교로 몰아 날 죽여도 뒷말이 나오지 않게 하려는 거야. 여기 모인 천하 각지에서 온 무림인들에게 정당성을 보여주려는 의도! 그렇다면 성질대로만 할 수는 없겠는걸!'

사비는 한 손으로 턱을 쓰다듬으며 공우생과 주변 무림인들을 돌아봤다. 자신의 방법이 잘못된 것 같다는 생각이 들었다.

설령 자신이 이곳 사람들을 모두 죽이더라도 사군우의 명성은 회복할 길이 없어진다. 자신이야 천하의 악인으로 몰리든 희대의 마인으로 치부되든 상관없었지만, 사군우가 그런 자신과 타락수라 화무영을 키운 더한 마인이 되는 것은 죽기보다 싫었다.

잠시 생각에 잠겼던 사비가 한결 가라앉은 목소리로 천천히 입술을 뗐다.

"난 파락호다! 미친개가 별명이었지. 싫은 일은 죽어도 안 했고, 마음에 드는 건 무조건 가져야 했어! 그래도 아무도 날 어쩌지 못했지. 내가 사는 세상은 당신들이 존재하는 무림이 아니었으니까! 그러다가 아저씨를 만났어! 당신들이 말하는 흑화검성이라는 사람을 말이야. 그는… 아니, 그분은 내게 어떻게 살아야 하는지 가르쳐 주셨어. 그리고 어떤 모습으로 살아가야 진정한 사내인지도 알려주셨지."

그의 목소리는 대기를 타고 주변 군웅들의 귓가로 부드럽게 흘러들어 갔고, 장내는 사비의 차분한 목소리에 동화된 듯 일순 숙연해졌다.

"지금까지 나쁜 짓 많이 했다. 사람도 많이 죽였고, 남의 것도 많이 빼앗았지. 하지만 아저씨를 만나고 나서는 누구를 마음 아프게 해본 적 없다! 물론 강호라는 빌어먹을 곳에 발을 디딘 후로도 사람 여럿 죽였지만, 내가 보기에는 모두 정상인 인간이 하나도 없었다! 당신들이 말하는 소위 천인공노할 죄를 저지른 사람이거나 아니면 날 죽이기 위해 안달이 났던 사람들이었지. 난, 그리고 아저씨는… 음양마교 같은 거하고는 전혀 상관없는 사람이라고!"

"……."

공우생은 생각을 정리하려는 듯 잠시 입을 다물었다. 사비의 일장 연설은 귀에 들어오지 않았다. 그저 사비에게 날렸던 한 수, 최대한 짧고 강한 인상을 남기며 끝내려던 그의 절초 중의 절초가 막혀 버렸다는 충격에서 헤어 나오지 못할 뿐이었다.

뒤에 서 있는 야왕 은강후의 기식까지 잠시 흐트러졌던 것으로 보아 분명 제대로 된 공격을 구사한 것 같기는 한데, 사비의 표정이나 호흡이 이전과 다름이 없다는 것을 좀처럼 인정하고 싶지 않았다.

"다시 한 번 말하지만 난 음양마교하고는 전혀 관련이 없다. 그리고 아까 그 영감탱이들과 싸운 건… 당신도 봤잖아. 나도 다치게 할 생각은 없었는데 먼저 달려들었던 거라고!"

"으음! 그렇다면 원로전에 사마석을 던진 건……."

"그건 실수였어! 나도 인정해! 하지만 다친 사람은 없잖아. 부서진 데는 내가 수리해 주면 될 거 아냐. 얼마면 돼?"

사비가 말을 끊자 공우생은 일순 말이 막혔다. 자신이 누군가와 대화를 나누다가 말이 막혔다는 사실이 좀처럼 믿기지 않았다.

‘크크크크! 역시 기막히군! 또 맥을 끊었어!’

공우생과 사비의 대화를 듣던 은강후가 공우생이 어떤 일을 당했는지를 눈치 채고 고소를 머금었다. 저렇게 사고가 단절되고 일시적인 공황 상태에 빠져드는 기분은 자신도 앵화루에서 느껴본 적이 있었기 때문이다. 하지만 공우생은 역시 달랐다. 그는 언제 그랬냐는 듯 정신을 추스르고 정광이 어린 눈을 들어 사비를 바라보며 입을 열었다.

“난 그 말을 인정하지 못하겠네! 그리고 그건… 여기 있는 모두가 마찬가지일 걸세.”

“과연 그럴까?”

“물론! 그러니 이제 죄과를 달게 받도록!”

“옳소! 탈혼광랑은 어서 검을 받아라!”

“악인의 말에 농락당하지 맙시다!”

사비가 두 눈을 빛내며 물었지만 공우생은 결연한 표정으로 고개를 끄덕이며 다시 천룡검을 들어올렸고, 여기저기서 그의 의견에 동조하는 외침이 터져 나왔다.

“역시… 쓸데없는 말을 한 건가?”

씁쓸한 표정을 짓던 사비가 날카로운 눈을 번득이며 천천히 고개를 들어올릴 때였다.

“그 말씀에는 동의할 수 없소!”

우렁찬 목소리가 군웅들의 귓전을 울렸고, 공우생을 비롯한 장내의 모든 시선이 정문 방향으로 펼쳐진 군자대로를 향했다.

백여 장 멀리서 우르르 몰려오는 우락부락한 인상의 장한들, 열혈갱생회였다. 그들은 사비가 사마석을 들고 간 덕분에 간단한 절차만 끝내고 맹 내로 들어올 수 있었다.

음성의 주인은 거기 섞여 있었다. 열혈갱생회의 보증을 서고 함께 안으로 들어선 인물은 떡 벌어진 어깨에 부리부리한 호안이 인상적인 중년 무인이다.

공우생이나 다른 십이제천에 비해 전혀 손색이 없는 기도를 지닌 그의 눈은 장내를 둘러보며 불편한 심사를 그대로 드러내고 있었다.

"구양 문주가 이곳에는 어쩐 일이시오?"

다가오는 이가 누군지를 잠시 살피던 공우생이 그가 뇌전권 구양극호임을 깨닫고 부드러운 목소리로 물었다.

"오래도록 검황 어르신을 흠모했지만 뵐 기회가 없어 무척 안타까웠었는데… 이제라도 뵙게 되어 영광이외다."

"문주님을 뵙습니다!"

오십여 장 가까이 다가온 구양극호가 공우생과의 인사를 끝내자 군중 속 여기저기 끼어 있던 벽력문원들이 한달음에 달려나와 일제히 허리를 숙였다.

그리고 그 수는 하나둘 많아지더니 종국에는 무려 이백에 달하는 인원으로 늘어났다. 이에 모인 중인들의 눈이 휘둥그레졌다. 벽력문이 백천맹에 와 있다는 것도 금시초문이고, 이 정도로 많은 인원일 거라는 예상은 더욱 하지 못했기 때문이다.

"장도는? 장도는 어디 있냐?"

"그것이……."

"이 잡것들아! 내가 너희들을 그렇게 가르쳤더냐?"

자신을 맞은 시무장로가 말끝을 흐리자 구양극호가 못마땅한 표정으로 버럭 소리쳤다.

"예? 그게 무슨 말씀이신지……?"

"어찌 여러 사람이 한 사람을 핍박하는데 손 놓고 구경만 하고 있느냐는 말이다!"

구양극호의 발언을 들은 군웅들의 얼굴이 일순 굳어졌다. 이는 구양극호와 벽력문이 사비 편에 선다는 뜻, 더 이상 다른 어떤 말도 필요없음을 의미했다.

"묻지 않느냐? 장도는 어디 갔냐는 말이다!"

"저 실은……."

[수정공주께서 왕림하셔서 지금 그곳에 가 있습니다.]

잠시 주변을 살피던 시무장로가 전음을 흘리자 구양극호의 두 눈썹이 꿈틀했다.

[뭣이! 그럼 소향군주는……? 그분도 오셨냐?]

[그것은 저도 잘 모르겠습니다.]

"음! 알겠다!"

구양극호는 한 손을 들어 물러가라는 손짓을 했다. 이에 그의 눈앞에 허리를 숙이고 있던 벽력문원들이 썰물 빠지듯이 사방의 군웅들 틈으로 다시 섞여 들어갔다.

'녀석! 어찌 이리도 단순한 것이냐? 중원무림 전체를 상대로 혼자서 뭘 어쩌겠다고… 그리도 급했더냐?'

천웅전 지붕 위에 꼿꼿이 선 채 아래를 내려다보는 사비의 모습에 구양극호의 눈시울이 남이 의식하지 못할 정도로 살짝 붉어졌다.

사비도 자신처럼 사군우에 대한 말도 안 되는 소문을 듣고 이곳으로 왔을 것이다. 그 소문의 진원지가 백천맹과 마사회였음은 알 만한 사람은 다 아는 사실. 또한 구양극호는 화무영이 보낸 서찰을 받고 부랴부랴 달려온 까닭에 지금 어떤 일이 벌어지고 있는지를 누구보다 잘 알고 있었다.

사비가 삼황과 오왕을 상대로 무모한 싸움을 시작하고, 종국에는 정도의 성역이나 다름없는 이곳 백천맹까지 달려와 저렇게 시위하고 있는 이유를.

구양극호는 잠시 사비에게서 눈을 돌리고 전면에 포진한 무림인들을 쭉 둘러봤다.

선린교와 군자대로는 십이제천의 출현 소식을 듣고 달려온 백천맹 무사들과 이곳에 몸을 의탁하려는 무림인들로 인산인해를 이루고 있다. 그 앞 천웅전 전면에는 정도의 수장들이, 그보다 조금 앞으로는 공우생과 은강후가 약간의 거리를 두고 사비를 지켜보고 있었다. 천웅전 후면 또한 오십 인의 의천단원이 검진을 펼친 채로 있어서, 사비 하나를 놓고 수천의 무림인이 포위한 형국이었다.

"에잉! 고얀 녀석! 그렇게 팔딱거릴 힘이 있으면 청해나 한번 다녀갈 것이지 코빼기도 비치지 않고 살더니 꼴좋구나!"

"지금 바쁜 거 안 보이슈? 한가한 인간이 와야지, 그 촌구석까지 내가 왜 갑니까?"

구양극호의 쩌렁쩌렁 울리는 음성에 사비가 씨익 웃으며 답했다.

"허허허!"

구양극호는 제집 안방에서 얘기하듯 전혀 스스럼이 없는 사비의 모습을 보며 허허로운 웃음을 흘렸다.

사비의 모습은 천하를 오시하던 누군가와 너무도 닮았다. 세상 어느 누구에게도 비굴하지 않고, 세상 그 무엇에도 잔인하지 않던 누군가의 눈빛과.

"저자는 백천맹의 주요 인사를 둘이나 암습하였소이다! 본인은 구양 문주가 저런 자 때문에 우리와 등을 돌리는 불상사는 없기를 바랄 뿐이오.”

“흥! 저 녀석이 농왕과 걸왕에게 부상을 입혔다면 그 말을 누가 믿겠소이까? 그리고 내가 아는 사비라는 놈은 일신의 안위를 위해 거짓말을 할 위인이 못 되오! 그건 내가 보증하지!”

구양극호의 냉랭한 어조에 공우생의 안색이 일그러졌다. 사비를 두둔하는 구양극호의 의지 표현이 귀에 거슬렸다. 이제 구십을 바라보는 자신이 한창일 때는 아직 태어나지도 않았던 새까만 후배의 말투치고는 과하다는 생각이 들었다.

'뇌전권! 네 버르장머리는 나중에 고쳐 주지!'

애써 내심을 감춘 공우생이 온화한 미소를 얼굴에 담고 다시 입을 열었다.

“웬만하면 구양 문주의 말을 들어주고 싶으나 천하무림의 집결체인 백천맹이 벽력문의 힘이 무서워 피했다는 소리를 들어 이제껏 유지되었던 질서가 깨질까 두렵소이다.”

“그러니까 벽력문 같은 조그만 방파는 끼어들지 말라 이거요?”

구양극호가 눈썹을 꿈틀하며 묻자 삽시간에 긴장이 감돌았다. 하지만 정작 당사자인 사비는 돌아가는 사태를 마치 강 건너 불 구경하듯 재미있다는 표정을 하고 관망했다.

순간 구양극호를 응시하며 하얀 눈썹을 찌푸리던 공우생이 일순 두 눈을 좁혔다.

'누군가 오고 있다!'

공우생은 고개를 들고 주변을 쓸어봤다. 낯선 기운이 느껴졌다. 기식이 엄밀하고 발걸음이 가벼운 걸로 봐서는 하나같이 고도의 수련을 거친 고수들이 분명했고, 그 수도 오십으로 결코 적은 인원이 아니었다. 인원 수나 실력 모두 백천맹의 최정예 무사들인 의천단원들에 견주어도 손색이 없는 고수들.

공우생은 다가오는 상대들이 남색 도복을 걸쳤음을 확인하고 두 눈을 빛냈다.

'곤륜!'

공우생이 나직한 침음성을 삼키며 경계의 눈빛을 보냈지만, 궁명 도장을 비롯한 곤륜 문원들은 한쪽 구석에 가서 조용히 서 있을 뿐 아무도 나서는 이는 없었다.

'당신, 정말 겁이 없군요. 아니면 삶에 미련이 없는 사람인가요?'

여태껏 남궁덕천의 옆에 서서 일련의 상황을 지켜보던 당미량은 주변을 포위한 무인들을 둘러보며 실실 웃음을 흘리는 사비를 보며 살며시 고개를 가로저었다.

당미량은 이제껏 누구를 동경하거나 갈망해 본 적이 없다. 그런 대상을 찾기에는 너무 뛰어나고 발군의 능력과 자질을 지니고 있었기 때문이다. 그래서 비록 겉으로 티는 내지 않아도 다른 이들을 무시하는 경향이 있었는데… 지금 눈앞에 있는 사비는 이전까지 당미량이 보았던 사람들과 전혀 달랐다.

'이 사람… 마음에 들지 않으면 백천맹 전체를 향해 서슴없이 검을 들이밀고도 남을 사람이야. 어쩌면… 그럴 능력까지 갖추고 있는지도 모르고……!'

좀 전 복인문, 마항산과의 싸움을 떠올리며 속으로 중얼거리던 당미량은 일순 가슴이 뛰었다. 잠시 잠깐 눈이 마주친 사비가 자신을 향해 한쪽 눈을 찡긋해 보였기 때문이다.

'알 수 없는 사람. 당신은 정도와는, 아니, 무림과는 전혀 어울리지 않는 사람 같아요. 풋!'

당미량은 한 손으로 입술을 막고 가벼운 웃음을 터뜨렸다. 사비가 기세등등한 눈빛을 던지는 무림인들을 향해 혀를 날름 내밀며 한쪽 눈을 괴상하게 일그러뜨렸기 때문이다. 하지만 다른 한편으로는 사비의 이런 어이없는 도발이 도무지 이해되지 않았다.

물론 복인문과 마항산을 그야말로 일순간에 패퇴시키는 것을 목도 했기에 그의 실력이 자신이 생각했던 것 이상임은 인정했지만, 아무리 그래도 한 사람이 여기 모인 저 수많은 군중을 모두 상대할 수는 없는 노릇이었다. 되도록 적을 만들지 말아야 그만큼 무사할 확률이 크다는 건 어린아이도 다 아는 사실. 잠시 잠깐은 군웅들을 설득하기 위해 나 름대로 애쓰는 것 같더니 지금은 포기했는지, 이제는 오히려 한 사람이 라도 자신에게 호감을 가질까 두렵다는 듯 엉뚱한 행동과 표정으로 주 변의 시선을 무시했다.

속으로 잠시 고민하던 당미량이 이내 눈을 빛내며 고개를 끄덕였다.

'그래! 어디 마음껏 해봐요! 난 무조건 당신 편이 되어줄 테니까!'

마음의 결정을 내린 당미량이 한 손을 번쩍 치켜들며 지면을 박차고 사비가 서 있는 지붕 위로 나풀 내려앉았다.

그것은 구양극호의 출현으로 잠시 멈췄던 중인들이 사비를 향해 으 르렁거리며 다시 달려들 태세를 갖출 무렵이었다.

"구양 문주님도 말씀하셨지만 저는 오늘의 싸움이 정당한 비무였음 을 보증합니다. 또한 여기 계신 사비 공자는 본 가와는 긴밀한 관계가 있으신 분이니, 사 공자를 적으로 삼으시면 본 가문 또한 부득이 끼어들 수밖에 없음을 유념하십시오!"

"헉! 저자는 일수불생!"

"그럼 탈혼광랑이 당문과 친분이 있다는 말이잖아!"

당미량의 또랑또랑한 목소리가 울려 퍼지자 그녀를 알아본 사람들이 놀란 탄성을 내질렀다.

"당가의 여식이 당돌한 데가 있구나! 자네가 이런다고 해서 달라지는 건 아무것도 없네! 저자가 음양마교의 무공을 사용하고, 농왕과 걸왕에게 극심한 부상을 입혔음은 부정할 수 없는 사실이니 말일세."

"……."

공우생의 나직하지만 위엄 가득한 목소리가 장내에 울려 퍼지자 군웅들은 일순 어리둥절한 표정으로 남장 중인 당미량을 힐끔거렸다.

그녀의 얼굴에 드리운 그늘이 보는 이들로 하여금 절로 울적한 마음이 들게 했다. 사내치고는, 아니, 여자라고 해도 가히 절색의 용모를 지니고 있었다. 그 용모는 석양빛을 받고 붉게 달아오르니 더욱 돋보였다.

"그, 그렇군! 일수불생이… 여인이었어!"

누군가의 외침에 장내가 다시 술렁였다.

이윽고 앙다물었던 당미량의 입술 사이로 낭랑한 음성이 퍼져 가기 시작했다.

"검황 어르신의 안목은 속일 수가 없군요. 그렇습니다! 저는 당문의 여식입니다."

"그럼 더 이상 일을 크게 만들지 말고 물러나게! 당문과의 관계가 소원해지면 무림으로서도 큰 손실이 아닐 수 없으니까."

공우생의 이번 발언은 당문의 명예를 최대한 존중해 준 것이었다. 어찌 됐든 자신으로 인해 당미량이 그동안 감춰왔던 비밀이 밝혀진 데

대한 보상이라고나 할까.

하지만 당미량은 공우생에게 가볍게 고개를 끄덕여 보인 것으로 인사를 대신한 후 천천히 입술을 뗐다.

"저는 물러날 수 없습니다! 앞서 말씀드렸듯이 사 공자는 당문과는 긴밀한 관계에 있으신 분입니다. 그런 분이 곤경에 처해 있는 걸 지켜보고만 있다면 그 또한 가문의 명예를 실추시키는 일이지요."

"아까부터 자꾸 긴밀한 관계라는 말을 연발하는데 도대체 무슨 사이인가?"

이제껏 잠자코 있던 은강후가 공우생의 옆으로 걸어나오며 비아냥거렸다. 마음 같아서는 좀 더 지켜보고 싶었으나 공우생의 불쾌한 표정으로 봐서는 이대로 가만히 있다가는 나중에 자신에게 후환이 미칠 수도 있을 거라는 예감이 들었다. 그만큼 공우생의 노기는 점점 커지고 있었다.

'의외군. 검황이 이런 일로 감정 조절을 하지 못하다니……?'

은강후는 공우생의 눈치를 살핀 후 다시 입을 열었다.

"만일 자네 말대로 탈혼광랑과 당문이 충분히 긴밀하다고 여길 만한 관계라면… 벽력문주의 보증도 있고 하니… 걸왕과 농왕의 일은 더 이상 왈가왈부하지 않겠소. 물론 그렇다고 해도 저자가 음양마교와 관련 있다는 전대 맹주님의 추측에 대해서는 이후 더 자세히 조사한 연후에 조치를 취해야 하고, 그전에 전대 맹주님의 동의를 얻어야겠지만… 어떠십니까?"

"흠! 동의하겠소! 단……!"

공우생은 살짝 말끝을 흐렸다. 장내에 모인 수천의 눈동자를 봐서라도 더 이상 이런 식으로 일이 커지면 안 된다는 생각이 들었다. 그리고 괘씸하기는 해도 당문과 벽력문이라는 전력을 사비로 인해 잃기도 싫었다. 한 사람이 아쉬운 현 상황에서 청해와 사천의 패자로 있는 당문과 벽력문을 놓친다는 것은 한 팔을 내어주는 것과 마찬가지였다.

'네놈은 추후에 손을 봐주지! 하지만 그건 여기서 벗어날 수 있는 운이 있을 경우겠지만 말이야!'

사비를 물끄러미 응시하던 공우생이 주변을 휘이 둘러보며 담담한 어조로 입을 열었다.

"물론 벽력문과 당문의 공중은 저자를 살리는 충분한 가치가 있소! 하지만 그렇게 일방적으로 두 방파의 손을 들어주기에는 다소 문제가 있소이다. 그건 중원을 지키기 위해 하루가 멀다 하며 이곳으로 달려온 마 방주와 복 방주에 대한 예의가 아니라고 생각하오. 그래서 나도 제안을 하나 할까 하오! 처음 이곳에서 탈혼광랑의 행동을… 지켜봤던 분들 중 개방, 신농방, 야문, 공가의 수장들과 함께 이 일에 대해 논하실 분이 있으시면 본인은 이 일을 불문곡직에 붙이겠소!"

"으음. 당치 않은 소리!"

구양극호가 버럭 고함을 쳤다. 하지만 공우생의 말은 지적할 만한 곳이 한군데도 없었다. 사비를 살리기 위해서는 저들 수장과 맞먹는 위치의 인물들이 보증을 서라는 얘기. 그것은 서로 간의 세를 존중하고 현 강호의 분위기에서 유혈사태없이 문제를 해결하는 최선의 방법이었다. 그러나 이는 결국 공우생이 사비를 살릴 생각이 없다는 뜻이기도 했다.

'허허! 육패와 싸울 자신이 있으면 나서라는 얘기군!'

구양극호는 씁쓸한 표정을 지으며 주변을 둘러봤다. 아무리 벽력문이 청해 서부 지역과 서장 전역까지 세를 넓혔다고 해도 육패 중 네 곳과 일전을 벌인다는 것은 계란으로 바위 치기.

이미 각오를 했지만 구양극호로서도 절로 한숨이 터져 나오는 것만은 어쩔 수 없었다. 하지만 그렇다고 사비를 포기할 생각은 추호도 없었다.

'난 자네를 잃은 것으로 충분하네! 사비는 반드시 내 손으로 구하겠어! 내 맹세하지!'

구양극호가 입술을 꾹 깨물며 불타오르는 전의를 갈무리하고 있을 무렵이었다.

"사제, 정녕 저자의 이름이 사비인가?"

"그렇습니다. 탈혼광랑이라는 명호로 더 잘 알려져 있지만 저 친구의 본명은 사비입니다. 흑화검성의 전인이기도 하지요."

"으음! 흑화검성이라……."

이제껏 잠자코 사비를 주시하던 궁명 도장은 신도원의 대답을 듣고 살며시 고개를 숙였다.

흑화검성과 연관이 있다면 굉천자가 말한 인물에 거의 확실했다. 사군우가 굉천자가 무림에서 사귄 몇 되지 않은 지인 중에 하나임을 알고 있는 까닭이다.

그렇다면 지붕 위의 인물이 자신에게는 사숙이란 얘기.

궁명 도장은 뜻하지 않은 곳에서 굉천자의 후인을 만났다는 사실에 참으로 난감한 생각이 들었다.

'흉수를 잡으려면 백천맹의 도움을 받아야 하는데… 이 와중에 나서면 오히려 서로 배척하게 될 것은 불을 보듯 뻔한 일. 이 일을 어쩌면 좋을꼬?'

속으로 고민에 잠겼던 궁명 도장이 천천히 고개를 들고 신도원을 바라봤다.

"사제라면… 어쩌겠나?"

“……."

신도원은 잠시 입을 다물었다. 그는 궁명 도장의 질문이 무엇을 의미하는지는 잘 알고 있었다. 사비와 곤륜의 관계는 굉천자를 죽일 당시 그의 입을 통해서도 들었고, 궁명 도장과 이곳까지 오면서 나눈 대화 중 일부이기도 했다.

만일 자신의 말 한마디로 곤륜까지 사비 측으로 붙는다면 거의 빼도 박도 못하고 사면초가의 위기에 놓여 있던 사비에게는 천우신조가 아닐 수 없다. 아무리 백천맹이라지만 마사회나 흑천과 일전을 치러야 하는 상황에서 벽력문이나 당문, 그리고 곤륜 같은 강력한 지원군을 포기할 리 만무했기 때문이다.

이윽고 바위처럼 굳게 입을 다물었던 신도원이 나직이 입술을 뗐다.

“저라면… 구합니다! 힘에 눌려 내 가족을 포기하는 일 따위는 죽기보다 싫습니다!”

“음!”

궁명 도장이 짧게 고개를 끄덕이며 기분 좋은 웃음을 흘렸다. 자신의 생각도 신도원과 같았다.

대를 위해 소를 희생하는 것이 상리(常理). 하지만 때로는 소를 위해 대가 희생되는 경우도 있는 법이다. 그리고 지금이 바로 사비를 위해 곤륜이 편하게 갈 수 있는 길을 포기할 바로 그때라고 궁명 도장은 생각했다.

“사제가 백천맹에서 닦아왔던 기반이 모두 물거품이 될 수도 있네.”

“어차피 백천맹에서의 일은 강호 경험을 쌓기 위한 것에 지나지 않았습니다. 제겐… 사람이 더 중요합니다.”

신도원은 차마 사비라는 이름을 거론할 수 없어 사람이라 바꿔 말하며 조용히 고개를 돌렸다.

그의 잘생긴 옆얼굴을 바라보는 궁명 도장의 눈가에 잔주름이 잡혔다. 신도원이 이런 인성을 지니고 있다면 다음 대 장문으로도 전혀 손색이 없으리라는 생각이 들었기 때문이다.

"허허! 사람이라… 그럼… 나서게!"

"말씀에 따르겠습니다!"

신도원은 궁명 도장을 향해 머리를 숙여 보인 후 곧바로 몸을 돌려 공우생 등이 있는 선린교로 이동하기 시작했다.

"무슨 일인가?"

공우생은 난감한 표정으로 입을 다문 구양극호를 바라보다가 다가오는 기척을 느끼고 신도원을 향해 슬며시 얼굴을 돌렸다.

"현재 추밀요원으로 재직 중인 곤륜 문하 신도원이라고 합니다!"

"삼신수 중 제일이 백룡성검이라더니… 자네가 백룡성검이었군! 그런데?"

공우생은 신도원의 헌앙한 얼굴을 빤히 쳐다보며 왜 나온 것이냐는 물음을 의아한 눈초리로 대신했다.

백룡성검은 벽력호, 탈혼광랑과 함께 삼신수라 불리며 검황 공우생의 귀에 들어갈 정도로 유명세를 타는 신도원의 별호다. 삼신수 중에서도 맨 먼저 알려졌고, 가장 상위로 인정받는 사내. 하지만 받고 있는 평가와 달리 장도나 사비에 비하면 무림에서 활약한 바는 의외로 적은 편이었다. 그런 와중에도 그가 삼신수에 들고, 나아가 삼신수 중 수좌를 차지할 수 있었던 이유는 그를 겪었던 수많은 무림인들이 그를 인정하고 칭찬을 아끼지 않았기 때문이다. 물론 흑천의 은밀한 입김이 작용한 것도 큰 부분을 차지했지만.

"드릴 말씀이 있어 나왔습니다."

“혹시 저자와 관련있는 말인가?”

공우생은 신도원의 정광 어린 눈을 지그시 바라보며 물었다.

“그렇습니다! 저뿐만 아니라 곤륜 전체와 관련이 있습니다!”

신도원의 긍정에 주변이 웅성거리기 시작했다. 무림에 등장한 지 오래되지 않은 사비가 이 정도로 많은 무림 인사들과 친분이 있다는 사실이 놀라울 따름이었다. 벽력문과 당문에 이어, 현재 구대문파 중 가장 강한 힘을 지니고 있을 것이라 여겨지는 곤륜까지.

중인들은 도대체 상황이 어떻게 돌아가는지 모르겠다는 표정으로 서로를 살피며 다시 숨을 죽였다.

그사이 잠시 눈을 들어 천웅전 위의 사비를 살피던 신도원이 다시 공우생을 향해 고개를 내리고 잔잔히 입을 열었다.

“얼마 전, 사문에 굉천 진인께서 소천하시는 변고가 있었습니다.”

“그런 일이 있었다니 정말 안타까운 일이네만… 그런데……?”

공우생을 포함한 모인 중인들은 갑작스레 튀어나와 엉뚱한 얘기를 늘어놓는 신도원을 향해 의아한 눈초리를 보냈다. 이곳에 모인 사람들 중 굉천자의 이름을 아는 이는 거의 없어, 그의 죽음이 곤륜에서 어떤 의미를 지니는지 전혀 몰랐다. 곤륜의 최고 배분 노사가 죽은 것이고, 그로써 곤륜선문의 맥도 끊겼다는 사실을.

“사비 사숙은 그분의 진전을 이은 유일한 분이십니다. 또한 굉천 진인께서 돌아가신 지금은 곤륜에서 가장 큰 어른이기도 하시지요!”

“…….”

공우생은 하도 어이가 없어 말이 나오지 않았다. 그것은 그의 뒤에 서 있는 은강후도 마찬가지.

은강후는 사비에 관한 모든 것을 알고 있다고 자신했었다. 그런데 사비가 곤륜과 인연이 닿아 있다는 것과 나아가 곤륜의 최고 배분이었던 굉천자의 진전을 이었다니, 신도원의 말이 도무지 믿기지 않았다.

'탈혼광랑은 흑화검성의 전인이 확실한데… 도대체 언제 곤륜선문의 진전까지 이었단 말인가? 언제……?'

곤륜은 야문의 이목에서 먼 곳에 위치해 있으니 굉천자의 죽음을 파악하지 못한 것은 그렇다 쳐도, 굉천자가 사비와 언제 어디서 만났는지는 추측조차 되지 않았다.

'저놈이 청해에 간 적이 없으니 굉천자가 중원으로 들어와 그를 만났다는 얘긴데…….'

은강후는 머릿속이 일시에 텅 비는 느낌이었다.

"지금 그 말을… 나더러 믿으라는 말인가?"

공우생이 신도원을 정면으로 바라보며 정색을 했다.

"죄송하지만 한입으로 두말하는 법은 배우지 못했습니다. 더구나 저희 장문께서 계신 자리에서 제가 어찌 거짓을 고해 사문을 욕되게 하겠습니까?"

"하하! 사제가 내 얼굴에 금칠을 하는군! 빈도가 게을러 이제야 인사를 드립니다. 궁명이라 합니다."

신도원이 공우생의 질책 어린 시선을 피해 뒷걸음질치자 궁명 도장이 호쾌한 웃음과 함께 앞으로 걸어나오며 포권을 취했다. 이를 본 중인들의 눈에 일순 경외감이 서렸다. 말로만 듣던 신비도문 곤륜 장문을 직접 봤다는 기쁨이었다. 하지만 그런 반응들이 공우생의 눈에는 무척 거슬렸다.

'영리한 아이로군!'

제아무리 곤륜 장문의 명성이 하늘을 찔러도 십이제천의 수좌를 차지하고 있는 검황 공우생을 넘볼 수는 없다. 그런데 신도원의 태도가 공우생보다 궁명 도장이 상대적으로 더 높다는 느낌이 들게 만들어주어 마치 공우생보다 더 대단한 사람이 등장하는 듯한 분위기를 조성한 것이다. 그렇다고 자신에 대한 신도원의 예우가 소홀했던 것도 아닌지라 공우생은 딱히 뭐라 꼬집어 말하기도 애매했다.

궁명 도장에게 마주 포권을 취한 공우생은 씁쓸한 얼굴로 은강후를 힐끗 쳐다봤다. 아무래도 이런 상황에서 나서는 것이 껄끄러웠다.

"하하하! 곤륜까지 탈혼광랑과 안면이 있다니 참으로 뜻밖이외다!"

은강후는 짐짓 호탕하게 웃으며 궁명 도장에게서 시선을 옮겼다.

그사이 중인들을 뚫고 선린교 위로 올라온 구양극호는 궁명 도장과 수인사를 나누며 그 자리에서 바로 교분을 맺고 있었다. 사비로 인해 같은 청해에 있으면서도 서로 소원한 관계에 있던 문파들이 순식간에 의기투합한 것이다. 공우생 등의 입장에서 보면 참으로 난감한 상황이 아닐 수 없었다.

졸지에 곤륜과 벽력문의 관계가 화기애애하게 변하는 것을 바라보던 은강후는 잠시 쓴 입맛을 다시다가 장내로 고개를 돌리고 외쳤다.

"벽력문, 당문, 곤륜이 탈혼광랑의 보증자로 나서주었습니다. 한곳만 더 나서시면 이 문제는 앞서 언급했던 대로 마무리 짓도록 하겠습니다. 다만 이번 일로 육패와의 관계가 소원해지지 않기만을 바랄 뿐입니다!"

은강후의 목소리에는 사람들의 심장을 울리는 웅혼한 내력이 담겨 있었다. 더 이상 아무도 나서지 말라는 무언의 압력이었다. 내력을 끌어올려 주변의 기식을 감별해 본 은강후는 앞에 나와 있는 삼 인 외에는 특별히 나설 만한 인물이 없다는 판단을 했지만, 좀 더 확실히 해두고 싶었다.

‘비록 상황이 이상한 쪽으로 전개되긴 했지만 어차피 결론은 하나! 네놈은 이제 설쳐 대지 못한다! 더 이상 너를 도울 자들이 없으니까!’

은강후는 천웅전 위에 나란히 서 있는 사비와 당미랑을 힐끗 쳐다본 후 마른 웃음을 삼켰다.

한편 유백과 무휴는 서로를 쳐다보며 잠시 고민하다가 약속이나 한 듯 전각 위에서 뛰어내리고 곧바로 담천자와 도상 대사를 향했다. 이를 보는 단리무옥의 눈동자가 세차게 떨린다. 그들은 더 이상 자신이 아는 유백과 무휴가 아니었다.

‘변했어! 정의회를 견제한다며 나서야 할 때도 참고, 타인의 시선을 의식해 정의를 외쳐야 할 때는 입을 다물던 그 사람들이 아니야! 저 사람이 이들에게 용기가 뭔지를 가르쳐 준 거야!’

단리무옥의 시선은 유백과 무휴의 등에서 그들 전면 위쪽에 있는 사비를 향했다. 그녀의 눈동자에 들어온 사비는 무휴와 유백을 발견하고 피식 웃고 있었다.

털썩!

“지금 이게 무슨 짓이냐?”

담천자가 자신 앞에 무릎을 꿇은 유백을 보며 눈살을 찌푸렸다. 유백의 행동이 자신들 쪽으로 중인들의 이목을 집중시킨 까닭이다.

“탈혼광랑은 저와 동료들의 목숨을 두 번이나 구해준 은인입니다. 어찌 무당의 제자로서 그런 구명지은을 입고도 모른 체할 수 있겠습니까? 더군다나 그는 마공은커녕 마도인들을 무수히 쓰러뜨리고 교화시킨 인물입니다!”

“썩 일어나지 못할까!”

“사숙! 무당의 이름으로 저 친구의 보증을 서주십시오!”

담천자의 노기 띤 목소리에도 유백은 전혀 아랑곳하지 않고 이마를 땅에 찧으며 목소리를 높였다. 그런 일은 담천자의 바로 옆에서도 벌어지고 있었다.

"앞으로 더 이상 이 일에 대해 입을 연다면 삼 년 동안 산문을 벗어나지 못하게 될 것이다!"

무휴는 도상 대사의 입에서 나온 소리에 큰 충격을 받은 듯 한동안 굽힌 몸을 움직이지 못했다. 도상 대사의 말은 삼 년의 면벽수련을 의미했기 때문이다. 하지만 그렇다고 여기서 멈출 수는 없었다.

"불제자의 신분으로 어찌 제 평안함을 위해 억울함을 겪는 중생을 외면할 수 있겠습니까? 저는 사 시주의 환란을 저버릴 수 없습니다."

"허! 선재로다! 지금 너의 행동이 소림에 어떤 영향을 끼칠지 정녕 모른단 말이냐? 또한 지금 여기서 우리가 분열되면 마도와 흑천의 기세는 어느 누가 막는단 말이냐?"

무휴와 그 옆에서 무릎을 꿇고 있던 유백은 아무 말도 하지 못했다.

"하여간! 쓸데없는 짓은. 그러다 사문에서 쫓겨날라. 어서 일어나!"

천웅전 위에서 그들의 대화를 모두 들을 수 있었던 사비는 유백과 무휴에게 핀잔을 줬다. 하지만 그의 얼굴에는 고마움이 역력하다. 그들의 행동이 결코 쉽지 않은 것임을 알기 때문이다.

그러나 유백과 무휴는 더욱 미안한 표정을 지었고, 사비는 안타까워하는 그들의 얼굴을 보며 가슴이 훈훈해짐을 느꼈다.

'혼자가 아니었군! 내 주위에도 사람은 있었어! 너도 있고……!'

사비는 속으로 중얼거리며 옆에 선 당미랑에게 눈길을 돌렸다. 걱정스런 눈으로 상황을 살피기에 여념이 없는 그녀의 얼굴이 측은하게 느껴진다.

“윽!”

순간 사비는 어깨를 움찔 떨었다. 어깨를 타고 흐르는 끈적끈적한 느낌. 공우생의 검에 관통당하며 생긴 상처에서 나오는 핏물이었다.

사실 그는 이미 오른팔을 까딱도 할 수 없을 정도의 부상을 입고 있었다. 음양혼신포가 검에 찢기지 않아 겉으로 드러나지 않았지만, 공우생의 강력한 내력이 그 속에 있는 사비의 어깨를 진탕시켰기 때문이다. 더구나 지금은 진기를 돌려 상처를 회복시킬 수 있는 상황도 아니었기에 상처는 점점 고통을 배가시키고 있었다.

[어이! 아가씨!]

“……”

사비의 전음에 당미량이 힐끗 고개를 돌렸다. 일순 어리둥절한 표정을 짓던 그녀가 사비의 파리해진 안색을 보고 입술을 바르르 떨었다.

[당신! 다쳤군요?]

[응! 더 이상 버티기 힘들군. 그러니까 이제 나서지 말고 내려가! 나도 상황 봐서 냅다 튀어야겠어.]

사비는 씩 웃어 보이며 당미량의 어깨를 툭 밀쳤다. 그와 동시에 그녀의 신형이 가볍게 흔들리며 허공으로 떠올랐다.

“아!”

몸을 움직이려던 당미량의 눈가에 잔 경련이 일었다. 몸이 말을 듣지 않았다. 사비가 그녀가 잠시 움직이지 못하도록 진기를 제어했기 때문이다.

당미량이 날아 내린 곳은 구양극호와 궁명 도장의 사이였다.

“아저씨는 걔 좀 붙잡아둬요! 그리고 궁명 장문이라고 했나요? 사부

일은 나중에 다시 상의합시다! 그럼 나는 이만……!"

구양극호와 궁명 도장을 번갈아 쳐다보며 입을 열던 사비가 막 기와를 박차고 솟구쳐 오르려는 순간이었다.

파파파팟—!

"멈추시오!"

의천단원들이 있던 뒤편에서 천웅전을 향해 수많은 인영이 벌 떼처럼 솟구쳐 올랐고, 그 기세가 하도 위맹한 까닭에 사비는 신형을 다시 멈추고 그들이 날리는 검을 피하기 위해 바쁘게 손발을 놀렸다.

파파파파앙!

사비는 전신을 급회전시키며 왼 주먹을 내질렀다. 이에 날아올랐던 이들의 반이 다급히 검을 떨치며 사비를 중심으로 양방으로 갈라졌다. 하지만 선기를 잡은 사비는 그들을 그대로 내버려 두지 않고, 왼팔과 양다리를 쉴 새 없이 흔들어댔다. 팔목이 기이한 각도로 꺾이고, 두 다리는 눈에 보이지 않는 속도로 움직인다. 사비는 마치 팔과 다리가 수십 개 달린 괴물로 보일 정도로 그들을 현란하게 몰아붙이며 틈을 주지 않았다. 그들 개개인의 무공 수준이 의천단은 비교조차 되지 못할 정도로 상당하여 자칫 방심했다가는 큰 낭패를 볼 것 같았기 때문이다.

퍼퍼퍽!

순식간에 세 인영이 허리를 꺾으며 나가떨어졌고, 이를 본 공우생의 눈이 경악으로 커졌다.

'저들은 흑화일심대! 이들의 합격을 받으면서도 우세를 점하다니… 가만! 이제 보니… 부상을 입었군!'

공우생은 흑화일심대를 상대하는 사비의 무위가 자신과 손을 섞을 때보다 한층 더 성장했음을 알아보고 크게 놀랐다가, 그의 오른팔이 부자연스러움을 발견하고 눈가에 화색이 돌았다.

슈슈슈슈슉―!

전신 요혈 다섯 곳을 향해 뻗어오는 다섯 줄기 섬광. 사비는 날아오는 검들 사이로 신형을 날리며 허리를 비틀었다. 그의 팔과 다리, 옆구리 사이로 하얀 섬광들이 스치고 지나갔다.

그 직후 머리 위로 섬뜩한 한기가 느껴졌다.

후아악―!

'젠장! 걸렸군!'

강맹한 바람과 함께 밀려드는 한기. 사비는 지금까지 이들이 행한 모든 공격이 이 한 수를 위해 준비된 것임을 깨닫고 입술을 깨물었다.

뚝!

사비의 정수리를 찍어가던 도신이 그의 이마 두 치 끝에 멈춰 부르르 떨렸다. 사비의 시뻘겋게 물든 혈수가 그의 명치 끝에 먼저 닿아 있었기 때문이다. 하지만 공격해 온 상대가 도신을 떠는 이유는 죽음에 대한 두려움이 아니었다.

방금 전 명치 끝으로 날아든 혈수.

'으음! 보이지도, 느껴지지도 않았다. 지금도 그렇고……!'

그는 자신의 손이 사비의 정수리를 반으로 가를 것이라 확신했었다. 그리고 그 확신은 사비의 절망에 찬 눈동자를 보며 더욱 굳혀졌다.

하지만 사비의 흔들리던 눈동자는 어느 틈에 투명해지기 시작했다. 그 투명한 눈동자는 점점 그의 눈가로, 얼굴로, 전신으로 번져 갔다.

사비가 마치 처음부터 이 자리에 없었던 사람처럼 아무 흔적도, 기척도 없이 사라져 버린 것이다. 그리고 잠시 후 사비는 다시 나타났다.

투명하던 몸을 붉게 물들인 채, 자신의 명치에 혈수를 댄 채 진한 살소를 피어올리며.

양청은 사비가 보인 몸놀림을 보고도 믿기지 않았다.

이윽고 사비가 착잡한 눈으로 눈앞에 서 있는 양청을 바라봤다.

"은혜를 원수로 갚는다는 걸 가르쳐 주고 싶었나?"

"……."

양청은 잠시 입을 다물고 사비의 물음을 되뇌다가 이내 밑으로 떨어져 내린 동료들과 사비를 둘러싸고 있는 동료들을 향해 눈짓했다. 이를 신호로 흑화일심대 전원이 사비를 향했던 검을 가슴께에서 수평으로 눕혔다가 수직으로 세우며 우렁찬 목소리로 외쳤다.

"흑화를 향한 일편단심 영원하리라! 양청이 흑화대주를 뵈오!"

쿵!

양청이 한쪽 무릎을 꿇고 이마를 기와 지붕에 부딪쳤다. 이름만 달랐지 주변에서 예를 취하는 흑화일심대 사십 인은 모두 한 목소리. 이 내공이 실린 절정고수 사십 인의 외침이 장내를 뒤흔들었다.

군웅들의 머릿속을 헤집고 가슴을 뒤흔들며 두 눈을 충격으로 몰아넣는 흑화일심대의 일치단결한 외침. 그 외침에는 죽음도 불사할 신념이 담겨 있었다. 그리고 이는 장내에 있는 젊은 무인들에게 기이한 전율로 다가왔다. 지금 흑화일심대가 보이는 모습, 그것은 그들이 꿈꾸는 진정한 무인의 표상이었기 때문이다.

"양 대주! 자네 지금 뭘 하자는 건가?"

공우생의 노안이 부들부들 떨렸다. 여태껏 살아오며 이 정도로 노해본 경우는 극히 드물다. 오늘은 마치 자신의 화를 폭발시키기 위해 작정한 사람들만 모인 것 같았다.

"당신은 우리를 끌어들였을 때 분명히 약속했었소. 흑화검성이 이곳으로 오면 그에게 맹주 직을 넘기겠다고……!"

양청의 낭랑한 외침에 중인들이 일시적인 공황 상태에 빠졌다. 공우생이 흑화일심대를 포섭하기 위해 그들이 신처럼 받들던 사군우에게 다음 맹주 위를 넘긴다는 조건을 걸었다는 놀라운 전대 비사가 밝혀졌기 때문이다.

양청은 사람들의 놀란 눈을 뒤로한 채 사비를 향해 힐끗 고개를 돌렸다.

"대주를 시험한 일은 흑화일심대의 의식 중 하나이니 용서하십시오!"

"이 인간들이 사람 감동시키는 재주도 있네! 끄응!"

양청은 피식 웃는 사비의 기세가 의외로 미약함을 느끼고 그 뒤에 시립해 있던 옥산하에게 눈짓을 했다. 이에 옥산하와 다른 흑화일심대원 하나가 곁으로 다가와 사비를 부축했다.

"그래서? 지금 백천맹을 넘기라는 것인가? 누구에게?"

"아니! 그런 건 바라지도 않소! 어차피 당신은 처음부터 대형에게 맹을 넘길 생각이 없었을 테니까. 우린 다만… 대주를 데리고 이곳을 나가기만 하면 그뿐이오."

"허! 대주라? 진정 탈혼광랑에게 흑화일심대를 바치겠다는 말인가?"

"그렇소!"

"자네들… 이제껏 돌봐준 상관에게 너무 심한 것 아닌가?"

양청이 크게 고개를 끄덕이자 공우생은 짐짓 서운하다는 투로 입을 열었다. 공황식의 의도로 흑화일심대의 전력이 크게 약화되긴 했어도, 이들은 어디 내놔도 손색이 없는 최고의 전투력을 지닌 무인들.

하지만 좋게 타일러 보려는 그의 의도는 백여 장 밖에서 들려온 웅혼한 외침에 물거품이 되었다.

"누가 우리를 돌봐줬다는 말이오? 그리고 흑화일심대의 상관은 오직 한 분이오! 사비 대주는 우리가 모시고 가겠소!"

단 몇 걸음으로 백 장의 거리를 좁힌 백리준이 천신장과도 같은 기세로 날아 내렸고, 양청은 그에게 가볍게 고개를 끄덕여 보였다. 그들은 이미 만남을 가졌었고, 앞으로의 일에 대한 논의까지 마친 상태였다.

"허! 하나로 뭉쳐도 힘들 이 시급한 상황에서 분열이라!"

공우생이 장탄식을 터뜨리자 곁에 있던 은강후가 이에 동조한다는 듯 고개를 주억거리며 백리준의 앞으로 걸어나왔다.

"자네들은 나이를 먹어도 여전히 혈기가 왕성하구먼. 하지만 무림에는 엄연히 법도라는 것이 존재하네. 이미 합의를 본 일에 대해서 이런 식으로 억지를 부린다면 우리도 힘으로 해결할 수밖에 없지!"

피이이이…… 펑!

은강후의 손에서 솟구친 하얀 섬광이 삼십 장 위 하늘에서 폭발하며 녹색 연기를 뿜었다. 그와 동시에 이곳에 모인 무인들이 사방을 두리번거렸다.

어느새 어둑어둑해진 사위를 뚫고 좌우 양방향에서 두 마리 황룡이 꿈틀꿈틀 다가온다. 야문과 신농방, 개방과 강소공가의 무인들이 횃불을 들고 일제히 몰려오며 나타난 현상이었다. 이에 정도의 수장들을 위시해 장내의 모여 있던 무림인 대부분이 슬금슬금 선린교 주위를 벗어나며 뒤늦게 달려온 육패의 무인들에게 자리를 비켜줬다.

그사이 옥산하는 사비를 부축해 백리준 곁으로 이동했고, 구양극호와 궁명 도장 등이 다가왔다.

더불어 흑화일심대는 그 주변을 에워쌌고, 곤륜 문원 오십과 벽력문원 이백이 달려와 흑화일심대가 유지하는 방어선 밖으로 더 커다란 호위망을 구축했다. 이로써 사비를 옹호하는 측의 삼백 무인 대 은강후의 신호탄을 보고 모여든 삼천 무사의 대결 구도가 형성된 것이다.

하지만 서로가 부딪치면 모두 큰 피해를 입을 것임을 알기에 양측 모두는 이렇게까지 치달은 상황이 못내 답답하게 느껴졌다.

"끄응! 심하군!"

사비의 옷을 풀어헤치고 어깨를 살피던 구양극호가 눈을 좁혔다.

"만천대허경이 실린 검에 자상을 입었습니다만 그보다는 몸속에 침투한 내기를 다스리는 게 더 급합니다. 빨리 치료하지 않으면 자칫 팔을 못 쓸 수도 있겠군요."

궁명 도장이 사비의 상세를 한눈에 알아맞히자 은강후의 눈에 이채한 가닥이 스치고 지나갔다. 그가 온 것은 사비와 공우생의 공방이 끝난 뒤의 일, 마치 좀 전의 상황을 본 것처럼 말하는 안목으로 미루어 궁명 도장의 무위 또한 가히 짐작이 갔다. 하지만 아무리 궁명 도장의 무위가 높아도 자신이나 공우생이 있으니 큰 걱정은 되지 않았다.

"어떤가? 이래도 고집을 부릴 텐가?"

은강후가 자신만만한 미소를 지으며 백리준을 쳐다봤다.

"고집을 부리다니요? 야왕 어른의 말씀은 이치에 맞지 않습니다."

"이치에 맞지 않다니……?"

은강후는 백리준의 옆으로 나온 당미랑을 보며 눈썹을 모았다.

"두 분 노사께서 사비 공자를 핍박하시는 이유는 그가 농왕, 걸왕 두 선배님께 내상을 입히고, 음양마교와 연관이 있다는 의혹 때문입니다. 하지만 구양 문주님이 오셔서 그를 두둔하시니 육패가 내린 결정에 이견이 있는 세력이 넷이 모이면 없던 일로 하시자고 했지요."

"하지만 나선 곳은 벽력문과 곤륜, 당문뿐이지. 한곳이 모자라네!"

“설마 흑화일심대가 거기에 속하지 못한다는 말씀인가요?”

“말이 되는 소리를 하게! 흑화일심대가 백천맹에 소속된 기관임은 온 천하가 알고 있네!”

은강후는 얼굴을 잔뜩 찌푸리며 당미랑을 꼬나봤다.

“그럼 여기 모인 분들이 들은 말은 뭐지요? 듣기로는 흑화일심대가 사비 공자를 대주로 모시기로 한 것 같은데, 그건 흑화일심대가 백천맹을 벗어나 한 세력으로서 독립을 선언한다는 의미 아닌가요?”

“그 일은 지금 따질 일이 아니네! 집법원로회의 논의도 거쳐야 하고, 맹주의 재가도 떨어져야 하는 중차대한 일을 어찌 이렇게 얼렁뚱땅 넘길 수 있겠는가?”

단호하게 고개를 저은 은강후가 주변을 둘러보며 버럭 외쳤다.

“더 이상 나설 곳이 없는 것 같으니 탈혼광랑은 우리가 처리하겠소!”

차아아앙―!

은강후가 손을 번쩍 치켜들자 사비 측을 포위하고 있던 무인들이 일제히 병장기를 뽑아 들었다.

“굳이 피를 보자면 피하지 않겠다!”

백리준이 양 장을 들어올리며 비장한 목소리로 외치자 이를 신호로 흑화일심대와 곤륜, 벽력문의 무인들이 진기를 끌어올렸다. 비록 수적으로는 턱없이 열세에 있었으나 문파에서도 고르고 고른 인재들이 온지라 그 기세만큼은 전혀 위축됨이 없었다.

“명을 내리시오!”

은강후는 공우생의 착잡한 얼굴로 고개를 돌려 물었다. 하지만 공우생의 입은 좀처럼 떨어지지 않았다.

사비를 옹호하는 저 세력들은 참으로 아까운 전력, 더욱이 이들과 부딪치게 되면 백천맹으로서도 결코 만만치 않은 타격을 입을 것임에 틀림없었다. 이에 이러지도 저러지도 못하는 공우생에게로 은강후의 전음이 들려왔다.

[처음부터 이렇게 지휘 체계가 흔들리면 흑천과의 싸움은 시작도 못 해보고 질 것이오! 어서 결단을 내리시오!]

공우생의 고개가 천천히 끄덕여질 무렵이었다.

"잠깐! 마지막 보증은 제가 하지요!"

내력 실린 목소리와 함께 두 사내가 경공을 펼쳐 질주해 왔다.

"마지막 보증이라… 자네는 어디 소속인가?"

은강후가 흥미로운 눈초리로 물었다. 그는 앞에 선 사내 중 하나가 결코 백천맹에 들어와서는 안 될 사람임을 알아채고 실소를 삼켰다.

'마도 놈이 백천맹의 심장부로 들어오다니… 겁을 상실했구나!'

은강후는 뭉실 피어오른 살심을 꾹 눌러 참으며 공우생을 향해 전음 을 날렸다.

[이자는 혼세광마라는 자로 마사회 소속 마검사이자 한음신마 위청 양의 아들이오. 골수까지 마도 쪽 놈인데, 한동안 탈혼광랑과 함께 다 녔던 것으로 알고 있소!]

공우생은 들려온 반가운 소식에 짧게 고개를 끄덕였다. 사비와 마도 의 관계를 까발릴 수 있는 기회를 지닌 자가 제 발로 찾아온 것이다.

하지만 위진군의 표정은 너무도 당당했다. 더욱이 그는 이전의 겁 많고 소심하던 위진군이 아니었다. 추룡객과 백천맹의 망루 위에 숨어 지금까지 벌어진 일들을 모두 목격한 그의 가슴은 사비가 지금껏 취했 던 당당하고 의연한 태도에 격앙되어 있었다.

'검황도 육패도, 심지어는 백천맹도… 당신을 막지 못하는군요!'

공우생과 은강후 앞에 다다른 위진군이 천천히 걸음을 멈췄다. 주변에서 자신을 바라보는 시선에 서린 불신과 놀라움, 그리고 살기가 느껴졌다. 하지만 위진군은 이 긴장되는 상황이 오히려 즐거웠다. 담대하기로는 둘째가라면 서러워하는 추룡객조차 자신의 뒤에서 숨을 죽이고 있었지만, 그는 이들의 시선이 별로 두렵지 않았다.

"혼세광마 위진군! 네놈은 목숨이 여벌로 몇 개 더 있는 것이냐?"

은강후가 살기를 풀풀 날리며 위진군의 코앞으로 다가왔다.

"하나!"

"……?"

"내 목숨은 하나뿐이오! 저분을 위해 바칠 하찮은 목숨 하나!"

위진군의 대답에 은강후가 실소를 머금었다.

"그 말은 탈혼광랑이 너의 목숨을 좌지우지할 수 있는 자라는 뜻인데… 그렇다면 마사회와 탈혼광랑이 관계가 있다는 것이 사실인 모양이군!"

은강후의 단정 섞인 음성이 장내 군웅들의 귓전을 파고들었다. 구양극호나 백리준으로서도 감히 나설 수 없게 만드는 쐐기의 발언이었다.

하지만 위진군은 여전히 담담한 미소를 잃지 않은 채다. 이에 은강후의 눈이 차갑게 빛났다. 이 정도의 여유라면 필시 뭔가 이 난국을 타개할 대비책을 가지고 왔다는 말이었다.

"난 싸우러 온 것이 아니외다! 또한 저분을 나 같은 것과 연관 지어 곤란케 하려는 의도도 없소. 난 마사회에 소속되어 있는 마검사요! 그런 내가 미치지 않고서야 어찌 아무 이유 없이 백천맹을 찾아왔겠소? 내가 온 이유는 백천맹에 두 가지 소식을 전하기 위해서요."

위진군은 자신에게 일제히 쏠린 시선을 마주 받으며 말을 이었다.

"사천이… 흑천에 넘어갔소. 아미 장문 무정 사태가 일검에 쓰러지고, 점창의 진 장문이 장문 직에서 물러났소. 청성 또한……."

"지, 지금 뭐라고 지껄이는 것이냐?"

은강후는 경악에 찬 눈으로 위진군의 얼굴을 뚫어져라 응시했다.

사천이라면 구대문파 중 세 곳이 위치한 지역이며 당문까지 버티고 있어 마도나 흑도의 무리는 전혀 발 붙일 수 없다고 알려진, 그야말로 정도무림의 요람이다. 세외로 향하는 길목에 있으면서도 정도인들이 가장 든든히 여기는 그 사천이 넘어갔다는 말을 어찌 믿으란 말인가.

"두 번째 소식은 이것이오. 본래는 맹주에게 직접……."

입을 열던 위진군이 품속으로 손을 집어넣자 여기저기서 살기가 쏟아졌다. 하지만 위진군은 아무 거리낌 없이 품속에서 한 장의 서찰을 꺼내 들었다. 자신의 담대함에 스스로가 놀라고 있었지만 지금은 그런 본인의 변화가 중요한 게 아니었다.

은강후가 위진군의 손에 들린 서찰을 낚아챘다.

"으음!"

받아 쥔 서찰을 급히 읽어 내려가던 은강후의 손이 부르르 떨렸다.

"야문은 더 이상 탈혼광랑 건에서 손을 떼겠소!"

은강후가 굳은 얼굴로 서찰을 넘기자 공우생이 서찰을 건네 받으며 쓴웃음을 지었다. 도대체 서찰에 어떤 내용이 적혀 있기에 이 약삭빠른 노인네의 태도가 이리 돌변했을까.

맹주 전.

마사회주 화무영이오. 공사다망하여 직접 찾지 못하고 이렇게 서찰로 인사드리는 점 양해하시오. 전할 말은 다름이 아니고 얼마 전 사천에서 일어난 변란과 앞으로의 일에 대해 상의를 드리기 위해서외다.

흑천이라는 신세력이 등장하며 아미, 청성, 점창을 봉문시키고 나아가 안휘와 절강까지 그 세를 확장했다는 소식은 물론 알고 계시리라 믿소. 안타깝게도 본 마사회에서는 사천의 위급을 미리 알아채지 못해 도움을 드리지 못했소이다. 강호동도로서 이웃의 어려움을 외면한 무정의 소치가 의도적인 것이 아니었음을 알아주시기 바라오.

이제 흑천은 명실상부 중원을 넘보는 세력임이 만천하에 드러났소. 이런 상황에서 마도와 정도를 나누는 일이 무슨 소용이며, 서로의 목에 칼을 겨눔이 무슨 이득이 있겠소이까? 그러니 우리 모두 중원무림이라는 하나의 이름으로 뭉쳐 흑천을 섬멸하고 함께 무림의 평화를 위해 손잡는 것이 어떨까 하여 의견을 구하오니…(중략)…….

공우생의 눈에 일순 경련이 일었다. 흑천이 마사회가 화의(和議)를 제의해 올 정도로 강력한 세력이라는 사실에 일순 등줄기로 한기가 몰아쳤다.

'신도세가는 사십 년 전보다 더욱 강해져서 돌아왔다. 헌원세가, 만수관, 천독문과 음양마교가 빠진 반쪽짜리 전력으로는 결코 상대가 되지 않는다! 역시 길은 마사회와의 공조뿐이던가?'

공우생은 은강후가 왜 그렇게 성급히 결정을 내렸는지 알 것 같았다. 그는 사태가 어떻게 돌아가는지를 대번에 파악하고 자신에게도 시급한 판단을 요구하고 있는 것이다. 하지만 아무래도 사비가 걸렸다. 흑천도 두려웠지만 좀 전에 사비가 보였던 신위를 보건대 이대로 두면 머지않아 큰 골칫거리가 될 터, 지금이 아니면 그를 제거할 기회가 없을 것 같았다. 하지만 공우생의 갈등은 더 이상 이어지지 못했다.

"크윽! 어이! 영감탱이, 어디 다시 한 번 붙어보자!"

위진군이 전한 소식으로 술렁이던 장내가 사비의 외침에 의해 정신을 차렸다. 벌떡 일어나 성큼성큼 걸어오는 사비에게는 부상을 입었던 흔적이 어디에도 보이지 않는다. 이에 공우생은 당혹스런 시선을 숨김없이 드러내며 입을 열었다.

"지, 지금 어떻게 된 건가?"

"다시 싸울 만해졌어. 이제 그런 식으로는 두 번 다시 안 당할 테니까 어디 다시 붙어보자고!"

치링!

사비는 싱긋이 웃으며 허리에 감고 있던 흑화검을 꺼내 들고 화류패기를 주입했다.

지이이이이잉……!

공우생의 이마로 세 줄기 주름이 그어졌다. 이토록 대책없고 광오한 인간이었다면 처음부터 고민할 필요가 없었다.

'오냐! 소원이라면 죽여주마!'

애검 천룡을 꾹 움켜쥐며 이를 빠드득 갈던 공우생이 어깨를 흠칫 떨었다. 사비에게서 느껴지는 기도가 이전과 판이하게 다르다. 아니, 전과 같다는 것이 문제였다.

'음! 그사이에 만천대허기를 다스리다니……!'

공우생은 사비가 결코 만만히 볼 수 없는 인물임을 절실히 깨달았다. 아니, 어쩌면 도황마제뿐만 아니라 자신조차 상대가 안 될지도 모른다는 불길함이 엄습해 왔다. 더구나 그가 들고 있는 검은빛의 몽둥이도 무척 낯이 익다. 자신의 눈이 삐지 않았다면 저 괴상하게 생긴 몽둥이는 흑화검성에게 무패의 신화를 안겨줬던 그 검이 틀림없었다. 그렇다면 사비가 지금까지 보였던 권법은 뭐란 말인가? 이에 잠시 속으로 극심한 혼란에 휩싸였던 공우생의 눈이 찰나지간 빛을 발했다.

'상황으로 보건대… 이놈은 신도가의 후예가 아니다. 만일 이놈이 신도가 출신이 아니라면……!'

공우생은 사비의 도발에 발작적으로 끌어올렸던 진기를 거둬들이며 이내 차분한 표정으로 입을 열었다.

"하나만 묻지! 자네는 흑천과 관련이 있는가?"

"흑천?"

사비는 고개를 갸웃거리며 한쪽 구석에 서 있는 신도원을 힐끗 쳐다봤다. 그는 지금까지 몸속에서 날뛰는 공우생의 진기를 다스리기 위해 전력을 다하느라 상황이 어떻게 진행되고 있는지는 정확히 알지 못했다. 그저 자신을 옹호하며 등장하는 이들의 얼굴을 확인한 정도. 그런데 느닷없이 자신에게 극심한 살기와 가공할 투기를 뿜어내던 공우생이 그 기운들을 모두 거두고 부드러운 어조로 묻는 것이다.

"상관이 있다면 있고, 없다면 없지만 그렇게 좋은 관계는 아닐걸."

"으음! 은 문주! 나도 당신 뜻에 동의하겠소! 오늘 일은 저 친구를 비호하는 분들을 봐서 불문에 붙이도록 합시다."

말을 마친 공우생은 서둘러 천웅전으로 들어갔다. 자신의 의도와는 전혀 엉뚱한 방향으로 흘러가기 시작한 무림의 정세, 그 원인이 어느 정도 짐작이 갔기 때문이다.

'멍청한 녀석! 추밀원에 때가 끼었음을 모르고 있었다니!'

사천의 변을 마사회를 통해 들었다는 것은 심각한 문제였다. 야문은 그곳에 있는 네 곳의 명문정파 때문에 큰 활동을 못하지만, 추밀원은 다르다. 그런 추밀원이 사천에서 일어난 일을 몰랐을 리 없었다. 공우생은 지금 추밀원에 간세가 스며들었다고 확신했다.

은강후는 공우생의 뒷모습을 물끄러미 쳐다보다가 고개를 돌렸다. 그가 무슨 이유로 저리 서두르는지 짐작이 갔기에 이곳의 마무리는 자신이 지어야 했다.

"공 가주의 말씀대로 탈혼광랑의 문제는 여기서 매듭을 짓도록 합시다. 물론 나도 탈혼광랑과는 개인적인 은원이 있으나 지금은 대의를 위해 서로가 힘을 합쳐야 할 때이니… 한데?"

은강후는 잠시 입을 다물고 당미랑을 쳐다봤다.

"도대체 당문과 탈혼광랑이 무슨 관계기에 이렇게 앞뒤 가리지 않고 나서는 것이오? 수하들의 정보에 의하면 저 친구와 당문의 관계라고 해야 고작 근래 들어 당신과 동행을 했다는 것뿐인데……?"

은강후의 추궁에 이제 한결 긴장이 풀린 장내의 시선이 모두 사비 곁에 나란히 서 있는 당미랑에게 쏠렸다.

"그건…….

당미랑은 좌중의 시선을 받으며 얼굴을 살짝 붉혔다. 본래는 사비를 살리기 위해 되는대로 지껄일 생각이었지만, 막상 이렇게 물으니 준비했던 말을 할 자신이 없었다. 하지만 그녀는 지금이 아니면 다시는 기회가 없을지 모른다는 생각이 들었다.

"그건… 저이가 당문의 사위가 될 사람이기 때문이에요."

당미랑의 기어들어 가는 수줍은 목소리가 장내에 모인 사람들의 귀에는 청천벽력으로 들렸다. 남자로만 알고 있었던 일수불생이 여자인 것도 모자라 탈혼광랑이라는 희대의 기린아와 혼약을 한 사이라니.

"허허! 녀석! 재주도 좋구나! 험, 험!"

구양극호가 크게 외치다가 옆에 서 있는 궁명 도장을 보고 헛기침을 해댔다. 궁명 도장보다 배분이 높은 사비이고 보니 자신이 이런 호칭을 쓰는 건 아무래도 곤륜에 대한 예의가 아니라는 생각이 들었다.

하지만 어느 누구보다 놀라야 할 사비는 말이 없다. 그저 멍한 눈을 들어 저 멀리 다가오는 인영을 뚫어져라 응시할 뿐이다.

"여기서… 보는구나!"

사비는 넋 나간 사람처럼 중얼거렸지만 그 목소리를 들은 사람은 별로 없었다.

은강후의 지시를 받은 백천맹 무사들이 사방으로 흩어지기 시작했고, 사비로 인해 뭉치게 된 이들은 아직까지 선린교 주변에 남아 서로 반갑게 통성명을 나누느라 분주했다. 이들은 모두 백천맹의 그늘에서 당당히 벗어날 수 있는 능력과 정신으로 무장된 출중한 인재들.

앞으로 어떠한 환란이 닥칠지 몰라도 이렇게 한 가슴으로 똘똘 뭉친 자신들이라면 두려울 게 없다는 생각들을 하고 있다. 서로의 이해관계가 얽힌 백천맹과 달리 이곳에서 인연을 맺은 자신들은 인정과 의리로 얽혔다. 그야말로 전례없는 끈끈한 유대감을 지닌 연합체가 탄생한 것이다. 그런 그들을 부러운 눈초리로 힐끔거리며 장내를 벗어나는 이들은 백천맹에서의 입지를 넓히기 위해 아귀다툼을 벌이던 정의회와 평심회의 인물들이었다.

하지만 사비의 눈과 귀는 아무것도 인식하지 못했다. 그저 점점 자신의 동공으로 확대되어지는 한 여인의 얼굴만을 느낄 뿐.

삼단같이 긴 머리를 찰랑이며 다가오는 여인. 그녀는 현현이었다.

맹주 집무실. 촛불 하나에 의지해 머리를 맞대고 앉은 삼 인의 그림자가 촛불의 일렁임을 따라 흔들린다.

공우생을 중심에 두고 양옆으로 앉은 은강후와 공황식. 삼 인의 안색은 진중했다.

"대상은 결정됐느냐?"

공우생이 깍지 낀 손을 탁자 위에 포개며 물었다.

"벽력호 장도, 일수불생 당미량, 대력신장 백리준, 백룡성검 신도원으로 하겠습니다."

공황식이 누가 들을세라 나직한 음성으로 읊조렸다.

"뇌전권은? 그는 어찌할 생각인가?"

은강후가 의외라는 투로 물었다.

"구양 문주까지 건드리면 일을 조용히 치를 수 없습니다."

공황식이 살며시 고개를 저었다.

"하긴 그치야 워낙 단순한 인간이니 나중에 내가 처리하도록 하지."

고개를 끄덕이는 은강후의 입가에 엷은 살소가 피어올랐다.

"맹주는 이 일이 가능하리라고 보는가?"

공우생은 영 미덥지 않다는 음성으로 다시 물었다.

"소장왕의 기병(奇兵)은 상상 불허의 묘용이 있습니다. 또한 추밀원과 야문의 특급살수가 동시 다발적으로 움직이니 작전은 무조건 완수됩니다!"

"으음! 아무튼 탈혼광랑의 수족을 제거하는 일이 결코 타 문에 알려져서는 아니 되네."

"염려 놓으십시오. 실패시, 세간에는 황보세가와 흑천이 결탁해 이루어진 일로 알려질 것입니다."

"과연 얼마나 신속히 움직여 주는지가 관건이겠군. 특히 백리준의 기도가 이전과는 전혀 달라진 것도 걱정이고……."

공우생이 수염을 쓸어내리며 걱정 어린 시선을 던졌다.

"대력신장은 본 문의 특급살수가 맡을 예정이니 걱정 마시오!"

공황식의 담담한 눈길을 받은 은강후가 말을 받으며 피식 웃었다.

"그렇다면 다행이지만……."

공우생은 여전히 미덥지가 않은지 말끝을 흐렸다. 하지만 다른 수가 없음은 그도 잘 안다.

추밀원을 탐문 수사한 결과 그 안에 간세가 있던 것이 아니라 사천에 파견 나가 있던 요원들이 쥐도 새도 모르게 제거됐음이 파악됐고, 신농방과 개방은 수장들의 부상이 가볍지 않아 현재로서는 없는 것이나 마찬가지인 상태.

강소공가와 야문만으로 백천맹이라는 초거대 세력을 이끌어가기에는 아무래도 부담이 컸다. 더욱이 지금은 주도권의 변두리에만 머물렀던 세력들이 들어오며 박힌 돌들을 하나둘 빼내는 형국이니, 밖으로는 흑천, 안으로는 분열이라는 설상가상의 난관에 봉착해 있었다. 이에 고민을 거듭한 공우생 등은 이를 타개할 수 있는 방법으로 흑천과 이번에 백천맹으로 새롭게 영입된 세력들이 먼저 대립할 수 있는 여건을 조성하기로 했다. 그리고 다행히 그 역할이 충분히 가능한 사비라는 인물이 그들의 중심에 있었다.

"무엇보다 중요한 것은 그들 네 명을 희생시킴으로 인해 탈혼광랑의 분노가 흑천 쪽을 향해야 한다는 것이다. 그가 흑천을 적으로 삼기만 하면 싸움을 생각보다 훨씬 유리하게 끌어갈 수 있으니……."

"……."

공황식은 공우생의 이번 말은 도무지 이해할 수 없었다. 비록 수정공주의 방문으로 자리를 비워 직접 보지는 못했지만, 사비의 무위가 아무리 대단하다고 해도 부친이 이렇게까지 높이 평가하는 것은 지나치다는 생각이 들었다. 하지만 맞은편에 앉은 은강후의 고개가 몇 번이고 끄덕여지는 것으로 보아 결코 쉽게 보지 못할 실력임에는 틀림없는 것 같았다.

'그사이에 아버님과 야왕이 이런 반응을 보일 정도로 성장했다니… 도무지 이해할 수가 없군! 아무리 그의 진전을 이었다고 해도 그렇지.'

공황식이 씁쓸한 표정을 짓는 사이 공우생이 문득 떠오른 생각에 고개를 쳐들었다.

"공주께서는 무슨 연유로 오셨느냐?"

"그것이… 아직 이렇다 할 말씀이 없으십니다."

"소향군주도 별말이 없는가?"

"아직까지는 그렇습니다."

공황식이 고개를 끄덕이자 공우생은 눈을 내리깔고 생각에 잠겼다.

무림에 일체 개입하지 않던 황실이 수정공주를 움직인 이유가 무엇일까. 그리고 하필 왜 흑천이 도발을 감행한 시기와 맞물리는 걸까.

"아무튼 이번 일만 계획대로 된다면 지금까지 틀어졌던 일들을 일거에 정상으로 되돌릴 수 있으니 모두 정신 바짝 차리도록 합시다. 우리가 행하는 모든 일은 중원과 천하의 안위를 위한 일! 우리가 흔들리면 천하가 흔들리는 것이오!"

공우생의 당부에 은강후와 공황식은 천연덕스럽게 고개를 끄덕였다.

육패를 유지하고, 백천맹과 무림을 손아귀에서 좌지우지하고 싶어 안달이 난 욕심이 중원을 위한 순수한 마음이라고 여기며 자신들의 비열한 수단을 정당화시키는 그들. 그들은 자신들이 천하 자체라고 생각하고 있었다.

|第二章|

난전난투(亂戰亂鬪)

사비를 위시해 그에 동조하는 무인들은 모두 신기전에 머물기로 했다. 이에 신기전은 진작부터 사비를 회주로 받들고 있던 열혈갱생회부터 시작해 갑작스레 그의 수하임을 자청하고 나선 추룡객에 이르기까지 실로 다양한 인물들의 집합소가 됐다.

그사이 유백과 무휴는 사비를 찾아와 단리무옥이 사문의 변고를 듣고 사천으로 향했다는 얘기와 화산의 상관우 장문이 공황식과 언쟁을 벌인 끝에 결국 화산 제자들을 데리고 화산으로 되돌아갔다는 소식을 전했고, 그 뒤 평심회에 속한 도상 대사와 담천자가 찾아와 몇 마디 인사를 나누고 갔다.

하지만 사비는 이런 모든 일에 흥미가 없었다. 비록 지금은 연기했지만 자신은 어차피 공황식을 죽일 생각이고, 그로 인해 공우생이나 다른 자들과 다툼이 생긴다면 물러설 생각도 없었다. 문제는 어떻게 하면 사군우의 이름에 먹칠하지 않고 깔끔하게 일을 마무리하느냐 하는 것뿐.

그리고 또 하나 남아 있는 일이 바로 앞에 앉아 있는 여인에게 품었던 의문을 푸는 것이었다.

오래도록 가슴에 묻고 살았던 여인. 사비는 그녀의 진정한 모습을 알고 싶었다.

지금 이곳에는 둘 외에는 아무도 없다. 참으로 오랜만의 일이다. 현현이 황보세가의 며느리임을 아는 사람들이 밖에서 수군거리고 있을 테지만, 사비는 그런 남들의 시선은 전혀 아랑곳하지 않았다. 단지 현현과 함께 들어오는 모습을 의미 모를 눈길로 말없이 바라보던 당미량이 조금 걸릴 뿐이었다.

"어제는 죄송했어요. 선약이 있었거든요. 몸은 좀 어떠세요?"

"나야 늘 철근(鐵筋)이지!"

"풋! 당신이 그런 식으로 말하는 걸 본 것도 정말 오랜만이네요."

"나도 너 웃는 거… 오랜만에 본다."

사비가 물끄러미 쳐다보자 현현은 수줍은 듯 살며시 고개를 숙였다.

"묻고 싶은 게 많을 텐데요."

"그러게. 너무 많아서 뭐부터 물어야 할지 모르겠다. 그냥 네가 말해봐. 넌 똑똑하니까 내가 뭘 물을지도 알고 있을 거 아니야."

사비의 흐릿하던 두 눈이 찰나지간 빛을 발했다. 이에 사비가 정색을 하는 이유를 눈치 챈 현현의 얼굴에 절로 그늘이 드리워진다. 이젠 모든 진실을 말해줘도 될 것 같다는 생각이 들었다. 사비는 그녀의 바람대로 사군우, 아니, 그 이상의 경지에 이른 것 같으니까. 하지만 그렇게 모든 것을 알게 되면 사비가 어떤 반응을 보일지가 못내 두려웠다. 그의 성격에 그냥 이대로 있을 리 만무했기 때문이다.

물론 이제 언의 권능을 아무 제약 없이 발휘할 수 있는 상태이니 그의 미래를 투시해 보면 되는 일이었지만, 웬일인지 사비에게는 그 힘을 쓰고 싶지 않았다.

"휴우! 그럼 천월사도라는 곳부터 말씀드릴게요."

"알아! 남자들을 개 취급하는 곳이라며? 요미선자처럼 너도 거기 출신일 거고."

"알고 있었군요."

"그냥 짐작만 했어."

"그럼 더 알고 있는 것도 있나요?"

"글쎄. 대천사라는 미친년인지, 미친놈인지가 신이 되기 위해 발버둥 치고 있다는 정도?"

"……."

현현은 잠시 입을 다물었다. 사비는 모든 일을 단순하게 본다. 하지만 그 단순함이 엄청난 직관력으로 작용하며 현상의 본질과 핵심을 꿰뚫어 보게 해준다. 이는 사군우의 피와 화류패기를 물려받은 것과 더불어 사비의 무공 성취가 빠른 이유 중에 하나일 것이다.

하지만 현현이 입을 다문 이유는 따로 있었다. 대천사를 입에 담으며 사비의 전신에서 뭉클 피어오르는 진한 살기. 어쩌면 사비는 자신도 모르는 사이에 대천사와 자신의 악연을 느끼고 있는지도 몰랐다.

"당신은 돌려 말하는 걸 싫어하니 간단하게 말할게요."

"난 그래서 네가 마음에 들어!"

사비가 피식 웃으며 고개를 들었지만 현현은 그의 눈길을 외면하며 굳은 얼굴로 말을 이었다.

“흑화검성 사군우 대협의 죽음. 당신은 그 원흉이 누구 같아요?”

“……”

“그래요! 눈에 보이는 흉수는 공황식이죠. 나머지는 모두 죽었으니… 하지만 그 뒤에는 흑천이라는 곳이 있어요. 그리고 그 흑천은 신도세가라는 다른 이름을 지니고 있지요. 세상은 신도세가가 사십 년 전 멸문했다고 생각했지만 그때 두 사람이 살아남았어요. 그중 하나가 흑천의 천주이고, 다른 하나가 바로 선혜원주 신도화정이에요.”

“그럼, 신도원은……?”

“흑천의 소천주예요. 추성에서 봤을 때 짐작했어야 했는데 조금 늦게 알게 됐지요.”

문득 떠오른 생각에 물었던 사비는 현현의 대답에 고개를 끄덕였다.

“그런데 당신은 어떻게 그런 일들을 꿰차고 있는 거지?”

“당신을 만나기 전에 잃었던 힘은 언의 권능이지, 기억력이 아니니까요. 저는 이미 벌어진 일들을 기억하고 있었고, 지금은 그걸 당신께 이야기하고 있는 거예요.”

“지금 그 말을 믿으라는 건가?”

“글쎄요. 당신은 제가 믿지 말라고 해도 믿을 것 같은데요?”

현현은 씁쓸한 미소와 함께 다시 입을 열었다.

“이제 흉수에 조금 더 가까이 다가가 보도록 하지요. 신도화정은 천재예요. 세상에 다시없을 천재지요. 그는 지닌 천재성을 이용해 아버님… 아니, 사군우 대협에게 잠혈초를 복용시켰어요. 잠혈초는 몸속에 내재된 진기를 끌어내고 다스려 주는 엄청난 묘용이 있지만…….”

“아저씨나 나 같은 사람에게는 독이나 다름없지!”

“정말 대단하군요. 언제 그런 것까지 알아냈지요?”

현현은 사비에게 진정으로 감탄했다. 하지만 이내 사비의 눈동자를 보며 떠오른 영상들로 인해 그녀의 얼굴은 일순 창백하게 굳어졌다.

"아! 당신, 잠혈초를 복용했었군요! 증상을 알아내기 위해서……."

"얘기나 계속해!"

사비의 시큰둥한 반응에 현현이 이내 안타까운 표정을 거두고 다시 입술을 달싹였다.

"아무튼 신도화정이 천재이고, 신도세가의 멸문에도 살아날 수 있었던 이유는 따로 있었어요. 즉, 그렇게 만들어준 사람이 있다는 거죠."

"동조자가 있단 말인가?"

"그래요! 하지만 동조자인 동시에 멸문의 배후이기도 해요!"

"배후라니? 육패 말고 배후가 또 있단 말이야?"

"육패는 신비령주라는 자에 의해 조종된 꼭두각시에 불과해요."

"그럼 신비령주는 지금 어디서 뭘 하고 있는 거지?"

"신비령주가 세상에 나서지 않은 이유는 굳이 그럴 필요가 없기 때문이에요. 그녀는 이미 목적을 달성했으니까요."

"그녀? 그리고 목적은 또 뭐야?"

사비의 음성에는 슬슬 짜증이 묻어 나왔다. 이를 눈치 챈 현현이 살포시 웃으며 고개를 흔들었다.

"신비령주의 목적은 신도세가의 멸문 그 자체에 있었어요. 천월사도에서 나온 소천사로서의 목적! 내가 황보세가를 천하제일가로 만들려고 했던 것이나 요미선자가 천월사도의 무공을 쓰지 않고 일대종사의 무공을 지녀야 했던 것도… 모두 대천사를 승계할 자질의 시험이었지요. 다시 말해 신비령주는… 천월사도에서 나온 첫 번째 소천사예요."

"돌아버리겠군! 그럼 아저씨가 죽고, 신도세가가 멸문하고, 흑천이 설쳐 대는 이유가 모두 너희들의 시험 대상일 뿐이란 말이야?"

"그뿐이 아니에요. 본인은 모르고 있지만 황보혁도 그분의 조종을 받고 있지요. 저도 얼마 전 황보혁이 만든 사대기병을 보고 알았어요. 그건 결코 인간의 능력으로 만들 수 있는 물건들이 아니니까요. 당신도 그를 보면 조심하셔야 해요. 그의 사대기병은 검황이나 도황마제보다 더 위험할 수 있어요."

"내게 이런 얘기를 해주는 건… 네가 더 이상 천월사도에 미련이 없다는 뜻으로 받아들여도 되겠지?"

"……."

현현은 더 이상 아무런 말도 하지 않았다. 하지만 사비는 그것이 무언의 긍정임을 안다.

"그럼… 아저씨가 죽기 전에도 이런 사실을 알고 있었겠군!"

"그래요!"

"왜 그때 말해주지 않았지?"

"당신에게는 힘이 없었으니까요."

"지금은?"

"지금은 가능성이 있어요. 하지만 그 가능성은 여전히 일 할도 안 돼요. 난 그저 당신이 그분의 손에서 벗어날 수 있기만을 바랄 뿐이에요. 이유는 모르지만 그분의 궁극적인 목표가 어쩌면… 당신일지도 모르거든요."

"그년이 그렇게 두렵나?"

"네! 차라리 죽어버리고 싶을 정도로요. 하지만 그것조차 내 의지로는 불가능한 일이지요."

"약속하지!"

“네……?”

현현의 의아한 눈초리에 사비가 다시금 입을 열었다.

“내게 자격이 있는지는 모르겠지만… 당신은 내가 지켜! 그러니까 이제 두려워하지 마.”

“…….”

현현은 마음이 아팠다. 사비의 말뜻이 무엇을 의미하는지 알았기 때문이다.

“당신은 충분히 자격이 있어요. 전 한 번도 다른 사람의 여인이었던 적이 없었으니까요. 황보혁, 그자는 제가 중원에 나와 활동을 하기 위해 만들었던…….”

“그만! 내가 듣고 싶은 얘기는 이미 다 들었어.”

“그럼… 저는 이제 가볼게요.”

사비는 자리에서 일어나는 현현을 보며 한 번 더 입을 놀렸다.

“신이 되려고 지랄 떠는 그 미친 인간은… 내가 죽여!”

말없이 몸을 돌리던 현현의 눈가에 잔 경련이 일었다. 사비의 몸에서 부지불식간 뿜어져 나온 기운이 자신이 아는 가장 강한 이와 무척이나 흡사했기 때문이다.

‘아! 이 사람의 기운이 어떻게 월의 권능에 견줄 수 있는 거지?

하지만 그것도 잠시 현현은 이내 정신을 추스르고 문고리를 잡았다.

탁!

현현이 방문을 닫고 나가자 사비가 두 눈을 살며시 감았다. 그녀가 남기고 간 말들이 자꾸 귓속에 메아리쳤다.

“그분은… 이미 신이에요! 인간은 신을 죽일 수 없어요!”

사비의 방을 빠져나온 현현은 다른 사람들의 힐끗거리는 시선을 무시하고 발길을 재촉했다.

"오랜만입니다!"

등 뒤에서 들려온 굵은 음성에 현현의 고개가 돌아갔다.

"당신은!"

잠시였지만 현현의 얼굴에 반가움이 스쳤다. 그녀의 동공에 짧은 머리에 굵직한 인상의 장도가 얼굴에 어울리지 않는 해맑은 웃음을 지어 보이고 있었다.

"사비 녀석 보러 오셨군요!"

"네! 장 공자가 있다는 얘기는 못 들었는데요."

"아! 저도 막 소식 듣고 오는 길이에요."

"그러시군요. 그럼 저는 이만!"

"아! 예, 예! 살펴가십시오! 다음에 또……?"

장도는 황급히 몸을 돌려 자리를 벗어나는 현현을 보며 고개를 갸웃거렸다. 활달하던 이전과 달리 왠지 모르게 어두운 구석이 느껴졌다. 하지만 그것도 잠시 그는 헤벌쭉 웃으며 사비의 방을 향해 쿵쿵거리며 뛰어가기 시작했다. 지금은 천하를 쩌렁쩌렁 울리는 벽력호 장도가 아니라 청도 시전을 누비던 그 장도의 모습이었다.

"제게 용건이 있나요?"

"……."

현현은 고개를 홱 돌렸다. 굳이 기척을 감추지 않는 것으로 보아 자신에게 악의는 없는 것 같긴 한데, 신기전의 전각들을 벗어나 와룡장에 이르렀는데도 아무런 접근을 하지 않아 은근히 신경이 쓰였다.

"므흐흐흐!"

그늘에 묻혀 있던 당미량이 어색하게 웃으며 달빛 아래로 슬금슬금 모습을 드러냈다.

"당신은……?"

당미량을 확인한 현현의 얼굴에 일순 당황의 기색이 스쳤다. 이미 맹 내에 파다하게 퍼진 당미량과 사비의 관계가 심상치 않다는 소문을 현현이 흘려들었을 리 없었다.

"저어, 함, 함!"

입을 열던 당미량이 멋쩍은 표정으로 제 가녀린 목을 만지작거렸다.

공우생과 은강후의 앞에서도 전혀 위축되지 않고 당당하던 일수불생이라는 별호가 무색한 행동이었지만 현현은 그 행동이 극히 자연스럽게 느껴졌다. 아니, 나아가 그런 당미량의 모습은 깨물어주고 싶을 정도로 귀여웠다.

"날 쫓아온 이유… 그 사람 때문이겠군요."

"솔직히 그래요."

당미량은 더 이상 얼굴을 붉히지도 어색해하지도 않았다. 물론 내심은 당황스럽고 멋쩍은 기분이 여전했지만 현현의 당당한 모습을 보자 지고 싶지 않다는 생각이 들었다. 그러나 그것은 무공으로 남에게 지기 싫어하던 호승심과는 전혀 다른 것이었다.

"사 공자하고 무슨 관계죠?"

"그쪽이 보기에는 무슨 관계 같은데요?"

현현의 되물음에 당미량이 길고 가는 눈썹을 살짝 찌푸렸다. 역시 아무리 마음을 다잡고 왔어도 이런 식의 대화는 여간 어색한 게 아니었다.

"난… 나는……."

"알아요. 당신이 그 사람 좋아한다는 거. 하지만 저도 마찬가지예요. 그리고 당신보다 오랜 시간을 알고 지냈구요."

"하지만 당신은……."

"휴우… 맞아요! 혼인을 했지요. 하지만 그게 꼭 그렇지도 않아요."

당미량이 말끝을 흐리자 현현이 짧은 한숨을 토하며 고개를 저었다. 그녀는 중원의 예절이나 가치관과는 거리가 멀다. 따라서 혼인에 대한 중원인들의 사고방식을 도무지 이해할 수 없었고, 남녀 간의 사랑에 대해서는 더욱 아는 바가 적었다. 물론 중원에 머무는 시간이 지속되며 사비가 황보혁과 자신의 관계를 알았을 때 얼마나 충격을 받았을지, 또 얼마나 상심했을지 짐작은 갔지만, 그건 크게 중요한 문제가 아니라고 생각하며 애써 마음을 추슬렀었다. 그런데 당미량이 자신이 가장 답답해하고 있는 그 부분을 걸고넘어진 것이다.

"피치 못할 사정이 있어요. 그리고 그 사람 부친께서도 그 사정을 알고 계시고요."

"부친이요?"

"네! 흑화검성 사군우 대협! 그분이 사 공자의 부친이세요."

"……."

당미량의 어깨가 잘게 흔들렸다. 처음 듣는 얘기다.

사비와 사군우가 부자지간이었다는 사실은 신선한 충격이었다. 하지만 그런 엄청난 부친을 두고도 알리지 않은 사비에게 내심 서운한 생각도 들었다. 현현은 알고, 자신은 모른다는 사실에 화가 났다.

이윽고 고개를 푹 숙이고 잠시 생각에 잠겼던 당미량이 반짝이는 눈을 들어 현현을 응시했다.

"당신하고 사비 공자하고 무슨 사정이 있는지는 모르지만… 난 당신이 사비 공자와 잘되기를 원치 않아요. 그건 인정받을 수 있는 관계가 아니에요. 그래서 난 당신이 그와 어떤 관계인지는 신경 쓰고 싶지도 않고, 앞으로도 상관하지 않을 거예요. 중요한 건 내가 그를 좋아하고 있고, 그 사람도 나를 싫어하지 않는다는 거라고 생각해요!"

"사람들은 참 이상해요. 내가 그 사람을 좋아하는 게 왜 죄가 되죠? 난… 당신들이 생각하는 그런 나쁜 여자가 아니에요."

"그건 본인 스스로가 할 수 있는 말은 아닌 것 같군요. 그리고 난 처녀예요. 적어도 그런 면에서는 내가 당신을 앞서는 것 같은데요."

"……."

현현의 눈이 살짝 굳어졌다. 부끄러움이 가득한 눈을 들고, 보조개가 팬 홍조 띤 얼굴을 하고, 자신이 하고 싶은 말은 끝까지 다 하는 당미량이 얄미우면서도 한편으로는 그렇게 말할 수 있는 그녀의 처지가 부러웠다.

"얘기 끝났으면… 그만 갈게요."

냉랭한 어조로 입을 연 현현은 당미량의 대답도 듣지 않고 곧바로 몸을 돌렸다. 하지만 머릿속으로 자꾸 당미량이 했던 말이 맴돌았다.

"아까 어떤 관계냐고 물었죠?"

자리를 뜨던 현현이 갑자기 걸음을 멈추고 부드러운 음성을 흘렸다. 하지만 현현의 등을 바라보는 당미량에게는 결코 부드럽게 들리지 않았다. 그녀의 목소리에 묻어 나오는 간절함을 느꼈기 때문이다.

이윽고 현현이 그 가녀린 어깨를 떨며 속삭이듯 입을 열었다.

"사람들은 저마다 살아가는 이유가 있어요. 명예를 위해, 재물을 모으기 위해, 가족을 먹여 살리기 위해… 저마다 각자가 추구하는 삶의 가치는 다르지요. 그런데 내가 살아가는 이유는… 그 사람 때문이에요. 그를 보기 위해 살았고, 그 사람과 함께하고 싶어서 내가 가진 것들을 버렸어요."

현현의 목소리가 점점 격앙되어 갔다.

"그래서 지금 나는 아무것도… 없어요. 그래서… 지금은 그 사람이 없으면 나도 없고요. 그게 나와 그의 관계예요. 당신 말대로 난 자격이 없는지도 몰라요. 하지만 역시 당신 말대로 나도 최선을 다해볼 생각이에요. 당신 말을 들으니 더 명확해졌어요!"

현현의 목소리는 더 이상 들리지 않았다. 그저 그녀의 결연한 목소리만이 아련한 여운으로 연무장을 맴돌 뿐이었다.

이윽고 달빛을 머리에 이고 멀어져 가는 현현의 뒷모습을 우두커니 바라보던 당미량이 두 눈을 반짝이며 입술을 잘근 씹었다.

"독한 년! 내 깜찍이 작전을 읽은 게 분명해! 쉽지 않겠어!"

*　　　*　　　*

높이 육 장, 가로세로 너비가 칠십 장에 이르는 거대한 단층 건물.

이곳에는 지금 마사회를 이끌어가는 핵심 고수들이 회동 중이다.

화무영을 사이에 두고 양옆으로 길게 늘어선 이들의 기도가 일견하기에도 범상치 않았다. 반은 평범한 촌부의 모습을 하고 있으나 지닌 눈빛만은 철벽을 뚫고도 남을 정도로 빛났고, 나머지 반은 온몸에서 뿜어져 나오는 사이한 기운으로 인해 웬만한 사람은 감히 쳐다볼 엄두조차 못 낼 그런 자들이었다. 이들은 반박귀진의 경지에 이른 대장로들과 아직은 그에 못 미치는 소장로들이었다.

이윽고 화무영의 옆에 시립해 있던 백발노인이 지그시 입술을 뗐다.

"마도천하를 이루십시오!"

"하하하! 위 태상장로는 불가능한 꿈을 꾸는 것이야!"

화무영은 위청양의 간곡한 청에 실소로 화답했다.

"회주께는 충분히 그럴 힘이 있습니다. 마도의 힘으로 정도의 위선과 가식에 찌든 중원천하를 정화시켜 주십시오!"

"그렇습니다! 지금이 기회입니다. 흑천대란을 평정하시어 중원무림의 태양으로 부상하시옵소서. 저희가 신명을 다하겠나이다."

축융마존 갈파도가 우렁우렁한 목소리로 동조하자 천장 위의 먼지가 우수수 떨어져 내렸다.

"……."

화무영이 천천히 고개를 돌렸다. 갈파도의 검은 동공이 마치 비수처럼 자신의 안면으로 와 박힌다. 축융마존 갈파도는 그냥 바라만 봐도 절로 오금이 저리는 가공할 안광의 소유자였지만, 그 눈빛을 받는 화무영은 그저 싱긋이 미소 지으며 고개를 흔들었다.

"그 말들은 못 들은 걸로 하지! 마사회가 강한 이유는 힘을 추구하기 때문이야. 정도 놈들처럼 서로 야합이나 하고 다른 사람을 모략해서 얻는 힘이 아니라 스스로가 이를 악물고 노력해야 한 줌씩 차곡차곡 쌓이는 이 힘 말이야! 우리는 그냥 살던 대로 살자고!"

화무영이 왼 주먹을 불끈 들어 보이며 다시 말을 이었다.

"그리고 내가 백천맹과 손을 잡으려는 건… 그분의 안전을 위해서다. 그분을 건드리지 않는 대가로 흑천을 상대하는 걸 도와주겠다는 뜻이지. 그러니 더 이상 쓸데없는 소리 말도록……!"

“그러나······!”

“위 태상장로는 내가 회주로 안 보이는 모양이지?”

쿠우우웅······!

입을 열던 위청양이 황급히 뒷걸음질쳤다. 하지만 그것은 본의에 의한 행동이 아니었다. 화무영이 내뿜는 마령심기에 심맥이 얼어붙었기 때문. 또한 그런 반응은 지금 마사회관에 모인 모든 장로들에게서 벌어지고 있었다.

“으윽! 부디 진노를 거두어······.”

말을 잇는 갈파도의 입가로 가느다란 혈선이 이어졌다. 하지만 놀랍게도 그 피는 입술 밖으로 나옴과 동시에 그대로 하얀 서리가 끼었다.

“한 번만 더 쓸데없는 소리를 지껄이면 혀뿌리를 뽑아주겠다!”

화무영이 묵빛 장포를 펄럭이며 마사회관을 나서자 위청양이 힘겨운 표정으로 가슴을 쓸며 그의 뒷모습을 쳐다봤다.

화무영의 마령심기는 역시 일반적인 마기와는 차원이 달랐다. 날이 갈수록 강해져 가는 그의 뒷등으로 푸른 광채가 일렁인다.

“으음! 역시 다른 방도가 없겠군!”

“어쩔 셈인가?”

“회주님이 저런 모습을 보이시는 이유는 탈혼광랑 때문이네.”

갈파도의 물음에 위청양이 두 눈으로 한기를 쏟아내며 말을 이었다.

“차라리 탈혼광랑이 공손천량을 처리하게 해야 했어! 그랬다면 이런 일은 하지 않아도 됐을 터인데··· 물론 자네도 동의하겠지?”

“어쩔 수 없는 일 아닌가? 이 모두 마도를 위한 일인데······.”

갈파도는 위청양의 제의를 아무 주저함 없이 승낙했다. 위청양이 나서지 않았다면 자신이 먼저 제의했을 일이었다.

＊　　　　＊　　　　＊

해질녘이라 그런지 양지와 음지의 구분이 모호한 시각이었지만 대별산은 벌써 짙은 어둠이 드리워져 있다.

그 어둠을 뚫고 먼발치를 응시하고 있는 여인, 당미량.

그녀의 눈동자, 십 장 앞에서 흔들리는 나뭇가지를 따라 흔들린다.

피슝!

순간 당미량이 오른손을 우에서 좌로 사선을 그었다. 그와 동시에 그녀의 가녀린 손목에서 은빛 실이 튀어나왔다. 가는 궤적을 그리며 날아가는 그 은실의 목표는 그녀가 노려보던 나뭇가지였다.

피피슝!

곧이어 당미량이 양손을 이마 위에서 열십 자로 모았다가 확 펼쳤다. 마찬가지로 이번에도 가는 은실 두 개가 튀어나와 목표물을 향했다.

파파팡!

나뭇가지를 뚫은 것이라고는 전혀 믿기지 않는 요란한 소리가 메아리쳤다. 하지만 그보다 더 신기한 것은 명중당한 나뭇가지가 요동을 치다가 은빛 먼지로 부서져 나간 것이었다. 또한 그녀가 날린 은실들은 더 이상 어디에도 보이지 않았다.

목표물로 삼았던 나뭇가지를 바라보며 고개를 갸웃거리던 당미량의 또랑또랑한 눈동자로 일순 실망이 스친다.

“흠! 역시 아직은 무린가?”

당미량은 짧은 한숨과 함께 몸을 돌렸다. 그녀는 지금 무공 수련 중이었다. 근래 겪은 일련의 일들. 십이제천이나 사비가 보였던 무위들이 그녀가 지닌 무공에 대한 자신감에 흠집을 낸 모양이었다.

"비은선류(飛銀線流)를 시전하는 사람이 존재하다니 정말 놀랍군요!"

당미량은 갑작스레 들려온 음성에 고개를 획 틀었다.

"당신은……?"

"자주 보게 되네요."

당미량의 흔들리는 눈동자 속에 비친 현현의 얼굴은 몹시 착잡해 보였다.

"뭐죠?"

현현을 바라보는 당미량의 시선은 곱지 않았다. 이런 시각, 이런 장소에서 자신을 찾은 현현의 의도가 결코 좋을 리 없었다. 더욱이 지금 그녀는 자신을 향한 살기를 감추지 않고 있었다.

'이 여인… 실력을 감추고 있었어!'

당미량의 눈이 당혹으로 일렁였다. 현현이 쏘아 보내는 살기는 결코 평범한 것이 아니었다. 전문적인 살수 수업을 쌓은 자라도 쉽게 얻지 못할 섬뜩한 기운. 이런 눈을 한 자는 목표물의 그림자라도 죽일 수 있으리라는 생각이 들 정도로 현현이 쏘아 보내는 살기는 가공했다.

"정말 훌륭해요. 비은선류가 정말 은실로 보일 정도인 걸 보면 적어도 칠성 이상의 경지에 올랐다는 뜻이겠죠? 더구나 비은선류를 동시에 셋씩이나 시전한 걸 보면 공력도 삼 갑자 이상이라는 건데… 당신은 소문 이상의 실력을 가졌군요! 당신은 내가 아니면 불가능한 대상이었어요. 그럼 공우생 부자가 판단을 잘했다고 봐야겠군요."

"……."

현현은 담담한 얼굴로 읊조렸지만 당미량은 아무 말도 하지 못했다.

입을 여는 순간 자신을 바라보는 그녀의 눈빛이 달려들어 온몸에 구멍이 뚫어버릴 것 같은 느낌 때문이었다.

'기분 더럽군! 내가… 두려움을 느끼다니! 그런데 어떻게 비은선류를 알고 있지?'

당미량이 의혹에 물든 사이, 현현은 마치 그녀의 속을 읽은 사람처럼 빠르게 입을 열었다.

"비은선류는 당문이 자랑하는 암기술의 최고봉이죠. 하지만 암기술이라고 하기에도 적절치 못해요. 은실처럼 보이지만 실상은… 진기를 응축시켜 만든 강기의 일종이니까요. 당신은 내가 이런 걸 어떻게 아는지 궁금하겠지요? 당문에서도 가주에게만 전해 내려오는 무공일 테니. 물론 그건 당신이 여인으로서는 최초로 차기 가주 직을 맡았다는 의미기도 하지요."

현현이 살포시 미소를 머금자 여태껏 당미량을 조이던 살기가 씻은 듯이 없어졌다.

"당신… 정체가 뭐야?"

"글쎄요. 뭘 것 같아요? 흥! 당신은 아직도 내가 황보세가의 사람으로 보이나요?"

현현의 입가에 웃음기가 일시에 걷히며 일순 주변 공기가 차갑게 식어버렸다. 이에 당미량의 두 눈에 불신의 기운이 스쳤다. 진기만으로 주변 기온을 변화시킬 수 있는 무공이 있다고는 상상도 못해봤기 때문이다.

"날 죽일 셈인가?"

당미량은 오른발을 옆으로 살짝 틀며 살며시 두 손을 내밀었다. 좀 전 비은선류를 시전하기 전에 취하던 동작이었다. 그랬다. 그녀는 현현이 자신이 혼신의 힘을 다해도 벅찬 상대임을 직감하고 있었다.

"나도 어쩔 수가 없어요. 하지만 당신과 함께 저승길 동반자가 될 사람이 많으니 그리 억울해할 건 없어요."

"그렇게 호락호락하게 당할 것 같으냐?"

당미량이 당찬 외침과 함께 두 손을 열십 자로 모았다. 하지만 그녀는 비은선류를 시전하기도 전에 급히 신형을 피해야 했다.

쏴에에엑……!

귀부의 곡성과도 같은 소리가 온 산에 메아리쳤고, 그 소리를 들은 당미량은 질겁하며 경공신법을 최대로 발휘해 위로 솟구쳐 올랐다.

콰앙―!

예상했던 것보다는 짧고 작은 폭음이 당미량의 발밑에서 울려 퍼졌다. 하지만 그것도 잠시, 당미량의 발밑 대기는 크게 일렁이며 진공 상태로 변해갔고, 그로 인해 생긴 엄청난 흡인력이 그녀를 빨아들이기 시작했다.

쉬이이이익―!

당미량은 신형을 바로 세우기 위해 이를 악물었다. 하지만 그녀의 의지와 달리 몸은 상하가 뒤바뀌며 밑으로 곤두박질쳐졌다.

낙화(落花)가 되어 힘없이 떨어져 내리는 당미량의 눈은 현현의 손에 들린 작고 앙증맞은 활에 고정됐다. 저 작은 활이 이런 엄청난 위력을 가지고 있다는 것이 믿기지 않았지만, 현현은 그런 불신을 잠재워 주려는 사람처럼 그 활을 들어 당미량의 이마를 겨누었다.

"폐령연자궁이라는 활이에요. 화살이 필요없는 활이라더니 이런 위력일 줄은 저도 몰랐네요. 그럼……!"

피융!

현현이 튕긴 활시위에서 하얀 섬광이 뻗어 나왔다. 엄지손톱만 한 크기의 그 백색 섬광이 향한 곳은 역시 당미량의 이마 중앙이었다.

'끝났군!'

당미량은 날아오는 섬광을 바라보며 두 눈을 질끈 감았다. 그녀의 감은 두 눈 속에는 오직 한 사내의 인영만이 꽉 들어차 있었다.

사비는 무슨 말을 해야 할지 몰라 그저 막막하기만 했다. 하지만 앞에 앉은 이들은 오늘은 반드시 대답을 들어야겠다고 작심을 한 모양이었다. 사비를 뚫어져라 응시하는 그들의 눈과 꾹 다문 입술에는 한 치의 양보도 하지 않겠다는 굳은 의지가 담겨 있었다.

"신농방은 내일 백천맹을 떠나 그들의 영역으로 되돌아간다고 하네. 절강의 본진이 급습당했으니 그럴 만도 하지. 이제 백천맹을 좌지우지할 수 있는 세력은 강소공가와 야문뿐이군. 개방이야 방주가 그 지경이 됐으니 당분간은 기를 펴지 못할 테고, 게다가 십회 또한 사실상 반쪽이 난 것이나 다름없으니… 전세는 시작도 전에 흑천으로 기울었다는 회의론까지 나돌고 있네."

"십회가 반쪽이 나다니요?"

"자네도 알다시피 화산과 종남이 자파를 지키기 위해 섬서로 되돌아가지 않았나? 남궁세가 또한 마찬가지일세. 안휘 역시 흑천이 휩쓸고 지나갔지. 오늘 낮에 남궁가주가 눈에 불을 켜고 맹을 나서더군. 사천의 세 문파는 회복 불능이고… 참으로 첩첩산중이지."

구양극호는 사비를 힐끗 쳐다보며 다시 말을 이었다.

"유일한 희망은 탈혼광랑이라는 게 중론이네."

"킥… 킥! 킥!"

"왜 웃나?"

"어이없군. 내가 중원무림의 희망이라는 미친놈이 도대체 누굽니까?"

"험! 그야……."

구양극호는 헛기침을 하며 양청과 눈짓을 교환했다. 그런 소문을 퍼뜨린 자가 자신들이니 찔리지 않을 수 없었다.

"여하튼! 그런 소문이 전혀 근거가 없는 건 아니지. 비록 육패 중 셋이 여전히 건재하고, 소림과 무당의 평심회 측에서는 십회를 거의 장악하다시피 했으니 그나마 남은 백천맹의 전력도 육패와 십회로 갈린 셈이네. 그런 상황에서 가장 막강한 전력과 탄탄한 결속력을 지닌 연합체가 형성됐으니……."

"그런 데가 생겼어요?"

사비가 고개를 갸웃거리자 구양극호가 크게 고개를 끄덕이며 빠르게 말을 이었다.

"그야! 당연히 우리 아니겠나? 벽력문, 곤륜, 흑화일심대에다가 다행히 아직까지 타격을 입지 않았다는 당문에 이르기까지 이미 예봉이 꺾인 육패 측보다는 훨씬 근사한 구성이지. 십회는 전면에 나서서 지휘할 영도력을 지닌 사람이 부족하고!"

"이쪽은 있고요?"

"물론이지!"

사비가 관심을 보인다고 생각한 구양극호는 희색이 만면한 얼굴로 양청에게 턱짓을 했다.

"우리에게는… 대주님이 계십니다. 신구세력들의 지지를 한 몸에 받고 계시고, 검황과 손을 섞으며 실력을 입증하셨으며, 도황마제를 죽임으로 정도를 대표할 정당성까지 확보하셨습니다. 게다가 흑화검성 사군우 대협의 전인이라는 사실까지 만천하에 드러났으니 이보다 더 완벽한 자격을 갖춘 수장이 어디 있겠습니까?"

"지금 장난하는 거지?"

사비가 어이없다는 투로 고개를 살짝 비틀었다.

"대주께서 나서시면 소림과 무당도 우리를 지지하겠다고 약조를 했습니다. 더욱이 마사회와 깊은 친분이 있으신 사비 대주님이 나서신다면 마도와의 공조 또한 보다 긴밀하게 이어질 수 있습니다!"

"그 소리는 또 누구한테 들었지?"

"처음에 혼세광마에게 들었을 때는 믿지 못했습니다만… 마사회주가 타락수라라는 사실은 이제 비밀이 아닙니다."

"후후후! 백색이 자식……! 앞으로 좀 피곤하겠군! 아무튼 난 공황식 외에는 아무것도 관심없으니까 그런 쓸데없는 소리 하려거든 모두 나가라고! 난 귀찮은 건 딱 질색이야. 무림 따위를 위해 손발을 놀릴 만큼 한가한 몸이 아니라고!"

사비의 신경질적인 반응에 구양극호와 양청은 잠시 입을 다물었다.

"재고하심이 좋을 것 같습니다. 이건 대형의 신상을 두고 나도는 소문들을 잠재울 수 있는 기회이자, 명목상이긴 하지만 무림공적으로 몰렸던 타락수라의 신분까지 일거에 회복시킬 수 있는 기회지요."

"……."

양청은 사비의 관심사를 정확하게 알고 있었다. 하지만 그건 양청뿐만 아니라, 이곳으로 오기 전 사비를 제외한 모든 이들의 의견과 정보를 나누어 나온 준비된 발언이었다. 그 노력이 헛되지 않았는지 사비는 잠시 말없이 고개를 푹 숙이고 생각에 잠겼다.

"흠! 그래도 소용없어! 난 내 방식대로 한다! 당신들 꼭두각시가 돼서 맹주 놀음이나 하며 살 생각은 전혀 없으니까 그렇게 알라고!"

사비의 단호한 어조에 둘의 얼굴에 일순 실망감이 감돌 때였다.

와장창!

창문을 박살 내며 안으로 들어선 당미량은 신형을 바로잡을 생각도 못하고 데굴데굴 구르며 뾰족하게 외쳤다.

"암살이에요! 장도 대협이… 위험해요!"

"뭣이! 장도가!!"

당미량의 말이 채 끝나기도 전에 구양극호의 장대한 체구가 비호처럼 치솟았다. 역시 문을 열 여유조차 없는지 그가 몸을 날린 쪽은 그녀가 들어온 창문이었다.

"저는 밖을 살펴보고 오겠습니다!"

양청은 어깨에 멘 도에 손을 얹고 밖으로 달려나갔다.

"너… 다쳤어?"

구양극호를 따라 몸을 날리려던 사비가 움직임을 뚝 멈추고 당미량의 앞으로 달려왔다.

"저는… 괜찮아요. 그것보다 지금 이러고 있을 때가 아니에요. 장도 대협 말고 다른 사람들도 위험해요."

당미량은 거친 숨을 몰아쉬며 주변을 둘러봤다. 깔끔한 차림을 유지하던 그녀의 머리카락에는 나뭇잎이 붙어 있고, 눈동자는 세차게 떨린다. 뭔가 극심한 충격에 사로잡혔던 것이 분명했다.

"진정하고… 천천히 다시 한 번 얘기해 봐! 누가 어떻게 됐다고?"

"황보세가에서 당신과 관련있는 사람들을 죽이라는 청부를 받았대요. 그래서 그 목표물로 장도 대협과 제가 선택되었고요. 하지만 그녀 말로는 우리 둘 말고도 더 있을 거라는 거예요."

"그녀라니? 설마……?"

사비의 두 눈이 빛을 뿜었다. 당미량의 얼굴 위로 다른 여인의 얼굴이 겹쳐졌다.

"현현이 널 죽이러 왔었나?"

사비의 음성에 한기가 감돌았다. 이전에는 보인 적 없는 차분한 분위기. 하지만 당미량은 사비가 맹렬히 화를 낼 때보다 지금이 더 부담스럽게 느껴졌다.

"처음에는 그런 줄 알았는데 그게 아니었어요. 제가 믿지 못할까 봐 일부러 본인 실력을 보여주더군요. 만일 그녀가 마음을 먹었다면 난 죽은 목숨이었을 거예요. 그러니 다른 사람들도 마찬가지겠죠."

"내가 목표가 아니라 나와 친분이 있는 사람들을 목표로 삼았다는 말인데… 도대체 너와 장도 말고 나와 친한 사람이 여기 누가 있지?"

사비는 침착한 목소리로 중얼거렸다. 하지만 그의 불끈 쥔 주먹에서는 손바닥을 파고든 손톱으로 인해 핏방울이 흘러내리고 있었다.

"그렇군! 대력신장과 신도원이 있었어!"

파앗!

당미량은 사비가 눈앞에서 순식간에 자취를 감추자 자신의 눈이 의심스러운지 눈을 살며시 감았다가 떴다.

신도원은 굳게 닫힌 공황식의 집무실 문을 물끄러미 바라보며 생각에 잠겼다. 그는 이 문고리를 두 번째 잡아본다.

추밀원으로 발령이 나고 처음 밀었을 때는 공황식이 인자한 미소와 함께 자신을 맞아주었지만, 오늘은 다르리라는 생각도 해본다.

벌써부터 문 뒤에서 전해오는 살기에 전신 피부가 따가울 지경.

'늙은 여우에 불과하다고 생각했었는데… 내가 잘못 봤나 보군.'

신도원은 자신의 정체가 벌써 탄로났다는 사실이 조금은 의외였다. 스스로가 밝히기 전까지는 아무도 모르리라 생각했건만, 공황식은 자신과 흑천 수뇌부의 예상을 깨고 자신의 정체를 파악한 모양이었다. 그렇지 않다면 이렇게 뛰어난 무위의 고수들이 숨을 죽인 채 자신을 맞을 리 없으니까.

'좋군! 이 정도는 되어야 싸울 맛이 나지! 그래, 어디 내 수준을 어느 정도로 판단했는지 한번 볼까?

신도원은 엷은 미소를 머금고 천천히 문을 밀었다.

끼이익—!

정적을 깨는 소리. 하지만 그 후에도 방 안은 여전히 잠잠했다.

"부르심을 받잡고 왔습니다!"

안으로 걸음을 내디딘 신도원의 발끝이 살짝 떨렸다. 공황식은 보이지 않고, 낯익지만 전혀 뜻밖의 인물들이 그의 책상 옆에 서서 자신을 바라보고 있었기 때문이다.

"여어! 오랜만이오! 신 형!"

한 사내가 두 손가락을 관자놀이에 가져갔다가 떼며 피식 웃었다. 반면 그의 곁에 나란히 선 사내는 안타까운 표정으로 신도원의 얼굴을 물끄러미 바라보기만 할 뿐 입을 열지 않았다.

이 둘은 신도원과 비슷한 시기에 추밀원으로 발령난 남궁원예와 공황작이었다.

"흠! 날 잡기 위해 나선 곳이 추밀원이었습니까?"

신도원은 한편으로는 의외라는 생각이 들었지만, 또 다른 한편으로는 가장 탁월한 선택이라는 생각도 들었다.

추밀원은 의천단과 함께 백천맹의 양대 주축 세력인만큼 속한 요원들은 웬만한 문파의 장로급 이상의 고수로 구성되어 있다. 또한 의천단 반에 불과한 인원이지만, 보유한 고수만 놓고 보자면 의천단의 수준을 훨씬 상회한다. 그런 추밀원 고수 이십여 명이 자신이 집무실 안으로 들어서는 순간 주변을 에워쌌으니 신도원으로서도 자연 긴장할 수밖에 없었다.

"미안하게 됐소!"

공황작은 시무룩한 안색으로 눈을 내리깔았다. 비록 짧은 기간이었지만 함께 임무를 수행하며 신도원에게 호감을 가지고 있던 그였기에 이번 임무는 정말 내키지 않는 일이었다. 하지만 명을 받았으면 어떠한 일이 있어도 완수해야 하는 곳이 추밀원이다. 그것은 추밀요원이면 누구나가 진리로 안다.

공황작은 신도원도 그런 자신의 심정을 이해해 주겠거니 하는 자위를 하며 천천히 고개를 들었다.

"이번 임무의 책임자가 나요! 솔직히 난 신 요원을 단신으로 상대할 자신이 없소. 그래서 연수합격을 할 수밖에 없으니 이해하시구려."

치르릉―!

공황작이 앞으로 나서며 검을 빼 들자 남궁원예가 천천히 뒤로 빠지며 낮은 휘파람을 불었다.

슈칵!

천장을 뚫고 꽂히는 두 자루 검.

신도원은 고개를 쳐들 새도 없이 옆으로 허리를 틀며 검을 직각으로 들어올렸다.

카카아앙―!

요란한 쇳소리와 함께 조각난 검편들이 비처럼 우수수 떨어져 내렸다. 그리고 뒤를 이어 천장에서부터 뚝뚝 흘러내리는 두 줄기 핏물.

타타탕―!

다시 세 번의 금속음이 터졌다. 이번에는 신도원이 먼저 몸을 움직여 주변에서 쓸어오는 상대의 검을 후려친 것이다.

반 토막 난 칼날들이 여기저기서 튀어 올랐다. 그리고 그 뒤로 바늘을 따르는 실처럼 가는 핏줄기들이 이어졌다.

푸아악!

신도원이 팔꿈치로 찍어 누른 아홉 번째 상대의 두개골이 함몰되며 검붉은 뇌수와 하얀 물들이 사방으로 튀었다. 하지만 그가 쏟아낸 액체들은 투명한 막에 막혀 신도원의 몸을 더럽히지 못했다.

"호신강기(護身剛氣)!"

공황작이 입술을 파르르 떨며 검병을 움켜쥐었다. 더 이상의 방관은 애꿎은 동료들의 희생만 늘릴 뿐이었다.

콰앙―!

검끼리 부딪쳤다고는 믿기지 않는 굉음이 집무실을 뒤흔들었다.

"공 선배는 추밀원에 있기에는 아까운 실력을 지니셨습니다."

공황작과 검을 맞댄 신도원이 코앞에 이른 그의 얼굴을 보며 싱긋이 웃었다.

"……."

하지만 공황작은 말이 없었다. 그는 단 한 번의 격돌을 통해 신도원에 대한 추밀원의 평가가 터무니없이 잘못되었음을 실감하고 있었다.

'형님은 큰 실수를 하셨어! 이 친구는… 곤륜 문하가 아니야!'

공황작은 사력을 다해 신도원의 검을 밀었다. 하지만 검에 주입한 진기가 솜에 빨려 들어가는 물처럼 어딘가로 쉴 새 없이 빠져나갔다.

"나야말로 그동안 미안했습니다, 공 선배!"

공황작을 바라보는 신도원의 깊고 푸른 눈이 찰랑였다. 이에 공황작의 머릿속으로 요란한 경종이 울렸다. 지금 피하지 않으면 필사라는 불길함이 뇌리를 강타했다.

"발아참(發芽斬)!"

후아악―!

공황작이 뒤로 몸을 빼며 혼신의 힘을 다해 단천발아검의 초식을 전개했다. 그의 내력과 체중이 모두 실린 검이 신도원의 허리를 양단하기 위해 원호를 그렸다.

'대단하군! 검강의 초입 단계에 들어서다니! 하지만 공력이 부족해!'

신도원은 베어오는 검날에 가득 고인 파란 빛을 바라보며 속으로 감탄성을 내뱉었다.

그러나 그뿐이었다. 공황작은 강소공가의 비전 단천발아검을 펼칠 공력은 지니고 있지 못했고, 이를 눈치 챈 신도원은 그가 이번 공격으로 인해 그냥 둬도 심각한 내상을 입으리라는 것을 간파했다. 이에 신도원은 이렇다 할 반격은 하지 않고 그저 공황작과 함께 날아든 검의 옆면을 검지로 튕겨내며 살짝 뒤로 물러섰다.

파파파파파악―!

검을 들고 있던 공황작의 팔에서 수십 가닥의 핏줄기가 튀었다. 신도원의 진기가 그의 팔을 휘감아 돌며 팔에 위치한 혈도들을 모두 터뜨렸기 때문이다.

"으윽! 모두 피하시오! 이자는……."

공황작은 팔의 고통도 잊은 채 온 힘을 다해 부르짖었다. 신도원의 실력은 이제껏 자신이 봤던 이들 중 최고였고, 악랄했다.

공황작이 강소공가 출신임을 감안한다면, 그는 신도원을 검황 공우생보다 더욱 뛰어난 무위를 지니고 있다고 판단하고 있는 것이다. 이에 공황작은 동료들에게 이 자리를 벗어날 기회를 줘야 한다는 일념하에 목이 터져라 부르짖었다.

이를 안타까운 눈으로 쳐다보던 신도원이 천천히 고개를 돌렸다.

"이곳에서 더 이상 죽어나가는 사람은 없을 테니 이제 그만 편히 쉬시지요."

"……?"

신도원이 던진 말의 의미를 잠시 생각해 보던 공황작은 갑작스레 목 부위로 밀려오는 엄청난 압력에 고개를 틀었다.

"크억!"

"아! 뭘 힘들게 고개는 돌리려고 하나? 그냥 조용히 가라고. 후후!"

공황작은 뒷목을 덮히는 귀에 익은 목소리에 두 눈에 핏발이 섰다. 아직까지도 무슨 영문인지는 파악이 되지 않았지만, 자신의 목뼈를 움켜잡고 있는 이가 남궁원예임은 알 수 있었기 때문이다.

"나도 이렇게까지 된 건 싫지만… 몸담은 곳이 다르니 어쩌겠나?"

우드득!

"크륵!"

목이 꺾인 닭처럼 축 늘어진 공황작은 두 눈을 뜬 채로 즉사했다.

"흑심당 소속 남궁원예가 소천주께 인사 올립니다!"

공황작을 아무렇게나 내팽개친 남궁원예가 신도원을 향해 정중히 허리를 숙이자 사방에 은잠해 있던 나머지 추밀요원들이 나와 그와 같은 동작을 취했다.

"남궁세가가 언제 흑천에 가입했지?"

"남궁세가는 제가 무능하여 가입치 못했습니다만 앞으로 제가 가주가 되면……."

남궁원예가 깍듯한 어조로 답을 하자 신도원이 소매를 털며 그의 입을 막았다.

"그렇군! 흑천에서 가주의 자리를 약속했나 보군. 그런데 말이야, 꼭… 이렇게까지 해야 했나?"

"……?"

신도원의 냉랭한 어조에 남궁원예를 위시한 추밀원, 아니, 흑심당 요원들이 일순 숨을 죽였다.

"어찌 됐든 함께 동고동락을 했던 동료들인데 이런 식으로 죽여야 했냐고 묻는 거야."

"그야… 흑천의 대업을 달성키 위해서는 어떤 일이라도 해야 하는 것 아니겠습니까?"

"그런가?"

남궁원예의 당연하다는 눈빛을 받은 신도원은 나직한 한숨을 토하며 천천히 몸을 돌렸다.

'대의라는 미명하에 수단을 정당화하면 우리가 육패나 마도와 다를 게 뭐가 있을까? 이것이 정녕 아버님과 숙부님의 뜻입니까?'

쾅!

신도원이 걷어찬 방문이 사방으로 파편을 튀었다.

"천주께서는 소천주님께 당분간 잠적해 계시라는 밀명을 내리셨습니다. 이곳은 저희가 알아서 정리할 테니……."

신도원의 등에 대고 소리치던 남궁원예는 더 이상 말을 잇지 않았다. 신도원이 흔적도 없이 사라졌기 때문이다. 자신이 무엇을 잘못했기에 신도원이 저런 냉랭한 반응을 보일까 은근히 걱정이 됐지만, 그는 이내 생각을 달리 먹었다.

그는 흑심당에서도 촉망받는 기재였고, 앞으로도 그럴 것이기 때문이다. 이전부터 흑심당에서 벌인 막중한 임무에는 항상 자신이 끼어 있었고, 또 이번 추밀원 요원 숙청 작업도 아무 잡음 없이 마쳤으니 그것은 당연지사였다.

"서두르자! 공황식이 오려면 두 시진도 남지 않았다!"

남궁원예는 흑심당 수하들을 향해 외친 후 그 역시 바쁘게 몸을 움직이기 시작했다.

"분명히 그렇게 말했나요?"

주렴 뒤에서 들려온 여인의 목소리에는 불편한 심기가 그대로 묻어났다. 하지만 앞에 선 장도는 감히 그녀의 말에 끼어들 생각을 못했다. 벌받는 아이처럼 머리를 푹 숙이고 그녀의 다음 말을 기다릴 뿐.

"귀찮다고, 본 공주가 대면을 청했는데 분명 귀찮다고 했단 말이죠?"

"예! 며칠 전 뜻하지 않은 부상을 당해 그런 것이니 부디 너그러이 이해해 주시면……."

처음에는 곧이곧대로 얘기하던 장도는 수정공주의 확 변한 태도에 이게 아니다 싶었는지 나름대로 열심히 변명을 늘어놓았다.

"다쳤어요? 어디가요? 많이 다쳤나요?"

"워낙 단단한 녀석이라 그렇게 큰 걱정은 안 하셔도 됩니다."

장도는 주렴 뒤에서 들려온 놀란 음성을 듣고 맹한 얼굴로 머리를 긁적였다.

"휴우! 알았으니 일단 물러가세요."

"그럼 저는 이만 물러가겠습니다!"

장도는 허리를 푹 숙여 보이고 뒷걸음질쳐서 대전을 빠져나왔다.

'휴우! 이 인간이 정말… 이 시대 최고의 쾌남아, 벽력호에게 이런 잔심부름이나 시키다니. 하여튼 몸만 다 나아봐라!'

장도는 사비의 간사한 얼굴을 떠올리며 이를 바드득 갈았다. 공우생에게 당한 상처가 낫지 않았다는 이유로 자신에게 이런 내키지 않는 부탁을 하는 그가 무척 얄미웠다. 하지만 다른 한편으로는 그렇게라도 옆에 붙어 있는 게 기분이 좋았다.

"옳지! 이 자식, 힘 빠졌을 때 뇌전기로 좀 조져 놔야겠다!"

장도는 갑작스레 떠오른 기발한 생각에 손뼉을 치며 희희낙락 걷기 시작했다.

"아무래도 제가 가봐야 할 것 같아요."

장도가 떠난 대전 안, 수정공주가 주렴을 걷고 모습을 드러냈다.

"공주는 엄연히 대명황실을 대표하는 얼굴입니다. 남정네를 보기 위해 가볍게 움직이는 것은 황실 전체의 체통을 손상시키는 일이지요."

"다른 분은 몰라도 고모님이 그런 말씀을 하시니 어울리지 않아요."

수정공주는 기둥 뒤에 서 있다가 앞으로 걸어나오는 소향군주를 보며 까르르 웃었다.

"그렇게 웃으시면 안 된다고 몇 번이나 말씀을 드려야 합니까?"

"그러는 고모님은요? 어찌 황실의 군주이신 분이 그렇게 허리에 검을 차고 계시는 거죠? 황실 법도에 그런 규정이 신설됐나 보죠?"

"아무리 뭐라고 해도 사비 공자를 먼저 찾는 것은 허락치 않겠어요."

수정공주가 혀를 낼름 내밀자 소향군주가 살짝 얼굴을 굳히며 고개를 흔들었다. 하지만 내심은 다르다.

그녀는 수정공주의 맹랑한 말과 행동이 귀엽고 사랑스러웠다. 황실의 법도에 얽매여 살기 싫었던 것은 자신도 마찬가지였기에 그녀의 심정도 십분 이해가 갔다. 하지만 다른 한편으로는 수정공주가 상처를 받을 일이 적잖이 걱정이 되기도 했다.

'그는 무림인입니다. 아니, 무림에도 얽매이기 싫어하는 자유인이지요. 그의 아비를 닮아 한 둥지에 오래 있지 못하는 대붕이에요. 그런 사람은 잡아둘 수가 없답니다.'

소향군주의 애잔한 눈동자를 받는 수정공주의 눈이 해맑게 빛났다.

"그래도 저… 가봐야겠어요!"

군자대로의 어둠을 뚫고 어기적어기적 걷는 장도는 이곳저곳으로 쉴 새 없이 시선을 옮겼다. 그동안은 돌아가는 상황이 하도 급박하여 미처 살필 겨를이 없었는데, 사비와 만나고 한결 여유가 생긴 지금 다시 보니 백천맹의 규모는 듣던 소문보다도 훨씬 컸다.

까마득히 펼쳐져 있는 수천 채의 고루전각들은 둘째 치고 백천맹 중앙에 위치한 너른 연무장들만 보더라도 벽력문의 건물들이 모두 들어갈 정도로 컸다.

"역시 친구라 그런지 비슷하군! 촌스럽고, 싼 티 나고… 후후후!"

"뭐냐?"

장도는 뒷짐을 진 채 느릿느릿 걸어오는 사내를 보며 어리둥절한 표정으로 물었다.

"황보세가의 가주! 소장왕이라고 해야 더 잘 알려나?"

"흠! 내게 뭐 볼일이라도 있나?"

장도는 황보혁의 나른하면서도 가는 목소리가 듣기 거북해 입술을 살짝 비틀었다. 뿐만 아니라 자신을 위아래로 훑는 황보혁의 눈초리는 마치 거느리는 몸종 보듯 불쾌하기 그지없었다.

"물론 있지! 있고말고! 가까이서 보니 역시 지저분한 놈이군!"

장도와 두 장 앞에 이른 황보혁은 가늘게 뜬 눈으로 그를 흘겨봤다. 이에 장도의 얼굴이 싸늘하게 걷어졌다.

"지금 너 뭐라고 지껄이는 거지? 죽고 싶냐?"

장도가 분기 어린 눈을 하며 뇌화대공을 끌어올렸다. 그는 이런 식으로 도발하는 상대에게 자비를 베푸는 법은 배우지 않은 모양이었다.

지지직……!

그의 몸을 타고 흐르는 뇌전기를 느낀 황보혁의 눈이 살짝 흔들렸다. 하지만 그는 이내 낯빛을 바꾸며 비릿한 미소를 흘렸다.

"냄새나는 놈이 그래도 무공 하나는 제대로 얻었군!"

"암! 황보가의 어설픈 무공과는 질적으로 다르지! 그 얘기는 우선 몇 대 쥐 터지고 나서 다시 해보자고!"

지이이잉……!

순간 새하얀 섬광이 장도의 몸을 감싸며 반짝이기 시작했고, 이를 본 황보혁의 눈이 찰나지간 빛을 발했다.

'지금이다!'

쑤에엑!

퍼어어억—!

"크윽!"

장도의 눈앞으로 흰 빛이 번쩍였다. 그의 가슴에 박혀 부르르 떨리는 번개 문양의 기병, 황보혁이 자랑하는 희대의 신병 뇌화시였다.

"유유상종이라더니, 너나 사비 그 망종이나 단순하기 이를 데 없구나. 조금만 참아라! 네 뇌전기만 다 빨아먹으면 곱게 죽여줄 테니까! 이왕 죽을 목숨, 뇌화시로 다시 태어나면 너도 좋고, 나도 좋잖아. 안 그래? 크크크!"

황보혁은 허리를 숙인 채 덜덜 떠는 장도를 바라보며 크게 웃었다. 주변에는 아무도 없었고, 삼십 장 밖으로 간간이 보이는 사람들은 모두 자신의 동료들이니 걱정할 일이 없었다.

황보혁은 아무 차질 없이 계획을 마쳤다는 생각에 자꾸 웃음이 나왔다. 본래는 처음부터 뇌화시를 써야 했으나, 그렇게 끝내기에는 장도의 몸에 쌓인 뇌전기가 너무 아까웠다. 그래서 위험을 감수하면서까지 장도의 화를 촉발시키고 뇌전기를 끌어올리게 만들었던 것인데, 결과는 대만족이었다.

"이만하면 가득 찼을 테니 이제 마무리를 하자꾸나! 다음에는 네 사부의 것도 뽑아줄 테니 너무 서운해할 필요 없다! 음?"

장도의 가슴에 박힌 뇌화시를 뽑아내려고 손을 뻗었던 황보혁의 눈이 잘게 떨렸다.

"어째서 피가……?"

뇌화시 끝을 타고 뚝뚝 떨어지는 핏방울. 뇌전의 기운이 담겨 격중당한 자의 살과 피를 태우는 뇌화시에서 일어날 수 있는 현상이 아니었다. 이에 일순 당혹스런 눈이 된 황보혁이 재차 뇌화시를 뽑기 위해 손가락을 트는 순간이었다.

"장도야! 어디 있냐? 장도야!"

"이런!"

백여 장 밖에서 들려오는 우렁찬 목소리에 황보혁이 새파랗게 질린 얼굴로 고개를 홱 돌렸다. 주변을 감싸고 있던 동료들이 사내의 음성을 듣자마자 모두 그쪽으로 달려갔으나, 등장한 사내에 의해 순식간에 피떡이 되어 날아갔다. 이에 더욱 기겁한 황보혁은 뇌화시를 뽑기 위해 사력을 다했다. 하지만 어찌 된 노릇인지 뽑아내려고 할수록 뇌화시는 안으로 더욱 깊이 박혀 들어갔다.

"제기랄!"

황보혁은 뇌화시에서 손을 떼고 서둘러 자리를 뜨기 시작했다. 하지만 멀어져 가면서도 장도의 가슴에 박힌 뇌화시가 아까운지 힐끔힐끔 돌아봤다. 그러나 더 있다가는 자신의 목숨도 부지하기 어렵다는 생각 때문인지 그는 곧 전력을 다해 경공을 전개하기 시작했다. 그래도 장도의 죽음은 기정사실이니 맡은 일의 반은 완수했다 자위를 하며.

턱!

"누가 감히!"

장도의 발치로 날아 내린 구양극호는 그의 가슴에 박힌 뇌화시를 보고 덜덜 떨리는 손을 앞으로 내밀었다.

퍼엉!

"흐헉!"

구양극호의 손이 뇌화시에 닿는 순간, 그의 몸이 마치 거대한 장세에 휩쓸린 사람처럼 십 장 밖으로 날아가며 검은 피를 왈칵 토했다.

"이런 괴사가 있나!"

벌떡 일어난 구양극호의 눈이 크게 일렁였다. 장도가 자신으로서도 감당키 어려운 힘에 격중당했다는 사실을 직감한 것이다.

"자, 장도야!"

구양극호가 또 한 번 장도를 향해 달려들었다. 이번에는 뇌화대공을 극성으로 끌어올리며 전신을 보호한 상태였지만, 앞으로의 일이 어떻게 될지는 장담할 수 없었다.

퍼어어어어엉……!

장도와 구양극호가 닿음과 동시에 하얀 섬광이 십 장 높이까지 퍼져 올라가며 굉음이 대지를 울렸다.

신기전의 전각들 주변은 다른 백천맹 건물들과 달리 경비를 서는 인원이 전혀 없었다. 벽력문과 곤륜파를 대표하는 쟁쟁한 고수들이 있는 용담호혈이니 감히 어느 누가 침입할 엄두를 낼까.

더욱이 지금은 사비를 대주로 모신다고 공표한 흑화일심대도 거처를 이곳으로 옮겼으니 더 말할 것도 없었다.

"휴우! 이를 어쩐다냐?"

"글게요, 형님. 에휴!"

한 전각을 두른 돌담 위에 나란히 앉은 강창기와 이수천은 교대로 한숨을 푹푹 내쉬었다.

"아무리 생각해도 경쟁자가 너무 많아. 안 그냐?"

"하지만 우선권이라는 게 있잖아요. 사비 대협을 대가리로 결정한 건 우리가 제일 먼저였다고요!"

"그러게 말이다! 그나저나 부회주님은 이 시급한 상황에 왜 코빼기도 안 비치시는겨?"

강창기는 솥뚜껑만 한 주먹을 들어 제 이마를 톡톡 때리며 눈살을 찌푸리더니 이내 눈알에 힘을 주며 입을 열었다.

"아무래도… 내가 담판을 짓는 게 낫겠다!"

"누구하고요?"

"누구긴 누구야? 회주님이지!"

"담판은 무슨 담판을 짓는다고 그래요?"

"그야……."

이수천의 물음에 잠시 말을 잇지 못하던 강창기는 오른손 엄지로 한쪽 콧구멍을 틀어막으며 코를 팽 풀어 제쳤다.

"나도 모르겠다! 일단 대화라도 나눠봐야지."

"지금 가보게요?"

강창기가 엉덩이를 툭툭 털고 자리에서 일어나자 이수천이 뒤따라 일어나며 물었다.

"아니, 일단 무슨 말을 할지는 준비해야지. 내일 갈란다."

강창기와 이수천이 자리를 뜨려는 순간이었다.

휙!

"헉!"

"뭐, 뭐냐?"

"백리준은 어디 있나?"

강창기와 이수천의 발이 대롱대롱 매달린 감처럼 허공에서 흔들렸다. 붉은 복면을 쓴 인영의 손에 멱살이 잡혔기 때문이다.

무심한 음성, 무심한 눈빛.

강창기와 이수천은 그 눈빛과 음성을 대하자 아무 생각도 들지 않았다. 오직 대답하지 않으면 죽을 것이라는 극도의 공포만이 머릿속을 가득 채울 뿐.

"저기, 저 전각 오른쪽으로 돌아가서 맨 끝 방인뎁쇼!"

강창기는 입에서 침이 흘러나오는 줄도 모르고 게거품을 물고 급하게 소리쳤다.

"난 흑천에서 왔다. 앞으로 반 각! 그 후에 움직여라! 그렇지 않으면… 죽는다!"

"……."

붉은 복면인은 멱살을 풀어줌과 동시에 연기처럼 스르륵 사라졌지만 강창기나 이수천은 그 자리에서 움직일 생각을 하지 못했다. 조금이라도 움직였다가는 본인들의 목과 몸통이 따로 떨어진 채 아침을 맞을 것이라는 확신 때문이었다.

강창기와 이수천이 너무 두려워 오줌까지 지리며 입도 벙긋 못하고 있는 사이.

백리준은 창문을 모두 닫고 진기를 다스리기에 여념이 없었다.

'드디어 중단전에 진기가 쌓이기 시작했다! 역시 사비 대주가 이끌어주셨던 대로 토의 기운이 쌓이는군!'

백리준은 중단전을 통해 들어오는 묵직한 기운을 받으며 입가에 미소를 머금었다. 그토록 추구하던 오행지경에 완전히 들어선 것이다.

이제 공력을 끊임없이 돌려도 마르지 않는 상태가 됐고, 더불어 포화 상태였던 하단전도 배는 넓어졌으니, 꾸준히 연마만 하면 무공에 입문했던 때보다 더욱 빠른 속도로 무공이 진일보할 터.

'이 은혜를 남은 생으로 다 갚을 수 있을지…….'

그때였다.

'살기!'

백리준이 가볍게 눈을 떴다. 상대의 눈을 의식해 운기조식에 들어갔던 몸까지 풀지는 않았으나, 어떠한 공격이 있어도 무리없이 막아낼 준비는 되어 있었다. 하지만 일말의 불안감은 어쩔 수 없었다. 그것은 고수가 고수를 알아보는, 범이 독수리를 알아보는 그런 육감이었다.

'공기의 흐름조차 끊지 않고 은잠해 들어왔다!'

백리준은 주변 대기의 흐름을 감지하기 위해 중단전까지 모두 개방했다. 역시 미세하게나마 생명의 기운이 느껴졌다. 아무리 숨기려 해도 결코 숨길 수 없는 생명 본연의 기운. 그것은 이전의 백리준이었다면 결코 느끼지 못했을 기운이기도 했다.

'움직인다!'

쑤에에엑—!

백리준의 두 눈이 더욱 커졌다.

먹이를 잡아채는 비사(飛蛇)처럼 백리준의 양팔과 다리, 목을 향해 짓쳐들어오는 여섯 줄기 혈선(血線).

백리준은 가부좌를 튼 자세 그대로 허공으로 솟구쳤다. 하지만 혈선들은 직각으로 꺾이며 마치 살아 있는 생명체처럼 그 뒤를 따랐다.

백리준이 양팔을 쫙 펼치자 그의 복부 어림에 백색 구름 같은 기운이 뭉치기 시작했고, 그 기운은 이내 엄청난 속도로 전신을 감쌌다.

백리준이 그의 독문절기인 천왕장법의 장세를 주변에 맺히게 하여 장막(掌膜)을 형성한 것이다. 이는 끊임없이 샘솟는 공력이 아니면 엄두도 못 낼 기막힌 방어법으로 내가진기를 이용하는 호신강기보다 훨씬 강력한 효과가 있는 것이었다.

푸스스슷……!

백리준의 입가로 희미한 미소가 번졌다. 이론으로만 가능한 경지라고 여겼던 장막을 자신이 해냈다는 기쁨이었다. 하지만 그의 입가로 번졌던 미소는 금세 씻은 듯이 사라졌다.

"둘이 모자라다!"

백리준은 가슴에 이는 섬뜩한 기운을 느끼며 또 한 번 전신 공력을 최대로 끌어올렸다.

쩌어어엉……!

백리준의 가슴에 맺힌 백색 장막으로 대기 중에 멈춰 있던 남은 두 혈선이 와서 꽂혔다. 그리고 그 혈선 끝으로 조금씩 균열이 가기 시작했다.

"으으음!"

백리준의 눈썹이 부들부들 떨렸다. 가슴께에 닿아 있는 혈선이 윙 하는 소리를 내며 팽이보다 빠른 속도로 급회전하고 있었기 때문이다.

드드드드……!

백리준은 어이없는 표정으로 천천히 고개를 들었다.

전면에서 자신을 향해 양손 검지를 가리키고 있는 붉은 복면인의 눈이 사이한 빛을 내뿜고 있었다.

"혈수십이기를 막아내다니… 당신이 정말 백리준인가?"

"……?"

백리준은 들려온 음성에 자신의 귀를 의심했다. 공력을 끌어올린 상태에서 입을 열었다거나, 그 냉기가 풀풀 날리는 음성의 주인이 여인이어서가 아니었다. 그 목소리를 듣자 자신이 아는 누군가가 생각났기 때문이었다.

"다, 당신은… 혈매화!"

백리준 역시 공력을 끌어올리면서 말하는 데는 문제가 없었다. 하지만 그는 혈매화의 출현에 놀란 나머지 해서는 안 될 치명적인 실수를 하고 말았다. 그녀의 눈에 찰나지간 붉은 섬광이 스치고 지나가는 것을 보지 못한 것이다.

"나를 아나?"

"실종됐다고 들었소만⋯ 이게 도대체 어찌 된 것이오? 헛!"

쑤우우액―!

백리준은 헛바람을 집어삼켰다. 가슴에 꽂힌 두 혈선을 처리하기도 전에 또 다른 혈선 여섯 개가 동시에 날아들었다. 그제야 백리준은 좀 전 혈매화가 뇌까리던 혈수십이기라는 이름이 생각났다.

카카카카카카캉―!

백리준의 모습은 마치 날개를 활짝 핀 공작새처럼 보였다. 혈매화가 나중에 던진 여섯 개의 혈선들이 부챗살처럼 그의 전신에 꽂혔기 때문이다.

하지만 다행히 혈선은 백리준이 펼친 장막을 완전히 뚫지는 못했다.

"으핫!"

백리준이 벽력성을 토하며 양 장을 머리 위로 올렸다가 내리자 그의 전신을 감쌌던 구름이 더욱 짙어졌다.

타라라라라라락!

그럴수록 혈매화가 던진 혈선들도 그 회전이 빨라졌다.

"으으음! 천왕현신(天王現身)!"

콰지끈―!

백리준이 양팔과 두 다리를 쫙 펴며 허공으로 숏구쳐 올랐고, 지붕을 뚫고 공중으로 떠오른 그의 몸에서 백색 광채가 번쩍였다. 이와 동시에 그의 몸에 꽂혔던 혈선들도 모두 먼지로 화했다. 오직 이 방법만

이 혈매화를 다치지 않고 송곳처럼 파고드는 여덟 개의 혈선을 처리할 수 있는 유일한 방법이었다.

"당신 살기 싫었나 보군."

혈매화의 두 다리가 지면에서 떨어지며 그녀는 선 자세 그대로 백리준의 전면으로 이동해 왔다. 하지만 백리준은 아무런 반응을 보이지 않았다. 사비, 화무영과 관련이 있는 여인임을 알기에 차마 손을 쓰지 않았던 것이 천추의 한으로 남게 된 것이다.

"상은 고통은 없는데 시체가 안 남아! 하는 고통은 지독한데 시체는 온전할 수 있지. 어떻게 죽여줄까?"

혈매화가 천연덕스러운 음성으로 백리준의 귀에 대고 속삭였다. 이 전의 무심함과는 달리 먹잇감을 사냥해 놓고 마지막을 즐기는 모습이었다.

"어이! 오랜만이다!"

등 뒤에서 들려온 사비의 반가운 목소리에 혈매화의 신형이 크게 흔들렸다.

"매화! 네 서방이 널 얼마나 찾고 있는데… 여기서 이 지랄 떨고 있는 거야? 엉?"

짐짓 엄하게 추궁하는 사비의 목소리에는 장난기가 가득했다. 하지만 듣는 혈매화는 그게 아닌 모양이었다.

확연이 눈에 보일 정도로 어깨를 덜덜 떨던 혈매화는 입술을 피가 나도록 입술을 베어 물며 몸을 돌렸다. 동시에 그녀의 신형이 천천히 하늘에서 내려오는 붉은 옷의 선녀처럼 하강하기 시작했다.

"너는……?"

"뭐? 이년이 주인보고 너라니? 너 많이 컸다!"

“…….”

혈매화의 눈이 당혹으로 일그러졌다. 사비의 몸에 불이 확 일어나며 그가 벌써 지척에 이른 까닭이다.

“이런 말장난은 이제 재미없거든. 그러니까 이제 그만 하자!”

휘이익!

혈매화의 전면으로 붉은 연기가 쏟아져 나왔다. 마치 붉은 먹물을 뿜어내는 문어처럼 그녀는 붉은 연기로 사비의 시야를 가림과 동시에 급히 몸을 돌려 신법을 전개하기 시작했다.

“넌… 내가 죽일 수 있는 상대가 아니다! 넌 바람의 아들이니까!”

“뭐라고 지껄이는 거야? 이년이… 너 거기 안 서!”

혈매화의 중얼거림을 따라 사비가 허공에 발을 찍어갔다. 수십 장 간격의 징검다리를 건너는 사람처럼 하늘에 찍어가는 그의 발끝이 머문 자리로 하얀 기운이 발자국처럼 맺혀 있었다.

“이보게! 괜찮나?”

사비가 떠나고 얼마 후 흑화일심대 수명과 함께 날아 내린 양청이 백리준을 발견하고 놀라 뛰어왔다.

“헛! 장막의 경지!”

백리준 앞에 이른 양청의 두 눈이 크게 일렁였다. 혈선을 제거하기 위해 공력을 끌어올린 백리준의 몸에 어떤 상황이 벌어져 있는지 간파했기 때문이다.

“이것이… 대형과 끝까지 함께했던 자네가 얻은 보상인가?”

양청은 어느새 무아지경에 빠져 끌어올렸던 진기를 일주천시키는 백리준을 바라보며 망연자실한 표정으로 물었다.

백리준을 바라보는 그의 눈에 맺힌 것은 깊은 후회와 부러움이었다.

“다들 괜찮나요?”

신기전에 밝힌 횃불들 사이로 사비가 모습을 드러냈다. 혈매화를 쫓다가 다른 일행이 걱정되어 다시 되돌아온 것이다.

“장도가… 당했네! 아무래도 쉽지 않을 것 같군!”

“뭐라고요? 지금 농담하는 거죠?”

구양극호의 참담한 음성에 사비가 두 눈을 잘게 떨며 되물었다.

“듣도 보도 못한 기물(奇物)이 박혔는데 도무지 빠지지가 않아!”

“대력신장은 어때요?”

한동안 말문을 잇지 못하던 사비가 어느새 차분해진 목소리로 백리준의 안부를 물었다. 하지만 그의 눈은 중앙에 누워 있는 장도의 몸에서 떨어질 생각을 하지 않았다.

“저는 괜찮습니다. 면목없습니다.”

양청의 곁에 앉아 조식을 취하던 백리준이 자리에서 일어나 하얀 수염을 휘날리며 앞으로 나왔다.

“매화하고 제대로 붙었으면… 어땠을 것 같아요?”

“아마… 백중지세였을 겁니다!”

“역시 그랬군요.”

사비는 고개를 끄덕이며 장도의 앞으로 걸음을 옮겼다.

‘대력신장이 나와 백색이의 안면을 보지 않고 싸웠어도 백중지세라면… 이전의 매화가 아니라는 건데… 그럼 그사이에 실력이 늘었다는 거야? 아니면 그전에 감추고 있었다는 거야?’

사비는 속으로 강한 의혹을 품은 채 장도가 덮고 있던 붉은 천을 확 젖혔다. 피떡이 진 장도의 가슴을 확인하고 일순 찌푸려졌던 사비의 눈이 천천히 커졌다.

“이건… 뇌화시!”

“알아보겠나?”

구양극호가 혹시나 하는 기대감으로 물었다. 하지만 사비는 아무런 말도 하지 않고 장도의 가슴에 박힌 뇌화시를 뚫어져라 응시했다.

“아는 물건이긴 한데… 내가 당했을 때하고는 다르군요.”

장도에게서는 화상을 입은 것처럼 시커멓게 타 들어갔던 자신과는 전혀 다른 증상이 나타나고 있었다. 이에 의아한 생각이 든 사비가 장도의 가슴께로 살며시 손을 내밀었다.

“조심하게!”

사비가 앞으로 손을 뻗는 것을 발견한 구양극호가 대경하여 외쳤다. 이에 주변에 있던 이들 모두 급히 수장 뒤로 몸을 뺐다. 하지만 구양극호의 경고성에 상응할 만한 일은 벌어지지 않았다.

“……?”

이에 가장 당황한 것은 구양극호였다. 자신이 뇌화시를 만졌을 때는 진천뢰가 터지듯 강력한 폭발이 있었는데, 사비가 만지자 아무런 일도 벌어지지 않았기 때문이다.

사비는 지금 풍류비공을 끌어올리고 있었다.

‘뇌전의 기운을 놓고 장도와 뇌화시가 서로 싸우고 있어! 이대로라면 장도가 진다! 하지만 화류패기를 불어넣어 준다면……!’

사비는 뇌화시와 장도 간에 벌어지는 현상을 간파하고 회심의 미소를 지었다. 우려했던 것과 달리 장도가 무사할 가능성을 발견했기 때문이다. 아니, 어쩌면 장도는 천하에 다시없을 기연을 얻은 것인지도 몰랐다.

‘재미있게 됐군! 어디 고생 좀 해봐라, 이 녀석아! 불로 지지는 맛이 어떤지 겪어보란 말이야. 키키키!’

의뭉스런 미소를 짓던 사비의 손에서 화르륵 불이 났다.

이후 모인 중인들은 넋이 빠진 사람처럼 사비와 장도 사이에서 일어나는 일을 지켜보았다.

사비의 몸에서 일어난 불이 장도의 몸으로, 정확히 보면 장도의 몸에 박힌 뇌화시를 대롱 삼아 그의 몸속으로 스며드는 괴사를.

“조금 아프긴 하겠지만 별일없을 것 같군. 일단 안으로 옮기지요. 아마 조금 시끄러울지도 몰라요. 흐흐흐!”

이런 심각한 상황에서의 음침한 괴소는 여간 어색한 게 아니었지만, 다른 사람이 아닌 사비의 입에서 흘러나오니 의외로 자연스러웠다.

그리고 그날 밤 내내, 장도의 피를 태우고 뼈를 깎는 고통성이 신기 전에 가득 찼다.

“으아아아! 사비! 내가 너를 친구라고 부르면 인간이 아니다!”

|第三章|

아! 흑화(黑花)

용설차의 그윽한 향이 하얀 김이 되어 동그란 탁자 위를 맴돈다.

소향군주는 그 탁자에 양손을 포개고 앉아 맞은편의 사비를 물끄러미 쳐다봤다. 하지만 고개를 푹 숙이고 골똘한 생각에 잠긴 사비는 그녀의 시선을 의식하지 못하고 있는 것 같았다.

"흠! 그러니까 황제가 누군가에게 잡혀 침소에 갇혀 있다는 거네?"

"그래요. 어림친위군과 금의위, 동창까지 총동원되어 그 주변을 포위하고 있지만, 황상을 잡고 있는 이의 무공이 워낙 대단하여 접근조차 못하고 있어요."

"그 미친놈… 소향군주님도 상대가 안 될 정도로 강합니까?"

"아마 그럴 거예요. 아니! 일 대 일 승부라면 제가 져요!"

소향군주가 거침없이 고개를 끄덕이자 사비가 의외라는 얼굴로 바라봤다. 십이제천 다음으로 강하다는 그녀가 인정하는 고수라니… 하지만 다른 한편으로는 그런 고수가 황실에 숨어들 때까지 황실 무사들은 도대체 뭘 하고 있었나 하는 생각에 내심 어이가 없었다. 이를 눈치 챘는지 소향군주는 짧은 한숨을 토하며 다시 말을 이었다.

"그자가 외부에서 침입해 왔다고 해도 막기 힘들었을 테지만, 내부인이고 보니 더욱 속수무책으로 당할 수밖에 없었어요. 황상을 납치한 흉수는 어의예요. 몇 년간 황상의 총애를 받았던 뛰어난 의술을 지닌 어의여서 아무도 그런 일이 벌어질 것이라고는 생각지 못했지요."

"죽고 싶어 환장한 놈이군. 도대체 뭐 때문에 황제를 납치한 거지?"

"그건……."

소향군주는 입을 다물고 주변의 기척을 살피더니 다시 말을 이었다.

"얼마 전 그의 배후가 통첩장을 보내왔어요."

"통첩장?"

"네! 거긴 두 가지 요구 조건이 적혀 있었지요. 하나는 이 땅의 민초들을 위해 명황실을 폐하고 물러나라는 것이었고, 나머지 하나는 물러나기 전에 천하무림인들을 모두 불러 모아 이십 년 전과 같은 비무대회를 열라는 거였어요."

"비무대회? 뭐 그런 엉뚱한 놈들이 다 있지? 가만! 그럼 무림인이라는 소리잖아!"

"그래요! 그들은 흑천이에요!"

쿵!

사비의 얼굴이 경악으로 일그러졌다. 그리고 잠시 후 그의 얼굴은 다시 평온을 되찾았다.

'신도세가의 멸문과 관련된 모든 이들을 그곳으로 불러들여 복수를 하고, 천하제일가의 명예를 되찾으려는 거야! 지금의 천하제일가는…

대명황실의 황족이니까! 미친놈들!'

사비는 흑천의 의도를 대충 짐작할 수 있었다. 그리고 어느 정도는 이해도 됐다. 자신 또한 사군우의 명예가 손상되는 것을 우려해 마음 내키는 대로 하지 못하고 있듯 신도세가도 세인들의 시선을 의식해 흑천으로 활동하며 신도세가에 대한 진실의 발표를 그때로 맞춰두고 있는 것이다. 자신이 공황식이 죽는 시기를 저울질하는 것처럼.

"워낙 중차대한 일이라 수정공주조차 모르고 있을 정도로 극비에 붙여져 있는 일이에요. 하지만 황상께서 정사를 돌보지 못하신 지 꽤 오랜 시간이 흘렀으니, 조만간 이 사실을 발표할 수밖에 없어요."

"수정공주도 모르는 일을 왜 내게 먼저 알리는 겁니까?"

"그들을 막을 수 있는 유일한 사람이라고 판단했으니까요."

"하하하! 내가 흑천을 막아? 뭔 수로?"

사비는 소향군주의 결연한 눈길을 받자 어이없는 웃음을 삼켰다.

"본래는 검황에게 이 일을 부탁하기 위해 온 것이지만… 그들만으로는 부족해요. 흑천은 이미 천하의 반을 거머쥔 세력이니까요."

"지금 나더러 그 새끼들하고 같이 황실을 도와달라는 겁니까? 그때 그 꼴을 보고도?"

"부탁해요. 개인이 아닌 황실과 천하의 안위가 걸린 일이에요."

"내가 왜 천하를 걱정해야 하지? 황실은 또 나랑 뭔 상관이 있는데? 사실 소향군주님 얼굴 봐서 도와줄 마음은 조금 있지만 그 작자들하고 힘을 합치라면 난 못합니다!"

"……."

소향군주는 잠시 입을 다물고 생각했다. 수정공주와 유람을 나온 시늉을 하며 이곳으로 온 이유는 백천맹의 힘을 빌기 위해서였다. 하지만 백천맹에 도착하여 지내는 동안, 이곳의 분위기가 심상치 않게 변해 감을 깨달았다. 강소공가에 몰려 있던 주도권이 조금씩 분열로 치닫기 시작한 것이다.

소향군주는 그 주된 원인이 사비 때문임을 파악하고 그에게 부탁을 하고 있는 것이다.

"검황과 공황식 맹주는 흑천과의 싸움을 위해 당신 측과 공조할 수 있다는 의사를 표명했어요. 그러니……."

"공조? 어제까지도 내 친구들에게 검을 쑤셔 박은 놈들과 도대체 뭘 어떻게 하란 말입니까! 군주님 말은 못 들은 걸로 하겠습니다!"

사비는 자리에서 벌떡 일어나 곧바로 몸을 돌렸다.

"당신이 사군우 그 사람을 닮았다고 생각했는데… 내가 잘못 봤나 보군요."

"그게 무슨 뜻입니까?"

"그분은 적어도 자신의 불편함 때문에 힘든 사람을 외면하지 않았어 요. 자신의 개인적인 원한 때문에 대의를 저버린 적도 없어요."

"아저씨와 개인적인 원한을 맺을 겁없는 인간이 과연 있었을까?"

"당신은 무림인들이 천하제일인을 가만히 놔뒀을 거라고 생각하는 건가요? 그만 죽이면 모든 영광과 명예를 거머쥘 수 있는데? 흑화검성 은 항상 긴장 속에서 살아야 했어요. 음식에 독을 타거나, 수면 중에 암습을 가하는 적은 그래도 양호한 편이었지요. 그래도 그는 그들을 함부로 죽이거나 화를 내지 않았어요. 바보라서 그랬을까요?"

"……."

"천하제일은 결코 하루아침에 만들어질 수 있는 영명이 아니에요. 지닌 능력과 성품은 몰라도 모든 사람이 절로 고개를 숙일 수밖에 없는 기도는 타고나는 것만으로 되는 게 아니라고요. 수백 일, 수천 일, 수만 일에 걸쳐 만들어지는 거지요. 정말 그분을 닮고 싶다면 그의 무공이 아니라 그의 마음부터 배우세요!"

소향군주의 음성은 여전히 부드러웠지만 사비의 가슴에는 비수가 되어 날아와 꽂혔다.

'마음부터… 배우라고?'

그녀의 말을 되뇌는 사비의 귓가로 다시 소향군주의 나긋한 음성이 들려왔다.

"부탁 하나만 할게요. 당분간 백천맹의 일에 관여하지 말아주세요. 거기에는 공 맹주에 대한 복수도 포함돼요. 하지 말라는 게 아니라 미뤄달라는 거예요. 그건 해줄 수 있겠죠?"

걸음을 멈추고 소향군주의 말을 묵묵히 듣던 사비가 두 눈을 부르르 뜨며 입을 열었다.

"난 그래도 군주님이 괜찮은 사람인 줄 알았습니다. 아저씨를 좋아하던 마음도 꽤 그럴듯해 보였고. 하지만 이젠 아닙니다! 대신… 지금 그 약속은… 지켜 드리지요! 하지만 군주님 말대로 내가 성질 하나는 더럽잖아요? 얼마나 오래 기다려 줄지는 장담 못하겠습니다! 후후!"

콰앙!

문을 발로 걷어차고 밖으로 나온 사비는 이글거리는 눈으로 성큼성큼 걸음을 옮겼다. 밖에서 사비가 나오기를 기다리고 있던 수정공주는 분노한 그의 모습에 두려운 눈을 하며 뒷걸음질쳤다.

"고모님! 저 사람이 왜 저렇게 화가 난 거죠?"

"……."

소향군주는 수정공주의 물음에 답하지 않고 망연자실한 표정으로 힘없이 고개를 내렸다. 지금이라도 당장 달려가 이해해 달라고 소리치고 싶었다. 자신에게는 지켜야 할 나라와 지켜야 할 가족이 있다고, 왜 그걸 이해하지 못하냐고. 하지만 사비의 심정을 아는 까닭에 차마 그 정도의 이기심까지 부릴 수는 없었다.

"육패의 힘이 건재하기를 바랄 수밖에……."

소향군주가 혼잣말로 중얼거리자 수정공주는 동그랗게 뜬 눈으로 그녀와 사비가 사라진 방향을 번갈아 쳐다보며 고개를 갸우뚱했다.

다음 날 아침, 수정공주는 사비를 만나지 못한 아쉬움을 남긴 채 황실로 복귀해야 했다.

"공주가 떠났다고?"

"그렇습니다. 아침 식사도 들지 않고 나섰으니 아마 지금쯤은 관로에 접어들었을 겁니다."

창가에서 뒷짐을 진 채로 아득히 보이는 신기전에 시선을 고정하고 있던 공우생은 천천히 몸을 돌렸다.

"그 일은… 어찌 됐더냐?"

"그것이……."

잠시 망설이던 공황식이 이내 두 눈에 힘을 주며 말을 이었다.

"죄송합니다! 실패했습니다!"

"모두 말이냐?"

"……."

공황식이 아무 말도 못하자 공우생의 얼굴에 눈썹이 가늘게 떨렸다. 쉽지 않은 일이었지만 적어도 절반은 성공을 할 수 있었던 계획이 모두 틀어져 버렸다는 사실이 좀처럼 믿기지 않았다.

"신도원의 무공은 예상을 훨씬 상회했고 나머지 셋은 사비와 흑화일심대의 갑작스런 출현으로 인해… 아무래도 누군가 정보를 흘린 것 같습니다."

"으음!"

공우생은 주먹을 쥐었다 펴기를 반복하며 공황식을 노려봤다. 이전까지는 아무 탈 없이 백천맹을 잘 이끌어오던 아들이 가장 중요한 시기에 큰 실수를 연발하는 것이 못마땅했다. 이에 공황식은 약간은 긴장된 표정으로 입술을 뗐다.

"더 이상의 패착은 없을 것입니다."

"타개책은 있느냐?"

"정공으로 가겠습니다! 백천맹이 지닌 힘을 모두 쏟아 부어서라도 반드시 흑천을 멸하겠습니다! 그리되면 지금까지의 과오는 모두 일거에 씻을 수 있습니다."

"흥! 그게 가능할 것 같으냐?"

"비록 육패 중 절반이 남고, 구파와 오가 또한 적지 않은 타격을 입었지만, 백천맹의 진정한 전력인 백천단, 수호대, 의천단이 있습니다. 그리고 각 성에서 십회가 호응한다면 상황은 금세 반전될 것입니다!"

공황식이 비장한 표정으로 눈을 들어올리자 공우생은 설레설레 고개를 저었다.

"흑천이 강남 전역에서 독버섯처럼 자라날 때도 우리는 알지 못했다. 그들이 사십 년 동안 양지로 나오기 위해 와신상담(臥薪嘗膽)하며 발버둥 치고 있을 때, 제 배 채우기에만 급급했지."

공우생은 상심에 젖은 눈으로 다시 창문 쪽으로 고개를 돌렸다. 그의 눈동자에 신기전의 고루전각들이 가득 찼다.

"내부 분열을 막기 위해 마도와의 전쟁을 유발하려던 것도, 저기 있는 인간들을 이용하려던 것도, 모두 틀어졌다. 이게 과연 우리에게 운이 없었기 때문인 것 같으냐? 이건 운이 아니라… 필시 그들의 의도하에 이뤄진 일인 게야!"

공우생은 지그시 두 눈을 감았다. 하지만 눈앞으로 펼쳐진 막막한 어둠이 불길하게 느껴졌는지 그는 이내 감았던 눈을 번쩍 뜨고 공황식을 향해 세차게 고개를 돌렸다.

"황명을 따르기로 하자!"

"진정이십니까?"

공황식의 놀란 물음에 공우생이 결연한 눈빛으로 고개를 끄덕였다.

"육패나 백천맹은 더 이상 중원 최강의 전력이 아니야. 솔직히 인정하자꾸나! 우리의 자만과 강대함이 오히려 스스로를 죽인 게야. 소향군주의 부탁이 있었으니 탈혼광랑은 섣불리 움직이지 못할 테고, 그를 따르는 이들 역시 황실과 손잡은 우리를 쉬이 보지 못할 것은 더 말할 것도 없을 테지. 흑천을 뿌리까지 뽑고 다시 시작하자! 그때는 육패가 아니라 강소공가만의 힘으로 말이야. 처음부터 이렇게 했어야 했어!"

"아버님!"

공황식의 두 눈이 격정으로 떨린다.

자신의 눈앞에 서 있는 노인이 거악으로 보였다. 지닌 무공과 쌓인 연륜에 잃어버렸던 패기까지 더해진 검황 공우생은 한 시대를 다시 한 번 개척하려는 희대의 풍운아였다. 그건 공황식이 젊어서 꿈꾸던 모습이기도 했다.

"맹주님! 속하 추밀원주이옵니다!"

"들게!"

황급히 안으로 들어온 추밀원주는 공황식과 공우생을 향해 장읍을
취해 보인 후 급하게 입을 열었다.

"누가 찾아와 뵙기를 청합니다!"

"나를? 누가 말인가?"

추밀원주가 자신을 힐끗 쳐다보자 공우생이 이해가 가지 않는 눈초
리로 되물었다.

"그것이… 옛 사람이 찾아왔다고 전하라고 하는데… 함께 온 호위
무사가 하나 있는데 그의 복장이 흑천의 것으로 사료됩니다."

"으음! 안내하게!"

추밀원주가 급히 몸을 돌리고 앞장을 서자 공우생이 소매를 펄럭이
며 그의 뒤를 따랐다.

"맹주는 남아서 어제 일을 마무리하시게!"

"알겠습니다!"

함께 나서려던 공황식이 걸음을 뚝 멈췄다. 공우생은 사비 일행이
이쪽으로 의심의 눈초리를 두지 못하도록 하라는 뜻이었다. 이에 공황
식은 공우생이 멀어져 가는 반대편으로 방향을 틀었다.

"호랑이 굴에 제 발로 찾아왔는데… 어떤가? 떨리지 않나?"

"하하하! 글쎄요. 그렇게 말씀하시니 조금 긴장이 됩니다만. 천주님
은 어떠십니까?"

신도화수의 늙수그레한 음성에 그 뒤에 시립해 있던 흑뇌당주는 너
털웃음을 터뜨렸다.

"난 솔직히… 떨리네. 너무 떨려서 소변까지 마렵다네."

"……."

신도화수가 농담을 하는 줄 알고 웃음을 흘리려던 흑뇌당주는 급히 입을 다물었다. 무릎 위로 포갠 신도화수의 손이 부르르 떨리고 있었기 때문이다.

“살아서 그자를 만난다는 사실이 꿈만 같아서 눈물이 날 지경이야!”

신도화수는 멀리서 다가오고 있는 하얀 수염의 노인을 발견하고 주먹을 와락 움켜쥐었다.

어찌 저 얼굴을 잊을 수 있겠는가? 그가 자신을 발견할까 봐 두려워 똥통에 머리를 처박았던 기억이, 자신의 눈앞에서 부친의 목을 직접 날린 그의 손놀림이 아직도 기억에 생생한데.

신도화수는 당장이라도 달려가 그의 심장에 손을 쑤셔놓고 싶은 심정이었다. 지금도 자신이 누구인지를 살피며 연신 굴려대고 있는 그의 눈알을 파서 짓이기고 싶은 심정이었다. 하지만 신도화수는 이를 악물고 참았다.

‘공우생! 가장 철저하고 잔인하게 부숴준다!’

신도화수의 꽉 깨문 어금니 사이로 스멀거리는 핏물이 목구멍을 타고 넘어갈 무렵, 앞장섰던 추밀원주가 옆으로 비켜서며 공우생이 신도화수의 면전으로 걸어왔다.

“오랜만입니다.”

“……?”

공우생은 의자에 앉은 신도화수의 얼굴을 보며 의아한 눈초리로 고개를 갸우뚱했다.

‘신도가에 이런 자가 있었던가?’

구십을 바라보는 나이였지만 절륜한 내공으로 이제 육십대 초반 정도로 보이는 자신에게 팔십은 넘어 보이는 쭈글쭈글한 노인이 인사를 하다니… 공우생은 자신의 기억을 최대한 되살리기 위해 애를 썼으나 아무리 생각해도 앞에 앉은 신도화수가 누구인지는 짐작이 가지 않았다.

공우생이 자신을 몰라보자 신도화수는 속으로 쓴웃음을 삼키며 나직이 입술을 뗐다.

"서운하군요. 소질이 비록 이렇게 병신이 되어 세월을 배로 흘려보내며 이런 몰골이 됐지만… 숙부께서 저를 몰라보실 줄은 정녕 몰랐습니다."

"너, 너는!!!"

공우생의 눈이 화등잔만 하게 커졌다. 신도화수의 날카로운 눈매를 보자 그제야 이전에 자신을 숙부라 부르며 따르던 신도연의 장남이 생각이 났다.

"화수… 네가? 네가 어찌?"

공우생은 너무 놀란 나머지 말을 잇지 못했다. 마치 귀신이라도 본 사람처럼 딱딱하게 굳은 얼굴로 신도화수의 세월에 찌든 노안만 뚫어져라 응시할 뿐이었다.

그리고 그렇게 잠시 동안 둘은 말이 없었다. 서로 간에 오가는 격정과 회한의 눈빛이 회오리처럼 엉키며 숨소리가 천둥처럼 들릴 적막만이 감돌았다.

이윽고 공우생이 긴 탄식을 토하며 입을 열었다.

"휴우! 분명 확실하게 처리했다 자신했거늘… 너와 네 아비의 능력을 과소평가했었나 보구나!"

"이유가 뭡니까?"

신도화수는 지난 사십 년간 묻고 싶었던 질문을 드디어 던졌다. 이제 와서 이런 물음이 무슨 소용 있겠냐마는, 이렇게라도 말문을 잇지 않으면 앞에 선 공우생을 향해 미친 듯이 달려들 것 같았다.

"이유라?"

잠시 말을 끊고 신도화수의 소름 끼치도록 담담한 눈빛을 바라보던 공우생이 다시 입술을 달싹였다.

"처음에는 그것이 순리라 생각했다. 신도세가로 인해 경직되고 굳어 버린 무림에 새로운 바람을 불어넣어야 한다는 생각이었지. 하지만 돌이켜 보면 그건 헛된 망상에 불과할 뿐, 세상을 향한 욕심이었구나."

"허허허! 역시 아무 거리낌 없이 친구와 그의 가족들의 씨를 말리신 분답게 간단명료하시군요. 후회는… 없으십니까?"

"후회? 본의 아니게 너를 살려줘서 이런 상황을 맞게 된 걸 묻는 거라면 진심으로 후회하고 있다."

"대단하십니다! 역시 검황 공우생답군요!"

신도화수는 공우생의 눈이 차갑게 가라앉는 것을 보며 허탈한 웃음을 머금었다. 공우생은 반성하지 않았다. 아니, 반성은커녕 자신과 흑천으로 인해 그의 자리가 위협받는다는 것에 분개하는 모양이었다.

"제 발로 찾아와 죽여달라고 하면 사양할 줄 알았더냐? 황상을 해한 대역죄까지 저질렀으니 살려두고 싶어도 그럴 수가 없노라!"

공우생은 더 이상 살기를 숨기지 않았다. 신도화수는 불구였고, 그의 뒤에 서 있는 자의 무공도 자신에 비해서는 턱없이 부족했다. 그래서 처음에는 신도화수가 찾아온 의도를 의심해 입을 열면서도 전신 공력을 끌어올려 주위의 기척을 감지해 봤지만 기이하게도 자신들 외에는 아무도 없었다.

그러나 들려온 신도화수의 음성은 이상하리만치 침착하고 고요했다.

“소향군주가 이미 얘기했을 테니 긴말은 하지 않겠소!”

신도화수가 의자 바퀴를 밀어 공우생에게 조금 더 다가갔다.

“난 당신과 다르오! 비겁한 수는 쓰지 않고 신도세가의 오욕을 씻고, 천하제일가로서의 명예를 되찾을 생각이오.”

“……?”

“그때 우리 장원을 넘었던 세력이 모두 여덟인 것으로 알고 있소! 난 두 달 후 황성으로 진격할 생각이오!”

“지금 그 말은 황실을 전복하겠다는 뜻이냐?”

공우생이 믿기지 않는다는 표정으로 묻자 신도화수가 피식 웃으며 입을 열었다.

“그리 내키지는 않지만 황실과 무림에 기회를 한번 줘볼 생각이오. 당신들이 우리를 막아내면 명황실도, 무림도 그대로 이어갈 것이고, 그렇지 못하다면… 새로운 세상이 열리겠지!”

“내가 오늘 이 자리에서 널 죽일 수 있다는 생각은 안 해봤느냐?”

“난 그러기를 진심으로 바라오! 하지만 당신은 그렇게 못하오! 흔들리는 강소공가의 명성을 일거에 회복시키고, 나아가 황실의 인정을 받을 수 있는 절호의 기회를 놓칠 인간이 아니니까! 또… 좋지 않소? 흑천이라는 사악한 집단을 척결하여 무림과 황실을 구한 절세제일인 검황 공우생!”

“후후후! 후회하게 될 것이다!”

“그럼 기대하겠소!”

신도화수가 의자를 돌리자 흑뇌당주가 다가와 그의 바퀴의자를 조심스럽게 밀었다. 하지만 공우생은 신도화수에게만 신경을 쓰느라 흑뇌당주와 추밀원주가 주고받는 눈짓은 미처 보지 못했다.

"신도화수! 역시 신도가의 피를 제대로 물려받았구나! 네놈들의 약점은 그 오만한 자신감이란다! 하하하하!"

공우생은 멀어져 가는 신도화수를 바라보며 앙천광소했다.

＊　　　＊　　　＊

흑천대란의 시작과 함께 무림은 파란의 연속이었다.

이제껏 서로를 못 잡아먹어 안달이 났던 백천맹과 마사회 측이 공식적인 상호 수호 조약을 맺어 흑천에 대항하기로 했고, 황명을 받은 공우생과 공황식 부자는 중원 전역으로 흑천을 막고 대명황실을 지키자는 영웅첩을 날렸다.

강호동도에게 고함!

황상의 교지를 받들어 강호의 협사들에게 알리노니. 민심을 미혹시키고, 관부를 부정하며, 세상을 어지럽히는 흑천과 맞서 싸울 자, 황도로 오라! 지엄하신 황제 폐하와 천하인들이 보는 앞에서 흑천의 수괴들과 자웅을 겨루고자 하니, 역사의 증인이 되고 싶은 자들은 모두 황도로 달려오라!

결국 사비와 그의 측에 선 무인들을 제외한 모든 백천맹 무사들이 채 수일이 못 되어 백천맹을 비우고 황도로 떠났다.

하지만 웅크렸던 몸을 펴고 기지개를 켜기 시작한 흑천은 그야말로 파죽지세였다. 이 정도 속도라면 겨울이 끝나기 전에 전 중원을 장악하는 전무후무한 일이 벌어질지도 모른다는 예상이 나돌 정도로 그들의 행보는 거침이 없었다. 흑천을 막아야 할 백천맹이 황도로 모이기에 급급했고, 상호 공조를 약속한 마사회는 말과 달리 이렇다 할 움직임을 보이지 않고 숨을 죽였기 때문이다.

더욱이 세인들의 분위기도 흑천의 활보를 은근히 통쾌해하는 이상한 쪽으로 흘러갔다.

무림인이 아니면, 무림인 중에서도 백천맹이나 마사회를 비호하는 세력이 아니라면, 흑천은 누구나 자신의 가족으로 받아들여 줬고, 설령 자신들을 인정하지 않는다고 해도 피를 부르는 일은 가급적 피했다. 이런 흑천의 태도는 전 중원인들의 가슴에 신선한 충격으로 다가왔다.

중원을 정복하기 위해 일어섰다고 천하에 공표한 자들이 오히려 허기진 민초들을 위해 곡식을 풀고, 다친 환자들을 위해 약을 나눠 주니, 그들의 검에 아비규환이 될 줄 알고 근심하던 이들의 눈이 달라지는 것은 어쩔 수 없었다. 아니, 오히려 중원인들은 흑천이 왜 이제야 세상에 등장했는지 아쉬워할 정도였고, 그럴수록 백천맹과 마사회의 입지는 더욱 좁아질 수밖에 없었다.

선혜원과 대륙상회의 의술과 재력을 동원한 구제 활동으로 중원의 민심을 사로잡은 흑천. 세인들은 그들을 태평성대를 이끌기 위해 출현한 성스러운 자들, 흑천성자들이라고까지 불렀다.

하지만 그렇다고 흑천이 마냥 인자했던 것은 아니다. 백천맹에 집결해 있던 이들을 제외한 안휘 본가에 남아 있던 남궁세가인들은 흑천에 저항했다가 그 씨가 말라 버렸고, 개방과 야문의 각 지역 분타 곳곳은 하루가 멀다 하고 화염에 휩싸였다. 그동안 호의호식을 하던 거지들이 진정한 거지로 되돌아가고, 양지에 나와 있던 야문인들이 마땅히 있어야 할 음지로 되돌아간 것이다.

또한 흑천이 보내는 죽음의 손길은 육패와 관련이 깊은 이들과 백천 맹에 속한 각 문파 수장들과 원로들의 죽음으로 이어졌고, 그들의 시신 머리맡에는 흑살조라는 이름이 쓰인 한 장의 배첩이 놓였다.

"으음!"

다 죽어가는 노인의 신음성이 덜그럭거리는 마차의 소음에 맞춰 가 늘게 이어졌다.

포장되지 않은 산길이라 그런지 마차의 흔들림이 꽤 요란스러웠다.

"끄응! 쉬었다 가자!"

안에서 들린 노성에 마차 바퀴가 끼익 소리를 내며 멈췄다.

"정지!"

"정지, 정지!"

마차 옆을 호위하던 한 사내가 손을 번쩍 치켜들자 그 뒤를 이어 같 은 행동을 하는 사내들의 외침이 빠르게 이어졌다.

마차 뒤를 따르는 까마득한 행렬. 염제 신농의 초상이 그려진 깃발 이 간간이 보인다.

신농방주 복인문과 그의 방도들이 절강성으로 복귀하는 행렬이었 다.

복인문은 절강성이 이미 흑천의 손아귀에 떨어졌다는 소문을 믿지 않았다. 그것은 신농방이 지닌 강점에 대한 믿음 때문이었다.

다른 문파들과는 전혀 다른 특징을 지닌 신농방은 말 그대로 염제 신농을 받들고 섬기는 종교. 즉 무림인들뿐만 아니라 각계 각층의 다 양한 인사들로 이루어진 신농방이기에 아무리 흑천의 세가 강하다고 해도 종교적인 신앙심을 무력만으로 깡그리 없앨 수는 없다는 게 복인문의 판단이었다. 그리고 지난 사십 년간 일궈온 터전을 소문 몇 마디로 날릴 생각은 추호도 없었다.

이윽고 마차문 사이로 고개를 뺀 복인문이 주변을 살피며 물었다.

"어디쯤이냐?"

"오십 리만 더 가면 천목산(天目山) 초입에 들어섭니다."

"출발하자!"

복인문은 눈살을 잔뜩 찌푸리며 다시 마차 안으로 목을 움츠렸다.

천목산은 안휘와 절강의 경계에 위치한 산으로 백천맹이 있는 대별산과는 이천 리 길. 삼천이 넘는 방도들을 이끌고 백천맹에서 이곳까지 오는 데 불과 이십여 일을 소모했을 뿐인데도 복인문은 성이 차지 않는 모양이었다.

덜컹—!

복인문이 탄 마차가 출발과 동시에 오른쪽으로 크게 기울었다. 이에 잠시 몸을 일으켜 세웠던 복인문은 미처 살피지 못한 구덩이가 있겠거니 하며 다시 힘겹게 몸을 뉘었다.

"농왕 복인문!"

"누구냐?"

복인문이 경악에 찬 눈으로 자리에서 벌떡 일어났다. 하지만 그것은 어디까지나 그의 바람일 뿐이었다. 마차 바닥에서 튀어나온 두 쌍의 손이 그의 혈도를 제압하고 각각 팔과 다리를 붙잡았기 때문이다.

"하나! 다른 육패와 야합하여 신도세가에 억울한 누명을 씌었다! 이는 협을 행하고 정도를 걸어야 하는 무인의 도리를 저버린 죄!"

냉철하고 단호한 음성은 복인문의 앞에서 들려왔다. 검은 피풍의에 죽립을 깊게 눌러쓴 사내가 염왕사자처럼 냉기를 풀풀 날리며 그의 앞에 결가부좌를 틀고 앉아 있었다.

푸욱!

"으윽!"

복인문의 입가로 한줄기 혈선이 그어졌다. 죽립인의 장심이 자신의 단전 어림에 닿으며 칼로 찌르는 듯한 날카로운 통증이 몰려왔다. 이에 복인문은 찢어질 듯 커진 눈으로 바동거리며 그의 손에서 벗어나기 위해 몸부림쳤다. 하지만 단전에 튼실히 쌓여 있던 내공은 바람 빠지는 소리와 함께 사정없이 빠져나가고 있었다.

"크크크!"

죽립인에게서 새어 나온 혼탁하고 메마른 웃음에 복인문의 등줄기로 식은땀이 삐질 흘렀다. 챙에 가려 보이지 않았지만 자신을 바라보고 있을 죽립인의 눈이 얼마나 간절히 피를 원하고 있는지가 온몸으로 느껴졌기 때문이다.

"둘! 신도연 가주를 합공한 것도 모자라, 무공을 상실한 자의 손목을 그 잘난 쌍강연환퇴로 꺾어버렸다! 이는 아녀자나 약자를 살피고 돌봐야 하는 장부 된 자의 도리를 저버린 죄!"

"으음!"

복인문의 눈앞이 온통 붉은색으로 물들었다. 죽립인의 손가락에 의해 이마에 '소인배' 라는 글씨가 패었기 때문이다.

이마를 타고 뚝뚝 흘러내리는 굵은 핏물 사이로 보이는 죽립인의 모습은 악귀 그 자체였다. 하지만 죽립인은 복인문의 두려움을 즐기는 듯 비릿한 미소와 함께 계속해서 복인문의 죄를 읊어갔다.

'탈혼광랑! 네 녀석만 아니었어도!'

복인문은 내상을 입은 상태에서 속수무책으로 당하고 있는 자신의 처지를 생각하자 사비를 향한 강한 적개심이 일어났다. 하지만 그것도 잠시 그는 더 이상 생각을 이어갈 수가 없었다.

죽립인이 입을 열 때마다 자신의 신체 일부가 하나씩 떨어져 나가는 고통에 아무 생각도 들지 않았기 때문이다.

"크아악!"

복인문의 처절한 비명성은 그의 목울대조차 넘지 못했다.

단전, 이마를 거쳐 마지막 눈알이 뽑히는 순간에는 신음을 토할 기력마저 남아 있지 않은 상태였기 때문이다. 그런 와중에도 정신만은 잃지 않는 것을 보면 죽립인의 고문 솜씨는 가히 최고라 아니 부를 수 없었다.

눈과 코가 떨어져 나간 복인문의 얼굴을 바라보던 죽립인이 그의 상의를 부욱 찢어 제 손에 묻은 피를 닦으며 입을 열었다.

"끝으로! 나아가고 물러나는 때를 알아야 할 나이에 죽을 줄 모르고 불나방처럼 달려왔으니… 노망으로 뒈져야 할 시간이 왔음을 선포하노라! 후후후!"

쾅! 쾅!

죽립인은 마차 벽면을 손바닥으로 치며 입술을 살짝 비틀었다.

"혹시 염왕삼숙이 오지 않아 궁금한가? 그 노인네들은 마차 바퀴에 깔려 있느라 바빠 오지 못했으니 이해하도록. 또 네 떨거지들도 곧 뒤따라 보낼 것이니… 그리 외롭지는 않을 것이다. 크크크!"

죽립인은 축 늘어진 복인문의 몸뚱이 앞에 배첩 한 장을 놓으며 다시 말을 이었다. 붉은 바탕에 검은 글씨가 새겨진 배첩이었다.

"눈알이 빠져 안 보일 테니 대신 읽어주지! 뭐 내용이야 이미 다 불러줬으니 됐고. 겉에는 이렇게 쓰여 있다. 흑! 살! 조! 하하하!"

죽립인은 통쾌하게 웃으며 복인문의 양손을 다정스레 끌어당겼다.

"그리고 이건 황공하옵게도 천주께서 내게 별도로 부탁하신 일이다!"

와지끈!

복인문의 손목이 꺾이며 각목 부러지는 소리가 마차 안을 울렸다.

잠시 후 마차 밑으로 진득한 핏물이 새어 나오기 시작했다.

그리고 이를 기점으로 천목산으로 향하는 길목은 시산혈해로 변했다. 불행히도 신농방은 흑살조와 흑찰대라는 흑천 조직 둘이 연수하여 멸문시킨 유일한 곳이었다.

*   *   *

흑천과의 결전을 앞두고 비워진 백천맹에서 유일하게 활기를 띤 곳은 신기전뿐이었다.

그리고 오늘은 신기전의 아침이 더욱 활기찼다. 그동안 수많은 사람들의 권유와 재촉, 간절한 청을 모두 뿌리치며 안에만 틀어박혀 있던 사비가 드디어 밖으로 빠져나왔기 때문이다. 소향군주와 대화를 나누고 틀어박혀 있던 후부터 꼬박 두 달을 채운 후였다.

하지만 다른 이들의 생각과 달리 사비가 그동안 아무 생각 없이 지냈던 것은 아니다. 그는 현재 무림에서 일어나는 환란의 근본적인 원인을 해결하기 위해서 자신이 어떤 일을 해야 할지에 대해 숙고했다.

천하 모든 사람들을 한낱 자신들의 시험 도구로 여기는 천월사도인들에 대해, 또 과연 자신이 신에 근접했다는 대천사를 상대할 수 있을

지에 대해. 그러나 모든 것은 여전히 불확실했다. 하지만 한 가지 확실한 것은 꼬리에 꼬리를 무는 이 인과의 소용돌이 속에 희생된 사군우의 빚을 대신 받아줄 사람은 자신뿐이 없다는 것이었다.

'아직 화류패기와 마령심기를 완전한 풍류기로 만들지 못했지만… 그러기에는 시간이 너무 없다!'

고민과 묵상, 풍류비공을 통한 깨달음의 수련 속에 무려 두 달이 지났음을 깨달은 사비는 곧바로 자리를 박차고 일어났다.

이에 주변에서 걱정 어린 시선을 보내던 사람들의 눈이 환희로 물들었다. 드디어 흑천에 의해 위험에 빠진 중원을 구할 기회가 찾아왔다고 생각했기 때문이다.

하지만 다른 사람들의 들뜬 심정과 달리 한쪽 구석 침상에 누워 온몸에 흰 천을 칭칭 감은 장도는 노화가 치밀어 올라 참을 수 없는 지경이었다. 느닷없이 방문을 벌컥 열고 들어온 사비가 자신을 등 뒤로 하고 사람들을 불러들였기 때문이다.

장도의 방이 신기전에서 가장 크다는 한 가지 이유 때문이었다.

'이 미친개 같은 자식! 아니, 이 미친개의 원조야! 뭐? 불로 지지는 고통을 맛보게 해줬으니 구배를 올리라고?'

장도는 속으로 이를 빠드득 갈며 사비의 뒤통수를 노한 눈초리로 난자했다. 하지만 그는 알고 있다. 자신의 몸에 어떠한 변화가 일어났는지, 사비가 왜 자신에게 그런 말로 형용 못할 고통을 안겨주어야만 했는지.

'이 원수… 두고두고 퍼어어엉생토록 갚아주마! 이 나쁜 자식아!'

장도가 붉어진 눈시울로 자신을 쳐다보고 있었지만, 하지만 이를 모르는 사비는 자신이 불렀던 사람들이 모두 자리에 앉는 것을 확인하고 곧바로 입을 열었다.

"우리가 왜 흑천을 상대해야 하는지 누구 대답해 줄 사람!"

사비는 좌중을 쭉 훑어보며 양손에 깍지를 끼고 뒤통수로 가져갔다. 이에 당미량이 좌중을 대표해 입을 열었다.

"흑천은 중원 정복을 꿈꾸고 있으니까요."

"그게 꼭 나쁜 건가?"

"중원은 개인의 소유가 될 수 있는 물건이 아니잖아요."

"그럼 육패는? 백천맹은? 황제는 뭐지? 나눠 갖거나 소유한 개념이 조금 다르기는 하지만 흑천하고 다를 게 없잖아?"

"그건……."

당미량이 일순 말을 잇지 못하자, 백리준이 대신 입을 열었다.

"말씀하신 대로 흑천이나 그들이나 다를 게 하나도 없습니다. 하나 그 변화로 인해 초래되는 무고한 이들의 희생은 외면할 수 없는 일입니다. 어느 누구도 그런 권리는 없지요!"

"솔직히 내가 보기에는… 흑천은 다른 세력들하고는 많이 다른 것 같아. 힘이 있다고 함부로 살인을 하지도 않고, 이익을 위해서 검을 휘두르지도 않잖아. 그런 면에서 보면 오히려 육패보다 나은 것 같은데?"

"으음! 그건 세인들의 눈을 미혹시키기 위한 방편일 뿐입니다. 대주께서 보시는 바와는 달리… 그들은 지금까지 천하 곳곳에서 엄청난 수의 무림인을 학살했습니다."

"그건 육패에 국한된 얘기일 테지?"

"그걸 어떻게……?"

백리준은 어안이 벙벙한 표정으로 맞은편에 앉은 양청을 곁눈질을 했다. 하지만 양청도 영문을 모르겠다는 듯 살며시 고개를 저었다.

사비는 좌중의 반응을 보고 흑천이 아직까지 신도세가라는 사실을 밝히지 않았음을 눈치 챘다.

"흠! 약속은 약속이니까 그 얘기는 일단 여기서 접도록 하지!"

사비의 영문 모를 중얼거림에 좌중이 일순 침묵하며 그의 다음 말을 기다렸다.

"그럼… 어디서부터 시작해야 하지?"

"오오! 드디어 무림을 위해 나서기로 결정하신 겁니까?"

백리준의 반가운 외침이 방 안을 울렸다.

"무림은 무슨… 그냥 받을 빚들이 좀 남아 있다고 해두자고!"

사비는 피식 웃으며 다시 입을 열었다.

"가장 심각한 곳이 어디야?"

"화산입니다. 흑천이 섬서로 향했다고 합니다."

당미량이 백리준의 말을 받아 다급히 입을 열었다.

"흑천은 대명황실을 전복하겠다고 천명했어요. 그리고 그 경로는 둘로 나뉘어요. 흑혈대와 흑운대는 사천을 출발해 섬서를 통과한 후 하북으로 들어갈 모양이에요. 백천맹은 그들을 막기 위해 수많은 문파와 무인들을 투입한 상태고요. 하지만 어찌 된 일인지 황실이 관군을 투입하지 않고 있어서 대부분의 전력은 황도에 잔류해 있다고 봐야 해요. 비록 가장 악명이 높은 흑혈대와 흑운대가 빠지긴 했지만 나머지 흑천의 주력 부대들은 모두 황도로 진격 중이거든요. 관군이 나서지 않는 이유가 있다면… 화산이나 황도 모두 꽤 힘든 싸움이 될 거예요."

"그럼 우리도 둘로 나누지! 벽력문하고 곤륜은 황도로 가고, 나머지는 화산으로 가지!"

"백천맹에… 기별을 넣어놓을까요?"

"그 자식들은 스스로가 살길을 찾으라고 해. 어차피 자리다툼에 급급한 인간들 함께 움직여 봐야 피곤할 뿐이야."

"그럼 백천맹과 공조하지 않을 거란 말씀이세요?"

좌중의 눈이 모두 사비의 입을 향해 모아졌다.

"웅! 난 싸우러 가는 게 아니라 말리러 가는 거야!"

"싸움을 말린다고요?"

당미량의 당혹 어린 시선에 사비가 씩 웃으며 고개를 끄덕였다.

"물론 대가리 몇은 날려야지. 무림인들이라는 종자들은 그래야 말을 듣잖아. 그럼 갈 사람들은 준비들 하지!"

사비의 말에 중인들의 반응은 엇갈렸다.

흑화일심대의 고수들은 무심한 표정이었고, 구양극호 등의 얼굴에는 실망한 기색이 스쳤다. 그리고 궁명 도장 등의 곤륜 문하생들이나 당미량의 얼굴에는 안도하는 표정이 역력했다.

"저어… 저희도 갑니까?"

이제껏 잠자코 있던 강창기의 물음에 좌중의 얼굴에 일순 난처한 기색이 스쳤다.

"당연히 너희는 안 간다!"

"그럴 수는 없습니다! 저희도 데리고 가주십시오!"

강창기는 두 손을 저으며 펄쩍 뛰었다.

"더 중요한 일이 있어서 그래!"

"네?"

좌중의 눈이 이번에는 의아해졌다.

"청도를… 그리고 산동을 지켜야지! 절대 황보세가에 밀리면 안 돼! 알았어?"

"그, 그렇게 중요한 일을… 알겠습니다! 조, 존명!!"

"킥… 킥!"

강창기가 탁자에 이마를 쿵 부딪치며 대답하자 좌중의 얼굴에 모처럼 웃음기가 감돌았다. 사비가 열혈갱생회의 개죽음을 막기 위해 행한 명령임을 알았기 때문이다. 하지만 열혈갱생회가 맡은 임무도 결코 하찮은 일은 아니었다. 그건 다음에 이어진 사비의 발언을 통해 새삼 확인할 수 있었다.

"지금부터 우리는 백천맹이 아니라 흑화일심대라는 이름으로 움직인다! 궁명 장문은 한 번만 내 뜻에 따라줘요! 그럼 다음부터는 사숙 노릇 안 할 테니까."

"그런 말씀은 하지 않으셔도 됩니다!"

궁명 도장의 목소리는 지극히 공손했다. 호방한 그의 품성에는 전혀 어울리지 않았지만 이런 공손함이 자연스럽게 느껴졌다.

'굉천 사숙조의 말씀대로였다! 천명음양단의 공력으로 세상 누구보다 강하고 자유로운 기운을 지니고 있어. 그것은 입선의 경지에 이르러야 보일 수 있는 음양합일지경(陰陽合一之境)!'

궁명 도장은 알 수 있었다. 곤륜에 대대로 내려오는 전설이 자신 앞에 현신해 있음을.

세상 모든 힘과 기운들을 거느리는 자이자, 기운 그 자체인 사람. 곤륜검문이 단계를 밟아 올라가야 한다고 믿었던 그 꿈의 경지가 굉천자의 천명음양단을 통해 한번에 발휘되었음을 느끼고 있었다.

'사숙조께서 옳으셨습니다! 곤륜검문도, 곤륜선문도 바라는 궁극의 경지는 모두 같은 것이었습니다.'

궁명 도장이 자신만의 감동과 전율에 사로잡혀 있는 사이, 사비는 좌중을 돌아보며 다시 입을 열었다.

"흑화일심대는 구속이 아니야. 나도… 당신들도 아저씨를 좋아해서, 아저씨의 호연함을 좋아해서 모였을 뿐이지. 그러니까 우리 사내답게 깔끔하게 끝내자고! 아저씨 이름 한 번 확실하게 각인시켜 주고 서로 갈 길 가잔 얘기야. 질질 끌 것 없이. 어때?"

"……."

흑화일심대는 사비의 물음에 아무도 대꾸하지 않았다. 그의 말은 흑천의 일을 해결하고 나서 흑화일심대를 해체한다는 의미. 평생을 바쳐 온 터전이 없어진다는 말에 쉽게 고개를 끄덕일 수 없었다. 이를 눈치 챘는지 사비는 피식 웃으며 다시 입을 열었다.

"아직도 모르겠어? 난 당신들을 사군우라는 인간의 그림자에서 벗어나게 해주려는 거야! 당신들이 따르고 존경한 건… 사군우라는 이름이 아니라 아저씨가 걸어온 길에 있는 거잖아. 사내로서… 한 점 부끄럼 없이 당당했던 그 삶 말이야! 이제 다른 사람의 삶을 바라보는 건 끝내고, 스스로의 삶을 찾아!"

쿵!

기이한 전율이 전신에 감돈다. 사비의 말, 너무 직선적이어서 어찌 들으면 불쾌했지만, 그만큼 자신들의 마음 한구석에 있던 진실에 근접한 말이었다.

"그럼 이제 걸어보자고! 사내의 길 말이야……!"

사비는 흑화일심대가 대답하지 않아도 알 수 있었다. 그들은 이미 자신만의 길을 개척하기 위한 첫날을 시작하고 있음을.

＊　　　＊　　　＊

휘이이잉—!

불어오는 새벽 삭풍에 피부를 깎는 듯한 따가운 통증이 일었지만, 화산 정상에서 산 언저리를 바라보는 무인들은 아무런 통증을 느끼지 못했다. 이 매서운 한풍을 의식하지 못할 정도로 가슴이 천근만근 가라앉았기 때문이다.

언 손을 호호 불면서도 전면에서 시선을 떼지 않는 상관경의 뒤로 한 인영이 다가왔다.

"들어가 쉬지 그러냐?"

"아니에요. 적들이 코앞에 이르렀는데… 어찌 저 혼자 편하자고 들어가겠어요. 아버지나 좀 쉬세요. 이틀 동안 눈 한 번 제대로 못 붙이셨을 텐데……."

"허허허! 별걱정을 다 하는구나. 이 아비, 아직 죽지 않았다!"

상관우는 딸을 향해 한 팔을 번쩍 치켜들어 보였다. 이를 본 상관경의 입가로 잠시 잠깐이나마 환한 미소가 스쳤다. 참으로 정겨운 부녀지간의 모습이었지만 그들의 대화는 더 이상 이어질 수 없었다.

"기습입니다! 자허각 쪽으로 오백여 명이 침투해 왔습니다!"

"모두 정신을 바짝 차리고 자리를 지켜라!"

한 문하생의 당황한 외침에 상관우의 신형이 쏘아놓은 화살이 되어 획 사라졌다. 화산이 결코 무당이나 점창에 뒤지지 않는 경공을 지녔음을 여실히 보여주는 참으로 빠른 경신법이었다. 하지만 이를 본 남은 제자들은 아무런 동요 없이 자신들이 맡은 지역을 지키기에 여념이 없었다. 드디어 흑천과의 전투가 개시되었다는 긴장감이 그들의 마음을 더욱 무겁게 만들었기 때문이다.

기명제자, 관문제자, 속가제자 할 것 없이, 화산의 모든 제자들이 총동원되어 지키고 있으니 두려울 게 없을 만도 한데, 더욱이 이곳 화산에는 화산, 종남이 주축을 이룬 섬서회와 공동파, 천검문의 감숙회, 팽가와 개방의 잔여 세력들로 구성된 하북회에 이르기까지 무려 백천맹에 소속된 십회 중 세 개 지회의 무인 이천여 명이 운집해 있는데도 그들의 눈에서는 불안감이 가시지 않고 있었다.

앞서 흑천과 일전을 치렀던 종남이 손 한 번 제대로 써보지 못하고 산문을 내어주었음을 아는 까닭이다.

패퇴하여 화산 연화봉 정상까지 도망쳐 온 종남 문하생들의 몰골은 말이 아니었다. 화산과 종남의 전력 차이가 그리 크지 않다는 것을 감안한다면 흑천의 질풍노도와도 같은 공격이 얼마나 큰 위력을 지니고 있는지가 가히 상상이 가는 일이었다.

이렇게 심적으로 위축된 상황에서 흑천이 공격을 재개해 온 것이다. 종남파가 밀려 올라온 것이 어제저녁이었으니 불과 하루가 지나지 않은 상황에서의 허를 찌르는 공격이었다. 그 공격의 시발점은 상관우가 뛰어간 자허각 쪽이었고, 자허각은 하필이면 현재로서는 다른 곳보다 약세라고 할 수 있는 종남 제자들이 지키고 있는 곳이었다.

"화산은… 반드시 지켜낼 거야! 설령 목숨을 내어주더라도……!"

상관경은 멀리서 아련히 들려오는 병장기 소리를 들으며 어금니를 꽉 깨물었다.

채챙!

푸아악……!

요란한 금속성이 사방에 불꽃을 피웠고 뒤를 이어 쏟아지는 혈우(血

雨)가 그 불꽃을 잠재운다.

“크악!”

“죽엿!”

차아아앙!

산적 꿰이듯 검에 꽂힌 종남 제자 하나가 뒤로 넘어가는 순간, 상관 우는 허공에 한일 자로 검을 그으며 신형을 모로 세웠다.

후투투투퉁……!

상관우의 검끝을 따라 피어나는 매화 꽃송이들. 화산의 자랑이자 중 원검학의 일절 매화추절검이었다.

“매화산수(梅花散手)!”

상관우가 좌수를 들어 하늘하늘 흔들자 그의 손이 마치 피어나는 꽃 봉오리처럼 오므려지며 자색 광채를 발했다. 그의 손을 따라 이제껏 기세 좋게 종남 문인들을 베어나가던 흑천의 검수들이 추풍낙엽처럼 휩쓸려 나갔다.

쩌쩌엉!

“흡!”

상관우의 쾌속한 움직임이 멈춘 것은 흑천 검수를 채 열도 베지 못 한 상황에서였다.

“하하하! 좋아! 좋아!”

상관우의 검을 막아낸 노인이 연신 감탄사를 연발하며 앞으로 한 발 을 내밀었다. 이번 연화봉 원정의 선봉을 맡은 흑운대주였다.

“크하하하! 당신이 화산 문주로군! 그 정도면 싸울 맛이 나겠어!”

흑운대주는 몹시 기분이 좋은지 보통 사람 두 배 가까운 팔뚝을 들 어 엄지손가락을 치켜세우며 앙천광소했다.

"네놈이 드디어 나타났구나!"

파앙!

순간 흑운대주와 상관우의 곁으로 기골이 장대한 여장부가 달려와 양 장을 날렸다. 봉문한 아미로 가는 대신 화산에서 흑운대를 기다리며 이를 갈았던 단리무옥이었다.

퍼억~!

"큭!"

흑운대주의 몸에 장력을 날렸던 단리무옥이 피를 토하며 뒤로 나동그라졌다.

"아미의 계집년들은 내 앞에 설 자격이 없다!"

흑운대주는 그런 단리무옥을 비웃음 가득한 눈길로 바라보며 입꼬리를 말아 올렸다. 무정사태와 겨룰 때 보였던 겸손함은 어디에도 보이지 않는다. 그동안 싸우며 자신이 겸양할 필요가 없음을 깨달았기 때문이다.

이제껏 동경해 오던 무림의 고수들이 자신의 도끼에 너무도 맥없이 떨어져 나갔다. 처음에는 그런 대문파의 고수들에게 크게 실망했다. 하지만 지금은 생각을 달리 먹었다. 그들이 약한 것이 아니라 자신이 정말 강하다는 것을, 자신이 일대종사라 불려도 전혀 손색이 없을 실력을 지니고 있다는 것을 깨달았기 때문이다.

"귀하가 복황신마(蝠皇神魔)요?"

단리무옥이 어떻게 당했는지도 알아보지 못한 상관우가 굳은 얼굴로 물었다. 이에 흑운대주는 자신보다 머리 하나는 작은 상관우의 얼굴을 보며 피식 웃었다.

"아미도, 청성도, 그리고 개방의 장로라는 작자도 모두 내 십초지적이 되지 않더군. 복황신마라… 후후후!"

흑운대주는 자신에게 붙은 별호가 마음에 들었다. 이제 흑천이 중원을 모두 손아귀에 넣고 나면 자신이 지금까지 쌓은 업적은 복황신마의 전설로 칭송받으리라.

흑운대주는 생각만 해도 기분 좋은지 온몸이 저릿저릿해 왔다.

"그럼 십이제천 대신에 십이신마 정도가 만들어지면 좋겠군."

"지금 무슨 헛소리를 늘어놓는 것이오?"

"감히! 복황신마 어른의 말씀에 토를 달다니… 오래 살기는 그른 놈이로구나!"

자신의 중얼거림을 들은 상관우의 반응이 몹시 거슬렸는지 흑운대주의 눈썹이 역팔자로 휘었다.

후아아악―!

흑운대주의 어깨에 붙어 있던 복황부가 허공으로 솟구쳤다. 그의 손이 닿지도 않았는데 마치 살아 움직이는 박쥐처럼 기이한 궤적을 그리며 상관우의 머리 위를 맴돌았다.

"헉! 이, 이기어……!"

상관우의 경악성에 흑운대주의 입에 비릿한 미소가 걸뜨려졌다.

"복황부여… 가라!"

슈우우욱!

흑운대주의 검지 끝을 따라 복황부의 날이 대기를 갈랐다. 이에 잠시 당황하던 상관우는 자하신공을 극성까지 끌어올리며 머리 위로 검을 들어올렸다.

"매화강벽(梅花强壁)!"

복황부와 상관우의 검이 부딪치는 순간, 흑운대주는 결과를 보지도

않고 몸을 돌렸다. 너무나도 광오한 행동이었지만 그는 충분히 그럴
만한 힘이 있었다.

"아직 이기어부까지는 이루지 못했고… 복황부에 내가 모르고 있던
묘용이 있더군. 하하하하!"

장내를 가득 메웠던 흑운대주의 소성이 뚝 그쳤다.

당연히 들려야 할 소리, 상관우의 검을 동강 내는 금속성과 뒤를 이
어 정수리가 쪼개지며 나야 할 수박 깨지는 소리가 들리지 않았다.

"여기가 무슨 도살장이냐? 나무하는 데야? 이런 무식한 도끼 가지고
뭘 어쩌자는 거야? 이 개돼지 같은 새끼야!"

"뭣이!"

흑운대주의 주위로 검은 기운이 뭉클 피어올랐다. 주변을 모두 얼릴
것 같은 차가운 한기와 함께.

하지만 이런 가공할 살기에도 아랑곳하지 않고, 손에 들린 거대한
복황부를 공깃돌 놀리듯 하는 이가 있었으니, 그는 다름 아닌 사비였
다.

'헛! 저들은……!'

사비의 뒤에서 어찌 된 영문인지 몰라 멀뚱히 서 있던 상관우는 장
내로 날아든 조력자들을 확인하고 곧바로 몸을 날렸다.

사비와 함께 출현한 인원은 채 오십을 넘지 않는, 오백 흑운대원들
에 비하면 턱없이 부족한 인원이었으나 전장에 나타나자마자 엄청난
기세로 적들을 몰아붙이고 있었다. 이를 본 상관우의 눈동자가 격동으
로 흔들렸다.

"흑화… 일! 십! 대!"

이전까지 암담한 빛을 지우지 못하던 상관우의 눈빛이 점점 희망으

로 커지기 시작했다. 흑화일심대에 속한 무인들은 자신과 비교해도 전혀 손색이 없는, 하나같이 절정의 기량을 지닌 고수들이다. 그런 이들이 화산파를 돕는다면 오백이 아니라 오천이 밀려와도 전혀 밀리지 않을 것이다. 상관우는 천변만화하는 옥산하의 검과 짧은 궤적을 그리며 공기를 찢어발기는 양청의 도, 그리고 웅혼한 장풍을 토해내며 주변 대기를 일그러뜨리는 백리준의 육장을 보며 저도 모르게 두 주먹을 움켜쥐었다.

"고맙다는 인사는 나중에 다시 하겠소! 차앗!"

상관우는 기운차게 지면을 박찼다. 목숨을 구해준 감사의 인사는 이들을 처리한 후에 해도 늦지 않다고 생각했다. 지금은 화산을 더럽히는 발들을 청소하는 일이 우선이었다.

하지만 사비는 상관우가 인사를 하든, 하지 않든 그런 것에는 전혀 관심이 없었다. 어서 이들을 몰아내고 황도로 이동 중인 일행의 뒤를 따라야 했다.

"복황부라… 이걸로 장작 패면 굶어 죽지는 않겠다."

"네놈은……?"

"복황신마? 그런 빌어먹을 별호보다는 탈혼광랑이 낫지 않나?"

사비가 히죽 웃으며 한 걸음 앞으로 나오자 흑운대주의 두 눈이 빛을 발했다. 흑천의 특급척살대상 일호인 사내가 자신의 눈앞에 나타났기 때문이다.

"흠! 탈혼광랑이 너 같은 애송이 녀석이었다니… 잘됐다!"

흑운대주는 양 주먹을 가슴께로 들어올리고 깍지를 껴 우드득 소리를 냈다.

"어쭈! 너도 좀 놀아봤구나!"

사비는 흑운대주의 건달패 같은 행동이 반가운지 히죽 웃으며 복황부를 들어 흑운대주의 면전으로 들이밀었다.

"……?"

"가져가!"

사비의 행동에 일순 의아해하던 흑운대주가 이내 그의 뜻을 알아채고 피식 웃으며 한 손을 내밀었다.

'후후후! 복황부를 돌려주시겠다? 어리석은 놈!'

적수공권이던 흑운대주는 사비가 건네는 복황부를 받아 들며 속으로 음침한 웃음을 흘렸다.

그때였다. 흑운대주의 머리로 엄청난 압력이 밀려들어온 것은.

후우웅~!

"헉……!"

흑운대주는 세차게 회전하며 머리를 찍어오는 복황부를 피하기 위해 급히 허리를 숙였다.

콰직~!

간발의 차로 스치고 지나간 복황부가 흑운대주의 신형 바로 뒤 지면에 박혀 들어갔고, 직후 그의 얼굴은 더 이상 보기 안쓰러울 정도로 일그러졌다. 그렇지 않아도 부족한 머리털이 복황부의 예리한 날에 정수리 가운데로 길게 도로가 나버렸기 때문이다.

"이익! 비겁한 놈! 죽인다!"

흑운대주는 따끔거리는 머리를 양손으로 비비며 버럭 노호성을 터뜨렸다.

"까고 있네! 내가 왜 비겁해? 그냥 넙죽 받으려고 했던 네가 등신이지."

후아아악……!

흑운대주가 땅에 박힌 복황부를 들어 내려치자 사비를 향해 거대한 묵빛 기운이 휘몰아쳤다.

후카악~!

사비가 처음의 공격을 막아내기도 전에 또다시 몰아친 묵빛 기운. 이전보다 더욱 강하고 거대한 형상을 하고 있었다. 그리고 그 뒤를 이어 흑운대주는 전신 공력을 모두 실어 복황부를 사선으로 그었다. 이 세 번에 걸친 연속 공격은 강수부법의 세 초식을 연이어 펼친 그야말로 강호에 출두한 이래 처음으로 펼치는 최후 절초였다.

"핫!"

짧은 외침을 터뜨린 사비의 손에는 어느새 흑화검이 들려 있었다. 일반적인 검보다 훨씬 두꺼운 흑화검의 두께가 복황부를 통해 쏟아지는 예기에 비하니 턱없이 얇아 보였다.

쩌저정……!

흑화검과 복황부의 예기가 부딪치며 주변으로 송곳으로 귀를 찌르는 듯한 음향이 울려 퍼졌다.

직후 흑운대주의 거대한 신형이 복황부와 함께 사라졌다.

"놈! 끝이다……!"

허공에서 들려온 기합성에 사비가 번쩍 고개를 치켜들었다. 흑운대주가 사비의 시야를 가득 메우며 검은 구름처럼 몰려왔다.

콰콰콰콰……!

그의 손에 들린 복황부가 사방으로 검은 빛을 뿌리며 회오리쳤다. 흑운대주가 혼신의 힘을 다해 날린 폭포수처럼 쏟아지는 서른여섯 개의 부기(斧氣)들은 사비의 전신 요혈을 향해 다양한 각도와 속도로 꽂혀 들어갔다.

'흐흐흐! 십이제천이라도 이 초식은 결코 막지 못할 것이다!'

흑운대주의 입가에 모처럼 한줄기 미소가 그어졌다. 사비가 시신조차 온전히 남기지 못하리라는 확신이 그의 뇌리를 가득 메웠다.

하지만 지면에서 허공을 응시하고 있는 사비의 두 눈은 공허하게 일렁였다. 흘러가는 구름을 바라보는 무심한 눈길로 사비는 그렇게 흑운대주와 그의 손에 들린 채 회오리치는 복황부를 바라보고 있었다.

순간, 사비의 손에 들려 있던 흑화검이 둥실 떠올랐다. 마치 본연의 의지를 지닌 것처럼 사비의 머리 위로 솟구친 흑화검의 끝에서 검은 꽃이 만발하기 시작했다.

투투투투투아앙……!

쏟아지던 강맹한 부기들이 사방으로 튀며 지면을 초토화시켰고, 전장은 아비규환으로 치달았다.

흑화검을 통해 발현된 검막에 부딪치며 튕겨져 나간 부기들이 하필이면 주변에서 싸움을 벌이던 흑천 무사들의 팔다리와 몸통을 가르고 나갔기 때문이다.

흑운대주는 더 이상 웃지 않았다. 미소 짓던 입술 사이로 가느다란 혈선이 그려진 것도 그때였다.

퍼억!

가죽북 뚫리는 소리와 함께 흑운대주의 신형이 급격이 접히며 지면으로 곤두박질쳤다.

"이, 이건 무슨… 무공이……?"

"흑화검법 제이식… 흑화벽(黑花劈)!"

사비는 흑운대주의 눈을 물끄러미 응시하며 흑화검을 허리에 감아 돌렸다.

"처음에는 살려줄 의향도 있었어. 그런데 지금 보니… 당신들은 넘지 말아야 할 선을 넘어… 너무 멀리 갔어!"

"그… 렇군! 흑화검성의 무공이었어! 그 검은 꽃송이가……."

쿵!

흑운대주는 더 이상 말을 잇지 못하고 그대로 앞으로 넘어갔다. 그와 동시에 그의 발치 끝에 꽂혀 있던 반으로 쪼개진 복황부가 흐물흐물 녹아내리기 시작했다. 흑화검이 쏟아낸 화류패기에 상대의 내력까지 날린다는 그 묘용을 미처 발휘해 볼 겨를도 없었던 것이다.

이로써 처음부터 흑화검법을 펼친 대가로 두 가지 사실이 입증됐다. 하나는 사군우가 흑화검법을 시전하며 화류패기를 제어하지 못했던 것과 달리 사비는 화류패기의 제어가 가능하다는 것이고, 다른 하나는 그럼에도 불구하고 흑화검법의 위력이 여전히 막강하다는 것이다.

흑운대주의 가슴을 타고 흐르는 핏줄기가 땅바닥에 혈화를 피우는 동안 사비는 몸을 휙 돌려 장내를 벗어났다. 그가 쓰러진 흑운대 무사들은 사비와 함께 온 일행으로도 충분했다.

피피핑~!

"크윽!"

당미량의 손이 허공을 가르고, 장도의 주먹이 번쩍번쩍 뇌전을 일으킬 때마다 적들의 피와 물이 분수처럼 솟구쳤다. 뒤를 이어 위진군이 혼천팔극로라는 저승으로 인도하는 한바탕 춤사위를 보였고, 추룡객의 검이 용을 대신해 흑천 무인들의 수급을 공중으로 띄워 올렸다.

"흑화검성이… 돌아… 왔어!"

이제껏 한쪽 구석에 앉아 넘어오는 핏물을 삼키며 내상을 다스리던 단리무옥이 눈앞에서 펼쳐진 광경을 넋을 잃고 바라보다가 나직이 중얼거렸다.

쿠쿵!

지면에 뿌리박힌 나무처럼 정강이까지 흙에 파묻혀 들어간 막첨의 얼굴은 백지장처럼 창백했다.

이마 위로 들어올리고 있는 검신은 이가 다 빠져 이미 검으로써의 기능을 상실한 듯 보였으나, 막첨은 자신의 생명을 유지시켜 주는 유일한 구원의 밧줄이라도 되는 양 부들부들 떨리는 손으로 그 검자루를 있는 힘껏 움켜잡고 있었다.

"으음!"

그의 꽉 다문 입술 사이로 쇳소리 섞인 신음이 흘러나왔다.

"종남은 서쪽을 방비한다고 들었는데……?"

흑혈대주는 막첨이 들어올린 검신을 자신의 검으로 지그시 누른 채 고개를 갸웃거렸다. 여태껏 흑뇌당에서 보내준 정보는 단 한 번도 틀린 적이 없기에 이곳은 당연히 화산파만이 지키고 있어야 한다. 하지만 막첨은 분명 종남파의 문양이 있는 흑색 무복을 입고 있었다.

"어찌 됐든 너희들은 본 흑천의 적수가 될 수 없다! 후후후!"

고통으로 일그러진 막첨을 어린아이 데리고 놀 듯하던 흑혈대주는 수하들의 검에 쓰러지는 화산 제자들을 보며 비릿한 미소를 머금었다.

섬서는 사천 때보다 훨씬 쉬운 것 같았다. 사천에서는 아미, 점창, 청성의 세 문파를 포함해 산재해 있던 방파들을 모두 각개격파해야 했지만, 지금 이곳은 박살 내야 할 문파들이 화산에 알아서 모여 있으니

전술이고 뭐고 생각할 필요도 없이 단순하게 깨부수기만 하면 됐다.

"기습도, 전술도 상대가 어느 정도 힘이 있어야 사용하는 법! 너희는 우리의 검을 받기 전에 먼저 배에 낀 기름기부터 제거해야 했다! 아무튼 지루함을 덜어줘서 고마웠다! 그럼… 잘 가라!"

핑!

흑혈대주가 막첨의 미간을 향해 손가락을 튕기자 그의 중지에서 백색 섬광이 쏘아져 나갔다.

"멈춰!"

타아앙~!

느닷없이 막첨 앞에 나타나 흑혈대주의 탄지 공격을 막아낸 상관경은 신형을 짧게 휘청이더니 이내 자세를 바로잡았다. 하지만 그녀의 손목을 타고 뚝뚝 흘러내리는 핏물로 보아 이번의 동작으로 만만치 않은 부상을 입었음이 틀림없었다. 비록 가까스로 막아내긴 했으나 흑혈대주의 공격을 막기에는 공력이 턱없이 부족했다.

"화산 장문의 영애가 침어낙안(沈魚落雁)의 미모를 소유하고 있다더니 역시 매혹적이오."

흑혈대주는 눈가에 얇은 미소를 머금고 그녀의 성난 얼굴을 훑었다.

"내 이름은 그 더러운 주둥아리에 담을 만큼 가볍지 않다!"

"호오! 역시 미모에 부응하는 가시를 지니셨구려! 하하하!"

흑혈대주가 짐짓 호쾌하게 웃으며 앞으로 한 걸음 나왔다. 그리고는 막첨과 상관경을 번갈아 쳐다보다가 크게 고개를 끄덕이며 다시 입을 열었다.

"이제 보니 저자가 사문을 저버리고 이곳에 와 있는 이유가 상관 낭자 때문이었나 보오! 후후후!"

흑혈대주의 음흉스런 눈길에 상관경의 고운 아미가 찌푸려졌다.

"그 더러운 입 다물라!"

"어이쿠! 낭자는 사자후라도 익힌 것이오? 그러다 귀청 떨어지겠소!"

상관경의 날카로운 소성에 흑혈대주가 짐짓 과장된 몸짓으로 어깨를 들썩였다.

파앗!

상관경이 검과 함께 전신을 폭사시켰다. 그녀가 휘두른 검이 흑혈대주의 전면에서 열두 번의 변화를 보이며 그의 좌우 어깨를 노렸다. 화산의 독문무공인 낙영검법(落英劍法) 중 산수만절(散收挽切)이라는 초식으로 본래 검의 잔상이 스물넷으로 나누어지는 엄청난 변화를 내포한 초식이나, 공력이 달리는 상관경으로서는 열두 가지 변화를 만드는 것도 벅찼다. 하지만 이 정도도 상관우가 보았다면 칭찬을 아끼지 않았을 수준이었다. 그녀가 펼친 초식의 속도와 끊임없이 이어지는 변화는 흑혈대주가 보기에도 가히 일절이라 부르기에 부족함이 없었다.

사사삿—!

하지만 상관경이 전력을 다한 것과 달리 흑혈대주는 너무도 가볍게 그녀의 검을 피하며 오른발로 땅을 걷어차 올렸다.

파앗!

흑혈대주의 발에 채인 돌 부스러기들이 한 자루 검에 의지해 무릎을 꿇고 앉아 있던 막첨을 향해 쏘아져 갔다.

"아!"

흑혈대주에게 날렸던 검을 급히 회수하여 막첨의 앞으로 몸을 날린 상관경이 쉴 새 없이 검을 돌렸다. 그녀의 검의 움직임을 따라 돌 부스러기들이 사방으로 분산됐으나, 잘게 부수어진 파편들 중 일부는 막첨을 향해 가차없이 쏘아져 갔다.

퍼퍼퍽!

막첨의 몸에서 터져 나와 삽시간에 주위로 퍼지는 혈무를 본 상관경의 얼굴이 경악으로 일그러졌다.

"악적!"

슈아악!

상관경은 입술을 질끈 깨물며 검을 찔러 들어갔다. 어지럽게 발을 놀리는 그녀의 검은 더욱 매서운 소리를 내며 허공을 갈랐다.

이번에는 흑혈대주의 눈에 더욱 진한 감탄한 기색이 스치고 지나갔다. 옥녀검법의 절초들과 구궁연환보를 전개하는 그녀의 기식이 자신이 이제껏 상대한 이들보다 더 나은 것 같다는 생각이 들었기 때문이다. 하지만 그것은 잠깐의 감탄 그 이상도 이하도 아니었다.

"좋군! 어디 밑천이 어느 정도인지 한번 볼까? 후후후!"

흑혈대주가 검을 든 손을 앞으로 휘저으며 열십 자를 긋자 그가 들고 있던 검이 잘게 흔들리며 붉은 광망을 토했다.

슈각—!

짧고 미미한 파공성, 그의 검끝을 타고 쏟아져 나온 검기는 이번에도 역시 막첨을 향했고, 이를 본 상관경의 얼굴이 급격히 굳어졌다.

"안 돼!"

그녀는 이를 악물고 미친 듯이 검을 회전시켰다. 자신의 능력으로는 지금 날아오는 검기를 도저히 막을 수 없음을 직감했지만, 그렇다고 함께 동고동락한 동료를 이대로 죽게 내버려 둘 수는 없었다.

카캉~!

상관경의 부러진 검날 반 토막이 솟구쳤고, 뒤를 이어 막첨의 어깨에서 뿜어져 나온 가는 혈선이 허공을 붉게 물들였다.

"이제 그만 끝내야겠군! 너희들 말고도 놀아줘야 할 사람이 아직 너무 많이 남아서 말이야. 후후후!"

"……."

상관경은 어깨를 축 늘어뜨린 채 입을 열지 못했다. 흑혈대주의 검기를 막아내긴 했으나 진탕된 진기가 도무지 다스려지지 않았다.

흑혈대주는 아쉽다는 눈초리로 그런 상관경을 힐끗 쳐다본 후 다시 한 번 검을 들어올려 검첨으로 막첨과 상관경 사이를 겨냥했다.

그들과 자신의 거리를 가늠하는 듯 한동안 시선을 고정하던 흑혈대주가 이내 히죽 웃으며 들고 있던 검을 횡으로 그었다.

스읏~!

그와 동시에 초승달 모양의 검기가 그들을 향해 빠르게 쏘아져 갔다. 굵기는 가늘었지만 번득이는 섬광은 막첨과 상관경의 목을 동시에 가르고 지나가기에 충분한 길이였다.

"으음!"

흑혈대주는 절로 침음성이 튀어나왔다. 자신이 날린 검기가 양단되며 좌우 허공으로 멀어져 가는 믿기지 않는 광경을 목도했기 때문이다.

"너 이 자식! 어디서 이런 장난질이야?"

벌어진 입을 다물지 못하고 있는 흑혈대주의 귀로 나직하지만 너무나도 선명한 음성이 들려왔다.

'언제 왔는지 기척조차 느끼지 못했다!'

자신을 꼬나보고 있는 사비와 눈이 마주친 흑혈대주의 두 눈에 불신이 스쳤고, 그사이 막첨과 상관경의 앞을 가로막은 사비가 성큼성큼 흑혈대주의 삼 장 앞까지 걸어왔다.

"왜 애들 데리고 장난질이야? 그렇게 심심하면… 내가 놀아줄까?"

흑혈대주는 사비의 말에 대답하지 못하고 마른침을 꿀꺽 삼켰다. 사비의 언행은 자신의 자존심을 극히 훼손시켰으나 지금은 그런 것에 신경 쓸 여력이 없었다. 사비의 몸에서 줄기줄기 뻗어 나오는 기이한 기운에 전신 혈관과 신경세포들이 요동치고 있었기 때문이다.

이후 흑혈대주는 아무것도 할 수 없었다. 그저 사비의 손을 따라 너울거리며 허공을 가득 메워가는 검은 꽃무리를 넋을 잃고 바라보다가 그 꽃무리에 자신의 생의 줄이 엉켜 들어가는 것만 같은 공포에 온몸을 떨었을 뿐. 그것은 흑혈대주가 이승에서 마지막으로 느끼는 감정이기도 했다.

第四章

이암제암(以暗制暗)
―어둠은 어둠으로 제압한다

새벽 여명이 틀 때부터 내리기 시작한 눈은 중천에 떴던 태양이 꽁꽁 언 대지를 채 녹이지 못하고 서산으로 넘어갈 때가 돼서는 온 천지를 하얗게 뒤덮으며 굵어졌다.

휘이잉~!

뼈까지 얼려 버릴 듯한 한풍이 휘몰아치기 때문인지 밖을 돌아다니는 사람은 아무도 없었다. 하지만 유독 한 사내만큼은 아무도 발자국을 찍지 않은 그 눈 위에 우두커니 서서 두 눈을 지그시 감고 있었다.

언제나처럼 온유하고 여유가 넘쳐흐르는 표정으로 눈보다 더 하얀 백의를 입고, 이마에는 순백의 머리띠를 한 사내는 신도원이었다.

손에 들려 있는 백색 고검이 설광(雪光)에 반사되어 은은한 빛을 토하는 모습은 백룡성검이라는 별호에 딱 어울렸다.

하지만 그가 서 있는 곳이 어디인지 안다면 지금 그의 행동이 얼마나 정신 나간 짓인지를 알 수 있을 것이다.

황궁(皇宮).

그가 검을 들고 서 있는 곳은 중원 대륙을 지배하는 대명황실의 황제의 거처였다. 그것도 황제가 대신들을 모아놓고 정사를 돌본다는 봉천전(奉天殿)이다.

그런데 이상한 일은 신도원을 제지하는 이가 아무도 없다는 것이다. 황제의 곁을 떠나지 않는다는 어림친위대도, 나는 새도 떨어뜨리는 세를 지녔다는 동창이나 금의위의 무반들도, 아무도 보이지 않았다.

그렇다고 그들이 황궁을 비운 것도 아니었다. 아니, 그들은 물론이거니와 지금 이곳에는 황실을 지키기 위해 달려온 무림고수들도 허다했다. 하지만 그들 중 어느 누구도 움직이지 않았다. 그저 바짝 타 들어가는 속을 달래기 위해 두 주먹만 부르르 움켜쥘 뿐.

황궁을 둘러싸고 있는 일만의 흑천 무사들의 기세에 눌려 숨소리조차 내쉬기 힘들었다. 더욱이 황제가 지금 어떠한 지경에 놓여 있는지 아는 까닭에 어떠한 행동도 취할 수가 없었다. 그래서 지금도 이렇게 천상천하 유아독존마냥 봉천전 앞에 당당히 서 있는 신도원을 향해 원망과 한 서린 눈빛만 보내고 있는 것이다. 하지만 신도원은 수천의 관군과 그 수에 준하는 무림인들의 성난 눈빛에도 전혀 아랑곳하지 않고 처음 자세 그대로 미동조차 하지 않았다.

그렇게 참오하는 수도승마냥 아무 움직임 없이 꼿꼿이 서 있던 그가 짧게 눈을 반개한 것은 처음 그 자리에 두 발을 내린 지 무려 세 시진이 흐른 뒤의 일이었다.

번쩍 든 그의 두 눈에 하얀 수염을 휘날리며 다가오는 초로의 인물이 들어왔다.

“늦으셨습니다!”

“네놈이… 신도가의 후예였다는 것은 정말 뜻밖이다. 하지만 너무 성급했다! 아직은… 조용히 숨어 있는 편이 나았어!”

“성급했는지 아닌지는 지나보면 알겠지요. 그리고 저는 그저 신도세가의 정령신공이 당신이 주장하는 것처럼 마공이 아니라는 것만 보여주면 그뿐입니다!”

“그래서 내게 무림인들을 모두 모으게 하고 황상까지 협박하는 꼼수를 쓴 것이냐? 신도세가의 무공이 마공이 아님을 증명하기 위해?”

“꼼수라는 말은 납득할 수 없군요! 아무리 당신이나 육패들보다 더 하기야 하겠습니까? 그런 재주만 놓고 보면 신도세가는 아직 한참 모자라지요. 하하하!”

신도원이 가지런한 치아를 보이며 환하게 웃었다.

“정정당당한 승부를 빙자해 나와 육패를 중원인들이 보는 앞에서 철저하게 무너뜨리려는 계획! 그래, 꽤 좋은 시도다. 하지만 내가 그리 호락호락하지 않다는 게 안타깝구나.”

“그 역시 겪어보면 알겠지요.”

“방자한……!”

공우생은 입술을 파르르 떨었다. 신도원이 신도세가를 대표해 모든 은원을 청산하자며 느닷없이 내민 도전장은 백천맹 인사 모두의 허를 찔렀다. 맹주인 공황식이나 중원에서 가장 정보에 능통하다는 야왕 은강후도 예외가 아니었다. 하지만 역시 가장 놀란 이는 공우생이었다. 신도화수를 만났던 그로서는 정상이 아닌 신체를 지닌 신도화수가 후대를 만들었으리라고는 전혀 예상하지 못했기 때문이다.

‘으음! 신도가의 피를 타고난 게 확실하군!’

공우생은 신도원이 보란 듯이 드러내 보이는 정령신공의 진기를 감지하고 속으로 낮은 침음성을 삼켰다. 더욱이 신도원이 지금 보이는 기도는 당년의 신도연을 연상케 할 정도로 가공했다. 이는 신도세가의 피를 이어받은 이가 아니면 결코 보일 수 없는 기도였다.

'어린 나이에 실로 대단한 성취를 이뤘다만… 네놈은 시기를 잘못 타고났다! 이젠 신도연이 살아온다고 해도 내 적수는 되지 못해!'

공우생은 신도원의 눈을 뚫어져라 응시하며 천룡검의 검파를 지그시 눌러 잡았다.

"원단을 안 넘기게 되어서 다행입니다! 감사의 의미로 선물을 드리지요. 마음에 드실지 모르겠습니다. 후후후!"

신도원이 의미심장한 웃음과 함께 지면으로 시선을 옮기자 공우생의 눈도 그를 따라 자연스레 움직였다.

"흠! 너나 네 아비는 신도연의 피를 제대로 물려받지는 못한 것 같구나. 계속해서 이런 꿍꿍이로 나를 경동시키려 하다니… 실망이다!"

씁쓸한 표정으로 신도원과 자신의 발끝 사이로 고개를 내린 공우생은 눈에 덮여 볼록하게 튀어나온 둥근 물체를 발견하고 눈썹을 꿈틀했다. 좀 전 담담하게 내뱉던 모습과 달리 그의 얼굴에는 놀라고 당황한 기색이 역력했다. 발끝에 나란히 놓인 물건들이 익히 아는 것이었기 때문이다.

'으음! 장왕마저……!'

공우생의 눈동자에 청수한 인상의 노사 얼굴이 가득 찼다. 오래전 자신에게 혈악비를 건네줬던 인물, 그는 헌원유천이었다.

공우생은 신도원의 발치에 놓인 헌원유천의 수급을 보고 그동안 그가 왜 소식이 없었는지를 비로소 깨달을 수 있었다. 그리고 곧바로 시선을 옮긴 그의 두 눈이 분노와 충격으로 푸들푸들 떨렸다.

헌원유천의 옆에 놓인 반쪽만 남은 말라비틀어진 머리의 주인은 만수왕 남경홍이었고, 그 옆으로는 얼마 전까지 자신과 함께 앞으로의 일을 논의했던 걸왕 마항산과 신농방이 습격당했다는 소식에 다급히 절강으로 향했던 농왕 복인문, 그리고 처음 보는 낯선 얼굴의 여인이 놓여 있었다.

"그녀는 음선부인입니다. 아쉽지만 천독파파의 시신이 진토가 되어 대신 가지고 왔습니다. 자칫 신도세가의 존장들께서 그렇게 허무하게 당하셨던 이유가 군자산이었음을 모르고 지나칠 뻔했었습니다. 덕분에 육패가 천독문을 왜 그렇게 가만히 내버려 뒀는지 의문까지 모두 풀렸지요. 그리고 장왕은 그가 만들었던 병기들을 고스란히 바친 까닭에 죽을 때 고통이 조금 덜했지요."

신도원의 담담한 대꾸에 공우생의 몸으로 일순 한기가 엄습해 왔다. 그의 아무 감정 없는 음성은 음선부인의 머리가 이 자리에 놓인 것은 지극히 당연하다는 듯이 들렸고, 나아가 자신의 머리도 그 옆에 놓일 것이라는 불길한 예감이 들게 만들었다. 하지만 공우생은 이내 속으로 강하게 고개를 저으며 번쩍 눈을 들었다.

"네놈들의 천인공노할 만행은… 결코 용서하지 않으리라!"

"지금 천인공노라고 했습니까? 큭… 큭, 큭!"

신도원이 어이없는 웃음을 주워 삼키자 공우생이 다시 입을 열었다.

"복수를 하려는 것이었다면 육패만 건드려야 했다. 왜 무고한 정파의 수장들과 무림명숙들은 죽였나? 게다가 황상은……."

공우생은 하고 싶은 말이 많았지만 입을 다물었다.

'어차피 죽으면 그뿐인 것을… 하지만 오늘 쓰러지는 이들은 내가

아니라 너희가 될 것이다. 신도세가!'

공우생의 눈에서 미미한 기광이 스치고 지나갔다. 신도화수의 도발로 무림인들을 모아 이곳에서 흑천과의 결전을 대비했는데, 신도화수는 처음의 약속과 달리 흑살조라는 초특급살수들을 이용해 아군 측의 주요 인사들을 무수하게 죽였다. 남궁가주와 팽가주가 죽었고, 그에 준하는 위치의 인물들이 무려 백여 명이 세상과 하직 인사를 하는 사상 초유의 사태가 벌어진 것이다. 심지어는 공황식이나 공우생에게조차 암수가 뻗쳐 올 정도로 흑살조의 손속은 은밀하고 악랄했다.

"관군은 움직이지 않을 것입니다. 배치됐던 화포도 모두 제거됐고, 당신들이 경태제를 대신해 황상으로 추대하려던 정통제도 이미 우리 수중에 있지요. 따라서 오늘 이곳에 뼈를 묻을 이들은 이미 정해져 있는 것이……."

"헛소리 집어쳐라!"

팡~!

신도원이 담담하게 대꾸하는 와중에 공우생은 오른 손목을 꺾었다가 펼치며 독련권의 권강을 날렸다.

그의 주먹 끝을 따라 한줄기 섬광이 신도원의 이마를 향해 쏘아져 갔다. 하지만 신도원은 이를 피할 생각이 없는지 하던 말을 계속해서 이어갔다.

"일만 무사가 이곳을 둘러싸고 있습니다. 흑천의 가족들을 굳이 다 부를 이유를 못 느꼈지요. 그러나 분명한 사실은 흑천의 진정한 힘은 이곳을 둘러싼 무사 일만 명이 아니라 천하 각지에서 응원하고 있는 수백만 민초들이라는 겁니다. 당신들, 그리고 명의 황족들은 오늘 모두 죽습니다! 그게 흑천이 정한 천리입니다. 당신들을 모두 죽이고 중원은 새로 태어날 것입니다. 당신들이 신도세가에게 했던 것처럼……!"

스스스……!

신도원의 이마를 노렸던 섬광이 자신이 보는 앞에서 맥없이 사라지자 공우생의 입에서 놀란 외침이 튀어나왔다. 아무리 탐색 차원에서 날린 것이었다고는 하나 자신의 날린 경기는 저런 식으로 가볍게 막아 낼 수 있는 것이 아니었기 때문이다.

"저, 정령… 신공이 극에 이르렀구나……!"

공우생의 눈에 비친 신도원의 전신이 은은한 광채에 휩싸여 갔다.

"어디 한번 봅시다! 우리 가문을 멸문시킨 강소공가의 무공이 얼마나 대단한지……!"

우우우웅~!

일 장가량을 떠오른 신도원의 몸을 감싸며 하얀 소용돌이가 일기 시작했다. 그가 끌어올린 정령신공이 내리는 눈발들을 모조리 진기로 흡수하며 일어난 현상이었다. 이를 본 공우생은 감히 방심하지 못하고 처음부터 만천대허경을 십이성 극성으로 끌어올렸다. 동시에 그의 몸도 신도원이 부양한 비슷한 높이까지 떠올랐다.

우르르릉……!

공우생의 주변 대기가 파동을 일으키며 묵빛으로 물들어갔다. 그는 뇌성을 토하는 천룡검을 가슴께로 세우고, 부르르 떨리는 왼 주먹은 허리 쪽으로 감아 올렸다. 좀처럼 함께 펼친 적이 없던 단천발아검과 독련권을 동시에 전개하려는 것이었다.

흰 빛과 묵 빛이 서로를 향해 일렁이며 삼 장 크기로 커지는 동안, 주변 전각들과 황궁 돌담 위에서 이를 주시하던 사람들의 눈이 점점 긴장으로 물들어 있었다.

흑천과 백천맹 최고수 간의 대전.

이 싸움이 두 세력의 사기와 전력의 판도를 일시에 뒤집고, 나아가 천하의 주인을 바꾸는 건곤일척의 승부임을 모두 알기 때문이었다.

"핫!"

동시에 터져 나온 외침과 함께 신도원과 공우생이 서로를 향해 부딪쳐 갔다.

콰아아아앙……!

황궁의 전각 지붕들과 담장이 지진이라도 맞은 듯 크게 진동했고, 신도원과 공우생의 주변으로 세차게 내리던 눈발들이 거대한 백화가 만개하듯 엄청난 눈의 파도를 만들며 사방으로 쫙 퍼져 나갔다. 이에 잠시 정신을 차릴 수 없던 군웅들의 시선이 다시 신도원과 공우생에게로 향했다.

하지만 그들은 아무것도 볼 수 없었다. 그저 서로를 삼키기 위해 거세게 일렁이는 백광과 묵광의 잔상만을 잡아갈 뿐.

언뜻 보면 마치 여의주를 놓고 다투는 백룡과 묵룡처럼 보일 정도로 신도원과 공우생의 싸움은 현란하고 신묘하며 개세적이었다.

콰콰콰쾅!

연속으로 날린 공우생의 주먹에서 동그랗게 응축된 권강이 터져 나왔고, 신도원은 이를 피하기 위해 몸을 빙글 회전시키며 신룡이 승천하듯 허공으로 솟구쳐 올랐다. 그의 몸을 따라 튀는 눈발이 해룡이 잠수하며 생기는 포말처럼 주변을 물들여 갔다.

"하하하! 이래도 마공이오?"

허공에서 주춤 신형을 세운 신도원이 공우생을 바라보며 씩 웃었다.

"핫!"

이를 놓칠세라 공우생은 눈썹을 꿈틀하며 지면을 박찼다.

번쩍~!

공우생이 휘두른 천룡검에서 단천발아검의 시전으로 생긴 수백 개의 검기들이 세찬 소낙비처럼 신도원의 전신을 향했다.

"광명일절(光明一切) 만궁벽(卍窮霹)!"

신도원의 백색 고검도 하늘로 번쩍 치켜들려졌다. 이와 동시에 그의 검에서 시작된 눈부신 광채가 온 하늘을 물들이기 시작했다. 이에 공우생의 부리부리한 눈이 급격이 일그러졌다.

"단천발아검 제오식 회천세(回天勢)!"

방금 전 날렸던 검기들이 신도원의 몸에 채 이르기도 전에 공우생은 자신이 아는 필살의 절초를 이어갔다. 오직 회천세만이 신도원이 펼친 광명비검을 막을 유일한 비기임을 직감했기 때문이다.

슈라라락~!

공우생의 몸이 천룡검과 함께 회전하며 거대한 검의 형상으로 화해 신도원을 향해 쏘아져 갔다. 하지만 신도원은 여전히 하늘을 향한 검을 내릴 생각을 하지 않았다.

퍼퍼퍼퍼퍼퍽……!

순간 연이어 터진 파육음과 함께 하얀 세상 위로 붉은 혈화들이 떨어져 내리기 시작했다.

쿵!

모든 이들의 의문에 찬 시선이 떨어진 사람을 향해 일제히 고정됐다. 방금 전의 승부가 어떤 결과로 나타났는지 미리 예상할 수 있던 사람은 지금 이 자리에 아무도 없었다. 그만큼 신도원과 공우생이 펼쳤던 무공은 범인의 눈으로, 아니, 절정의 반열에 든 자들의 눈으로도 잡을 수 없는 입신의 무공들이었다.

"으음!"

전장에서 약 오십 장 떨어진 대전 앞에서 다른 백천맹 수뇌부와 함께 싸움을 지켜보던 공황식의 두 눈에 핏발이 섰다. 쓰러진 공우생의 머리맡으로 신도원이 고고한 학처럼 날아 내리고 있었기 때문이다.

"믿을 수 없는 일이군. 대기에 퍼져 있는 기운들을 자유자재로 이용할 수 있다니… 진정 정령신공과 광명비검을 모두 극성으로 이룬 자가 출현했단 말인가? 그렇다면 난 죽어도 여한이… 쿨럭!"

숨을 헐떡이며 누워 있던 공우생이 한 모금 선혈을 토하며 반 토막만 남은 천룡검 자루를 꾸욱 움켜쥐며 일어나려고 버둥거리자 이를 씁쓸한 눈으로 바라보던 신도원은 천천히 몸을 돌리며 중얼거렸다.

"가증스럽군! 죽는 순간이 되니 무인으로 남고 싶은가? 하지만 역시 당신은 신도세가의 무공을 받을 자격이 없어! 내가 펼친 무공이 정령신공을 통해 펼친 광명비검인 것은 맞지만 내겐… 아직 남은 초식이 둘이 더 있다!"

"……."

신도원의 말이 충격이었는지 공우생은 한동안 말없이 누운 채로 허공만 응시했다.

잠시 후 그런 그를 비웃는 듯 나직한 음성이 다시 들려왔다.

"또… 허명을 얻기 위해 친구와 그 혈육들을 죽인 파렴치한 인간에게 멋진 비무였다는 말을 할 아량도 없다! 솔직히 말해줄까? 난 지금 너무 실망이야. 당신을 눌러야겠다는 일념 하나로 그동안 무공을 익혀 온 시간이 아까워 미칠 지경이라고…… . 꼴좋군! 이제는 그 잘난 명성도 땅에 떨어졌으니 말이야. 하하하!"

신도원은 통쾌하게 웃으며 성큼성큼 걸음을 옮겼고, 그의 내력 실린 웃음소리는 황궁 곳곳으로 퍼져 갔다. 그리고 이 소성을 신호로 흑천의 백의무사들이 백설과 하나가 되어 황궁 담을 넘어 날아 들어오기 시작했다.

"으음!"

신도원이 자리를 뜨고 얼마 안 있어 공우생의 신형이 움찔 떨렸다. 정령신공의 기운이 그의 몸속을 초토화시키며 거대한 폭발이 일어났기 때문이다.

퍼어어억~!

"끝이군!"

공우생이 시체조차 온전히 남기지 못하고 피떡으로 화하는 모습을 본 공황식의 얼굴은 착잡하기 그지없었다. 하지만 그 표정 어디에도 자식이 아버지를 잃었을 때 나타나는 슬픔 같은 감정들은 묻어 있지 않았다. 공황식은 오직 공우생을 아비로 둠으로 해서 빛났던 자신의 배경이 하루아침에 허물어졌음이 안타까울 뿐이었다.

"우리도 나갑시다!"

누군가의 외침에 백천맹 측 무인들이 일제히 분기탱천하여 앞으로 달려가기 시작했다. 이전까지 긴장하고 두려움을 보이던 눈빛은 온데간데없었다. 정도를 떠받치던 검황 공우생이라는 기둥이 쓰러졌다는 사실에 큰 자극을 받은 모양이었다.

"불나방의 운명은 정해져 있지. 네놈들처럼! 하지만 난 다르다!"

앞으로 달려나가는 백천맹 무사들의 등을 물끄러미 바라보던 공황식은 혼잣말로 나직이 중얼거리며 슬며시 몸을 돌렸다. 자신의 실력이라면 이 자리를 벗어나는 것은 그리 어렵지 않을 터. 이곳에서 개죽음을 당하느니 일단은 어떻게든 살고 봐야 할 일이었다. 여기서 살아나가기만 하면 나중 일은 어떻게든 자신에게 유리한 쪽으로 되돌릴 자신이 있었다.

하지만 공황식은 자신이 은밀히 신법을 펼쳐 전각 뒤로 사라지는 모습을 지켜보는 두 눈동자가 있다는 사실을 미처 깨닫지 못했다.

"휴우!"

금색 수실이 놓인 침상. 그 위에 우두커니 앉은 곤룡포의 사내는 건너편에 놓인 거울을 보며 깊은 한숨을 토했다.

거울에 비친 그의 얼굴이 몹시 야위어 보였다. 하지만 그가 한숨을 내쉰 이유는 따로 있었다. 그 야윈 얼굴 뒤로 광기에 찬 두 눈을 번득이며 자신을 노려보는 사내 때문이었다.

사내는 서문동천이라는 이름을 지닌 선혜원 출신의 어의였다.

"황상! 난 당신 한숨 소리가 듣기 싫다고 분명히 말했소!"

파아앙!

경태제 뒤 침상에 가부좌를 틀고 앉아 있던 붉은 관복의 서문동천이 짧은 외침과 함께 한 손을 휘젓자 그의 손에서 노도와 같은 경력이 앞으로 휘몰아쳤다. 이에 경태제는 등줄기로 식은땀이 흘렀다.

"까아악!"

하지만 비명 소리는 경태제가 아닌 그의 앞에 웅크리고 앉아 있던 시녀에게서 터져 나왔다.

"으음……!"

경태제는 삽시간에 온몸이 마른 볏짚처럼 푸석푸석해지다가 이내 먼지로 화하고 만 그녀를 보며 두 눈을 질끈 감았다.

"크크… 크!"

경태제의 눈빛에 담긴 처연함을 읽은 서문동천이 광소를 흘렸다. 만인지상에 있다는 황제가 자신을 두려워한다는 사실이 너무도 만족스러웠다.

"앞으로 한 번만 더 당신 입에서 소리가 나면 그때는… 당신을 직접 썰어주지! 나도 이제 슬슬 지겨워지기 시작했거든."

"……."

경태제는 마른침조차 삼키지 못했다. 서문동천의 말이 허투루 들리지 않았다. 처음에는 그래도 황제에 대한 예의를 잃지 않았는데, 근래 들어 서문동천은 점점 그 기세가 더욱 흉험해졌다.

경태제는 그 시기가 어림친위대와 황실 무사들이 감행해 왔던 기습 공격을 막으며 흉성이 폭발시켰던 때라고 짐작했다.

'휴우! 무림인들 중에 마공이라는 것을 쓰는 사람이 있다더니 서문어의가 그런 무공을 익힌 모양이구나. 하지만 아무리 무서운 마공을 익혔다고 하나 어찌 황군들이 이리 속수무책으로 당한단 말인가?'

경태제는 무능력한 부하 장수들이 야속했다. 그리고 무림에서 최절정고수로 이름이 높은 소향군주는 더욱 원망스러웠다. 그는 서문동천이 화무영이 익힌 마령심공과 도황마제가 익혔던 천마구류도법을 동시에 익힌 절세마인이라는 사실은 꿈에도 짐작치 못하고 있었다. 그리고 지금 그에게 마도의 절세신병 중 하나인 일월마도(日月魔刀)가 있다는 사실은 더 더욱 몰랐다. 일월마도가 도라고 하기에는 너무 작은 크기를 지니고 있었기 때문이다.

"그냥… 확 황위에 올라 버려?"

서문동천이 문득 떠오른 생각을 실성한 사람처럼 중얼중얼 내뱉자 경태제의 머리털이 쭈뼛 섰다. 서문동천은 마성에 이지를 상실해 자신이 무슨 말을 하는지도 모르는 모양이었다.

"그냥 이 새끼만 죽이면 되는 거잖아……?"

등 뒤에서 뭉실 피어오른 살기에 경태제는 두 눈을 질끈 감았다.

그때였다.

"야! 너 여기서 뭐 하냐?"

"누구냐?"

문밖에서 들린 소리에 놀란 서문동천이 고개를 홱 돌림과 동시에 양손을 앞으로 쭉 뻗었다.

쌔애액!

퍼엉~!

요란한 폭발음과 함께 문이 박살났다. 그리고 곧바로 그 박살난 파편들을 밟고 한 사내가 씩씩한 걸음으로 들어섰다.

"이 자슥이! 어따 대고 성질이야! 거기서 쓸데없는 짓거리 하지 말고 어서 이리 와라!"

"으음! 네놈은……?"

서문동천은 두 눈으로 핏빛 광망을 번득이며 앞에선 사비를 바라봤다. 하지만 사비는 이에 아랑곳하지 않고 빙긋이 웃으며 한 걸음 더 앞으로 나왔다. 그들 중간에 낀 경태제만이 앞으로 일어날 사태에 대한 불안감에 온몸을 오들오들 떨고 있을 뿐이었다.

그래서인지 경태제는 서문동천이 이전과는 전혀 다른 반응을 보이고 있다는 사실은 미처 눈치 채지 못하고 있었다. 다른 황궁 무사들이 쳐들어왔을 때는 안으로 들어오기 무섭게 한 줌 혈수로 화했었는데, 지금 서문동천은 처음의 한 수 외에는 아무런 행동도 취하지 않았다.

"어째서… 너에게 마령… 심기가 느껴지는 거지?"

"그야 너나 내가 같은 부류니까. 그런데 나보다는 네가 더 막돼먹은 것 같다! 어디 할 짓이 없어서 무공도 모르는 샌님을 잡고 협박질이냐? 그런 건 사나이가 할 짓이 아니지!"

서문동천이 무겁게 입술을 떼자 사비가 씩 웃으며 한 손가락을 까딱까딱해 보였다.

"그런가? 너와 내가 같은 부류란 말이지… 하지만 다른 것도 있는 것 같다."

어찌 된 일인지 서문동천은 사비의 핀잔을 듣고도 화를 내지 않았다.

"뭐가 다른데?"

사비가 흥미로운 눈초리로 묻자 서문동천의 입가로 얇은 줄이 그어졌다.

"큭큭! 그건 저승에 가서 생각해 봐라!"

쌔애액!

서문동천의 손가락이 앞을 가리킴과 동시에 그의 소매 속에서 시퍼런 섬광이 튀어나왔다.

반월 모양을 한 주먹 크기의 소도, 이 세상에서 가장 뜨거우면서도 차가운 기운을 지녔다는 마도의 절세기병이었다. 이를 보는 사비의 눈동자가 잘게 흔들렸다.

"일월마도……!"

일월마도를 보며 도황마제의 묵혈도가 떠오른 사비의 눈에 이채가

서렸다. 그것은 서문동천이 일월마도를 날리며 펼친 수법 때문이었
다.

'괴물이군! 마령심공에… 천마구류도법까지 익히고 있다니!'

사비는 짧게 놀란 내심과는 달리 입가로 한줄기 미소를 머금었다.
마령심공도 모자라 마도삼대지존마공 중 하나까지 익힌 뜻밖의 강적이
었으나, 그 짧은 당황을 이어갈 새도 없이 몸속에 갈무리되어 있던 풍
류비공의 진기들이 일어났기 때문이다.

휘이잉~!

방 안을 휘몰아치는 한줄기 미풍.

사비가 끌어올린 진기에는 더 이상 화류패기의 뜨거움도 마령심기
의 차가움도 느껴지지 않았다. 이제껏 벌였던 수많은 초절정고수들과
의 격전을 통해 어느새 그가 지니고 있던 다양한 기운들이 풍류기라는
하나의 성질로 완벽하게 융합됐기 때문이다.

터억……!

순간 사비의 신형이 바람처럼 흩어지더니 서문동천의 양어깨를 두
손으로 찍어 누른 모습으로 다시 나타났다. 이에 잠시 경악에 찬 눈빛
을 던지던 서문동천이 이내 입가에 조소를 머금었다.

'크크크! 나는… 이따위 사술이 통할 수 있는 몸이 아니시다!'

쿠아아아앙~!

서문동천의 폭갈과 동시에 사비의 등 뒤에서 아홉 개의 시퍼런 섬광
이 서로 다른 궤적을 그리며 짓쳐들어왔다.

"미안하지만… 이건 전에도 당해봤던 거라서 말이야. 후후후!"

슈아아악!

사비는 한 손은 여전히 서문동천의 어깨를 누르고 다른 한 손은 허

리에 감고 있던 흑화검을 뽑아 뒤도 돌아보지 않고 세차게 휘둘렀다. 흑화검의 검첨에서 거대한 꽃송이가 튀어나와 날아오는 청광들을 향해 휘몰아쳐 갔다.

퍼퍼퍼퍼퍼퍼퍼퍼어엉……!

검푸른 구름이 방 안을 가득 메웠고, 잠시 후 경태제의 콜록거리는 기침 소리가 그 정적을 깼다.

"사, 살려줘! 난 아직… 제대로 살아보지도 못했어……!"

서문동천은 눈동자를 굴리며 사비의 얼굴을 애처롭게 쳐다봤다. 이에 사비는 미안한 표정을 지으며 목 밑 몸통까지 침상 밑으로 박혀 들어간 서문동천의 머리를 어루만지며 입을 열었다.

"미안하다! 너도 어머니가 있고, 아버지가 있었을 텐데… 네가 좋은 부모를 만났더라면 여기 이런 모습으로 있지는 않았을 텐데……. 하지만 마지막 판단은 항상 본인 의지로 내릴 수 있는 거다. 나도 그렇고, 너도 그렇고… 자신의 의지를 따랐던 책임을 질 나이지. 그게 사람의 도리다."

우드득!

사비의 손을 따라 서문동천의 목이 뒤로 꺾였다. 하지만 그는 어떠한 고통도 느끼지 못했다. 서문동천의 모습에서 자신의 옛 모습을 느낀 사비가 그의 죽음을 최대한 편하게 해주기 위해 애썼기 때문이다.

"으음! 짐과 황실을 구한 자의 이름이 무엇인고?"

막 방문을 나서는 사비의 뒤에서 경태제가 늠름한 음성으로 물어왔다. 이에 고개를 돌린 사비는 어느 틈에 달려와 그를 부축하느라 분주한 신하들과 그들에 둘러싸인 경태제의 위엄있는 모습을 보며 잔뜩 눈살을 찌푸렸다.

"그건 네놈이 알아서 뭐 하게?"

"뭣이라?"

사비의 건방진 되물음에 경태제가 어이없어하는 사이 주변에 있던 신하들이 너도나도 노호성을 터뜨리며 앞으로 나왔다.

"이런… 발칙한!"

"무엄하다! 감히 어느 안전이라고!"

"킥, 킥! 죽고 싶냐? 어차피 피 좀 묻혔는데… 몇 놈 더 묻힌다고 내가 마음 아파할 것 같아? 저 인간 살아 있을 때는 찍소리도 못하던 것들이 어디서 깝죽대는 거야? 엉!! 그냥 확 껍질을 다 벗겨줄까 부다!"

사비의 나직한 뇌까림에 장내에 있던 이들은 모두 끽소리도 못했다. 아무리 황제를 구한 영웅이라도 보통 이럴 때는 한풀 숙여주는 것이 인지상정이라고 생각했는데, 말을 꺼내는 품으로 보아 서문동천보다 더하면 더했지 못한 인간이 아님이 물씬 풍겼다.

이윽고 사비는 전신에 살기를 극대로 끌어올리며 천천히 입술을 뗐다. 이제는 화류패기마저 안으로 갈무리할 정도의 경지에 이른 그였지만 지금은 일부러라도 황제와 그 옆에 있는 수하들의 공포심을 자극할 필요성을 느꼈다.

"모두 똑똑히 들어둬. 특히 너!"

사비의 손가락이 자신을 가리키자 경태제가 움찔하며 위엄 가득했던 표정을 슬며시 풀었다.

"얘가 한때 부모 잘못 만나서… 아님 그런 거지 같은 부모조차 없어서 실수로 일 좀 벌였을지는 몰라도… 그런 같잖은 일을 핑계로 무림인들의 씨를 말리겠다는 둥, 구족을 멸하겠다는 둥 설치면 그때는 국물도 없을 줄 알아! 그때는 정말 니들 대가리하고 몸이 서로 맞절하게 해주겠어."

"……."

사비의 의도는 적중했다. 그의 협박을 들은 중인들은 모두 말없이 고개를 숙이며 그의 시선을 피하기에 급급했다. 심지어 몇몇 심장 약한 신하들은 바지에 오줌까지 지릴 정도였다. 그만큼 사비가 내뿜는 살기는 가공했다.

"그리고… 밖에 개 떼처럼 몰려온 놈들은 내가 정리해서 데리고 갈 테니까 조금 기다려. 괜히 관군 같은 것들 눈에 띄면 서로 피곤해지니까 유념하라고… 그럼 수고!"

사비는 한 손을 들고 씩 웃어 보인 후 곧바로 몸을 돌렸다. 하지만 더 이상 누구 하나 그를 제지하지 않았다. 그리고 그런 신하들에게 경태제는 아무런 말도 하지 않았다.

어찌 됐든 사비는 황실을 구한 은인이었다. 하지만 그보다는 마지막에 강한 인상을 남겼던 그의 한마디가 자꾸 머릿속에 맴돌았기 때문이다.

"허허! 머리와 몸통이 맞절을 한다니……."

경태제의 속은 더할 나위 없이 착잡했다.

"폐하! 하명을 하시면……."

어림친위군 도독의 기어들어 가는 목소리에 경태제는 천천히 고개를 저으며 입을 열었다.

"지켜보도록 합시다! 도독도 알다시피 지금 관군을 투입하면 엄청난 희생이 따를 거요. 황실이 무림인들에게 어지럽혀진 것은 모두 과인의 무능과 부덕의 소치. 더 이상의 희생은 없었으면 하오. 일단은… 저자의 말을 믿고 잠시 기다려 보도록 합시다."

경태제의 말에 모인 신하들이 일제히 허리를 숙였다. 경태제는 그런 신하들의 숙인 허리를 바라보며 속으로 중얼거렸다.

'괴팍하기 이를 데 없는 친구지만 한번 믿어봅시다! 하지만 그가 말

을 이행하지 못할 시에는 이 땅에 무림이 없어지든 내가 없어지든 둘 중 하나가 될 것이오!'

이제까지 문약한 모습을 보이던 경태제의 눈에 찰나지간 정광이 어렸다. 그는 황제로서의 위엄과 기도를 조금씩 찾아가고 있었다.

전각들 사이를 굽이굽이 돌며 바쁘게 발을 놀리던 공황식은 등 뒤에서 느껴지는 기척에 눈을 빛냈다. 하지만 이내 시치미를 떼고 다시 걸음을 재촉했다.

'담천자! 네놈이 기어코……!'

공황식은 황제의 침전이 보이는 공터에 걸음을 멈추고 몸을 돌렸다. 역시 예상대로 아무런 기척도 느껴지지 않았다. 서문동천이 황제와 시비 하나를 제외하고 주변 백 장 내 접근을 불허했기 때문이다. 물론 서문동천이 자신의 기척을 감지하고 황제를 죽이는 불상사가 일어날 수도 있었지만 그건 어디까지나 황제의 문제일 뿐이었다.

"맹주! 도대체 어디를 그리 급하게 가시는 거요?"

담천자는 짙은 눈썹을 꿈틀거리며 공황식의 면전으로 다가왔다. 그는 지금 상황에서 설마하니 공황식이 따로 몸을 뺀다는 생각은 하고 싶지는 않았다. 비록 마음에 들지 않는 구석은 있었어도 공황식은 지금까지 백천맹을 아무 무리 없이 잘 이끌어온 정도의 수장이었고, 더군다나 지금은 그의 아비 공우생이 적의 검에 고혼이 된 상황. 하지만 아무리 좋게 생각하려 해도 공황식의 행동은 이런 급박한 상황에서 보일 수 있는 행동이 아니었다. 이에 공황식을 바라보는 담천자의 눈에는 착잡한 기색이 스쳤다.

"황상의 안전을 확인하고 돌아갈 생각이오!"

"물론 황상의 안위도 중요하지만 그런 일이라면 다른 사람을 시켜도 되지 않소이까? 지금은 그 어느 때보다 맹주의 지휘와 독려가 필요한 상황입니다."

공황식의 담담한 어조에 담천자의 안색이 다소 풀렸다.

"이거 섭섭합니다. 담 도장의 말을 들으니 마치 내가 싸움이 두려워 황상을 핑계로 삼았다는 것으로 들립니다."

"내 말뜻은 그게 아니오. 맹주도 좀 전에 보시지 않았소? 혈기 왕성한 기재들이 아무 통제 없이 막무가내로 흑천인들을 향해 달려들고 있소이다. 이런 큰 싸움에는 지휘부의 통제와 관리가 있어야 효과적인 타격을 줄 수 있으니……."

"흑천에 대한 대비책은 따로 세워놨으니 걱정하지 않아도 됩니다. 흑천을 일거에 섬멸시킬 대계가 있으니까요. 너무 잔인하고 파괴적인 방법이라 차마 쓰기가 두려웠으나 아버님이 그리되시는 것을 본 마당에 더 이상 망설일 이유가 없어졌습니다. 하지만 그 일을 착수하기 전에 황상의 안전부터 확인해 봐야 합니다."

"흑천을 섬멸시킬 대계요?"

담천자는 공황식의 말이 미심쩍었으나 그의 청산유수 같은 언변과 공우생까지 들먹이는 모습에 그의 말이 어쩌면 사실일지도 모른다는 희망이 들었다.

"이를 사용하면 황궁은 피로 물들 수밖에 없습니다. 그래서 그 방법으로 먼저 붙잡혀 계신 황상부터 구한 연후에……."

공황식이 주변을 살피며 담천자의 앞으로 발을 움직였다.

"지금 뭐라고 하셨습니까?"

공황식이 귀를 곤두세우지 않으면 도저히 들릴 수 없을 만큼 작은 소리로 말하자 담천자는 곁으로 다가온 공황식에게 무심코 고개를 들이밀었다.

슈칵!

순간 담천자는 눈앞으로 번쩍이는 흰 빛과 함께 목이 꽉 막혀오는 느낌을 받았다.

싹둑~!

담천자의 얼굴로 하늘에서 내리는 눈과 함께 굵은 핏방울이 뚝뚝 떨어져 내렸다.

불신과 경악이 범벅이 된 담천자의 눈이 조금씩 흐려지기 시작했다. 그는 자신의 눈동자로 보이는 눈앞의 현실을 믿을 수가 없었다. 벼락 맞은 나무처럼 부르르 떨고 있는 자신의 몸, 그 위에 의당 있어야 할 자신의 머리가 보이지 않았다. 그리고 찰나지간 담천자는 어떻게 목 없는 자신의 몸을 본인 스스로 바라볼 수 있는지에 대한 강한 의혹에 휩싸였다. 하지만 그것으로 끝이었다. 담천자는 그 의구심을 채 풀기도 전에 모든 사고가 일시에 정지하고 말았다.

쿵!

"분수를 모르고 까불었던 대가다! 크카카카카!"

담천자의 몸을 툭 밀어 쓰러뜨린 공황식의 입에서 괴소가 터졌다.

"역시 쓰레기는 어쩔 수 없다니까! 이 개… 쓰레기 같은 새끼야!"

"헛!"

갑자기 눈앞에 나타난 사비를 본 공황식은 헛바람을 집어삼켰다.

뜻밖의 장소에서 만난 뜻밖의 인물. 그러나 결코 반가울 수 없는 인간이 자신을 경멸에 찬 눈초리로 쏘아보고 있었다.

"보지 말아야 할 것을 보았구나!"

공황식은 두 눈을 차갑게 가라앉히며 담천자의 피가 아직 마르지도 않은 검을 가슴께로 스윽 들어올렸다.

"그래도 혹시나 했다. 대천사라는 미친 것에 놀아난 희생양 중에 하나가 아닐까 고민도 했고… 하지만 역시 너는 처음부터 개망종이었어. 정말… 후레자식도 이런 후레자식이 없군!"

"……."

공황식은 쏘아보는 사비의 눈빛을 받으며 속으로 고개를 갸웃거렸다. 사비에게서 풍기는 기도가 공우생이나 은강후가 감탄하던 무위를 지닌 사람답지 않았기 때문이다.

'무형지기가 이 정도로 미약하다니……?'

공황식은 의문은 나중에 풀고 일단은 여기서 벗어나야겠다고 판단했다. 그러기 위해서는 우선 사비부터 처리해야 했다.

"어이! 사극! 아니, 십이제천이라고 불러줄까? 그런데 어쩌지? 오늘은 아저씨한테 같이 깔짝대던 인간들이 너 말고는 하나도 없네."

사비의 비아냥거림을 들은 공황식은 여전히 무심한 표정으로 천천히 오른발을 앞으로 내밀었다. 그의 발에 닿은 땅과 눈이 나선형으로 회오리쳤으나 사비는 이를 보지 못했는지 하던 말을 계속 이어갔다.

"어디 그때처럼 똑같이 공격해 봐! 아니지! 아저씨와 비슷한 입장에서 시작하려면 내가 좀 몸이 정상이 아니어야겠지?"

퍽!

"헛!"

공황식의 눈이 경악으로 커졌다.

사비가 느닷없이 스스로의 뺨을 향해 강력한 일장을 날렸기 때문이다. 그것도 내력이 실린 장력이었다.

이 미치지 않고서는 도저히 할 수 없는 행동에 공황식의 머릿속이 빠르게 돌아가기 시작했다.

'새로운 마공인가? 마성이 폭발해 주체를 못하는 것인가?'

공황식은 그런 추측을 이내 머릿속에서 지워 버렸다. 인성을 상실했다고 보기에는 사비의 눈이 너무 맑고 투명했다.

사비는 입가에 묻은 피를 뱉어내며 공황식을 향해 고개를 쳐들었다.

"퉤! 이렇게라도 안 하면 너무 싱겁잖아. 가만… 그러고 보니 그때 아저씨는 군자산이라는 거에도 당했었는데. 지금은 그런 게 없으니까… 이렇게 하면 되겠네! 으랏챠!!"

슈웅~!

콰아아아앙……!

사비가 내지른 두 주먹이 공황식의 뒤에 있던 전각을 향해 쏜살같이 날아가 부딪치며 엄청난 폭음과 지축을 울리는 진동이 이어졌다.

비록 사비나 공황식은 볼 수 없었지만 한창 격전을 벌이고 있던 흑천과 백천맹 무사들이 모두 싸움을 멈추고 이쪽을 바라볼 정도였다.

"네, 네… 놈은 도대체가……!"

공황식은 끝이 보이지 않을 정도로 길게 뻗어 있는 검게 그을린 땅을 바라보며 저도 모르게 설레설레 고개를 저었다. 두 눈으로 직접 봤는데도 사비의 무위가 믿기지 않았다. 그는 자신이 태어나 지금까지 과연 저 정도의 위력이 담긴 무공을 본 적이 있는지에 대해 진지하게 자문해 봤다.

'이건 인간이 펼칠 수 있는 무공이 아니다! 설령… 십이제천 모두가 전력을 다한다 해도 막기가 불가능한 힘이야. 이 녀석은… 이미 흑화 검성을 뛰어넘는 무신이 됐어!'

공황식은 사비가 만일 자신을 향해 저 주먹을 날렸다면 어떻게 됐을까 하는 생각에 온몸으로 전율하면서도 다른 한편으로는 다행이라는 생각이 들었다.

이유는 모르지만 사비는 분명 자신을 겨냥하지 않았고, 그 대가로 지금 온몸의 모든 진기가 일시에 빠져나가 버린 공력의 공황 상태에 빠져 있었다. 이는 공황식이 살 수 있는 천재일우의 기회였다.

"으음! 서두르라고… 몸이 지랄 같아서 조금만 있으면 또 힘이 펄펄 나는 체질이라서 말이야!"

사비가 파리한 안색으로 힘겹게 한 손을 내밀어 공황식을 향해 까딱해 보였다.

"역시 네놈은 미친개가 틀림없구나!"

슈라라락~!

공황식은 곧바로 정신을 차리고 사비를 향해 전력을 다한 일검을 날렸다. 공우생이 신도원을 상대로 펼쳤던 회천세로 그 위력도 공우생에 비해 전혀 손색이 없어 보였다.

퍼어억!

"크윽!"

사비의 입에서 진한 신음이 터졌고, 공황식의 검이 톱니바퀴처럼 물려 들어가며 몸에서 뿜어져 나온 붉은 선혈은 가는 빗줄기가 되어 사방으로 튀었다.

그 직후, 사비는 두 눈으로 서로 다른 빛을 토해내며 공황식의 주위를 급회전하기 시작했다.

휘휘휘휘이잉~!

"이제… 끝내자! 아저씨한테 가서 무릎 꿇고 반성하라고!"

파… 파… 파아앙!

사비에게 날린 회천세가 격중함을 확인하고 크게 기뻐하던 공황식
은 그 뒤로 들린 사비의 속삭이듯 나직한 목소리에 머릿속에 하얗게
탈색되었다. 그래서 그는 자신의 주변을 빠르게 도는 사비의 눈동자가
파란빛과 붉은빛으로 물들어간다는 것도 느끼지 못했다.

피피피융~!

그리고 곧바로 자신을 향해 짓쳐들어오는 화살을 보았다. 그것은 사
비가 회천세의 검세를 받고 흘렸던 핏줄기들로 화류패기와 마령심기를
담아 날린 사가권의 심중지루라는 초식이었다.

화르르륵!

"크아아악!"

쩌쩌쩌쩡!

사비의 피화살에 격중당한 공황식이 참담한 괴성을 토했다. 그의 상
반신은 용암이라도 뒤집어쓴 듯 시뻘겋게 물든 채 녹아내리고, 하반신
은 만년빙암처럼 하얀 서리를 피우며 얼어갔다. 이를 물끄러미 바라보
는 사비의 두 눈은 조금씩 제 빛을 찾아가기 시작했다.

"난… 아저씨가 네놈들의 암수에 당할 때 지켜볼 수밖에 없었던 나
스스로를 용서할 수가 없었어. 그렇게 비겁했던 내게 끝까지 미소를
보여줬던 바보 같은 아저씨도 미웠고… 그래서 네 검을 맞은 거야. 좀
아프고 나면 날 용서할 수 있을까 해서 말이야."

사비는 공황식이 자신의 말을 듣지 못할 정도로 극도의 고통에 몸부
림친다는 것을 알면서도 계속해서 말을 이었다. 그가 지금 하는 얘기
는 공황식이 아니라 본인 스스로에게 하는 얘기인지도 몰랐다.

"사람이 살다 보면 실수도 하고, 못된 짓도 하고 그럴 수 있어. 하지

만 그 도를 넘어서면 안 되는 거야. 그러니까 너무 억울해하지 말고 가라! 넌 정말 못된 짓을 많이 저질렀잖아!"

사비는 화염과 빙설에 갇힌 한 영혼을 향해 천천히 오른손을 들어올렸다. 그리고 곧바로 그의 손에서 한 송이 흑화가 튀어나와 공황식의 이마를 향해 날아갔다.

스으으으……!

공황식은 더 이상 괴롭지 않았다. 세상을 살며 겪었던 모든 오욕칠정을 잊게 하는 구원의 손길이 그를 어루만져 주었기 때문이다. 사비는 잠시 공황식이 먼지로 사라진 자리를 바라보다가 천천히 몸을 돌렸다. 아직 이곳에서 해야 할 일이 남아 있었기 때문이다.

"이제 당신 이름을 되돌릴 차례군요… 아버지……!"

사비는 성큼성큼 걸음을 옮겼다. 멀리서 아련히 들려오는 병장기 소리만으로도 상황이 얼마나 백천맹에게 불리한 쪽으로 흘러가고 있는지 느껴졌지만, 그는 그리 큰 걱정은 하지 않았다. 본인 말고도 이 싸움을 끝낼 만한 이들이 지척에 이르렀음을 느끼고 있었기 때문이다.

＊　　　＊　　　＊

산동성 거야(巨野)의 관로를 가로지는 일단의 무리. 긴 여정에 지쳤는지 하나같이 노곤한 기색이 역력한 그들은 팔다리를 주물럭거리면서도 부지런히 발을 놀리고 있었다.

"그게 정말일까요?"

묵묵히 걸음을 옮기던 이수천이 옆으로 힐끗 고개를 돌려 물었다.

"뭐가?"

“회주님이 화산을 구하고 황도로 향했다는 소문 말이에요.”

“지금 뭔 소리를 하는겨? 당연히 사실이지!!”

이수천의 물음에 강창기가 두 눈을 부라리며 버럭 소리쳤다.

“하지만 화산까지 거리가 얼만데······.”

“쓸데없는 소리일랑 집어치우고, 너는 앞으로 황보세가를 어떻게 상대할지에 대해서나 고민해!”

강창기가 한 손을 휘저으며 앞서 나가자, 이수천은 그의 뒤통수에 대고 입술을 삐죽 내밀었다.

‘솔직히 황보세가를 상대한다는 건 처음부터 말이 안 되는 겁니다. 회주님은 그저 우리가 개죽음당하지 않게 하려고 산동으로 보내신 거라고요. 그런데 도대체 이걸 저 인간한테 어찌 설명해야 알아먹을꼬?’

그래도 강창기보다는 머리가 잘 돌아가는 편이었기에 사비의 의중을 대충 짐작하고 있던 이수천은 강창기의 뒷모습을 물끄러미 바라보며 잠시 시름에 잠겼다. 저 고지식한 인간이 자신의 말을 어떻게 받아들일지 걱정이 됐기 때문이다.

그때였다.

“여어! 이게 누구신가? 산동, 아니, 천하 최강의 세력… 열혈갱생회의 고수들이 아니신가?”

“흐음!”

강창기는 전면에 나타난 황색 무복을 입을 이들을 보며 눈을 빛냈고, 이를 본 황보혁은 입가에 조소를 걸뜨린 채 성큼성큼 다가왔다.

황보혁은 가솔들을 이끌고 제남의 세가로 복귀 중이었다. 암습에 실패했으니 그 일이 잠잠해질 때까지 세가로 되돌아가 있으라는 공황식의 권유 때문이었다. 그러던 차에 만난 열혈갱생회는 황보혁의 눈가에 살기를 피워 올리기에 충분한 구실로 작용하고 있었다.

"후후후!"

황보혁은 강창기 등을 쭉 둘러보며 마른 웃음을 흘렸다. 그의 등 뒤에 선 황보상을 위시한 다른 세가인들은 애써 무심한 표정을 짓고 있었으나, 역시 열혈갱생회를 바라보는 눈빛에는 불쾌한 기색이 다분했다. 산동제일가라는 세가의 위상을 사비가 회주로 있다는 이유만으로 송두리째 앗아간 열혈갱생회가 곱게 보일 리 없었다.

"마침 잘됐소이다! 나도 그쪽에 볼일이 있었는데……."

"뭐? 그쪽?"

강창기의 말을 들은 황보혁의 안색이 대번에 일그러졌다.

퍽!

"크윽!"

강창기가 황보혁의 주먹에 안면을 가격당하고 저만치 나가떨어졌다.

차… 악!

황보혁의 손에서 섬뜩한 예기가 뿜어졌다.

"형님! 안 됩니다!"

이를 본 황보상이 당황성을 터뜨리며 황보혁의 소매를 붙들었고, 이에 강창기를 향했던 황보혁의 검이 그 곁에 서 있던 열혈갱생회 수하 하나의 가슴에 구멍을 뚫었다.

"크악!"

"헛! 네, 네놈이……!"

강창기가 찢어질 듯 커진 눈으로 노호성을 터뜨리자 황보혁이 눈가를 푸들푸들 떨며 앞으로 걸어나왔다.

"쿠… 쿠쿠! 감히 황보세가의 가주에게 그쪽이라. 그것만으로도 네놈들은 이 세상을 살아갈 자격이 없음이라! 모두 저들을 주살하라!"

황보혁은 당황한 얼굴로 자신을 바라보는 황보상과 다른 기술들을 향해 외친 후 곧바로 앞으로 걸어갔다. 하지만 세가인들은 서로의 눈치만 살피며 황보혁의 명을 따르지 않았다. 아무리 열혈갱생회의 명성이 산동을 쩌렁쩌렁 울린다고 해도, 그들은 무인 단체가 아니었다. 그런 이들을 상대로 검을 휘두른다는 것은 무인으로서의 자존심으로도 인간으로서 지닌 양심으로도 내키는 일이 아니었다.

"감히!! 좋다! 가주의 지엄한 명을 거역한 이들은 세가로 복귀한 후 엄벌에 처할 것이니 그리 알라!"

세가인들을 향해 격노성을 날린 황보혁은 비릿한 미소를 흘리며 다시 고개를 돌렸다. 그는 수하의 가슴에서 콸콸 쏟아지는 피를 양손으로 틀어막고 있는 강창기를 보자 더욱 진한 살소를 흘리며 한 발 더 다가섰다.

"나쁜 자식! 이, 쓰벌 놈……!"

강창기는 너무나도 어이없이 황천길로 직행한 수하를 부둥켜안고 고개를 확 들어올렸다.

"대형을 보호해라!"

"개새끼! 죽여!"

눈앞에서 일어난 믿기지 않을 상황에 잠시 어리둥절한 표정을 짓던 열혈갱생회인들이 곧 사태를 파악하고 황보혁과 강창기 사이로 달려와 육탄방어를 하기 시작했다.

"크크! 어리석은 놈들!"

쑤아악~!

황보혁의 손목이 흔들릴 때마다 허공에 혈점이 찍혔다. 이를 보는 중인들의 눈이 점점 불신으로 물들어갔다. 이전에 알던 황보혁의 무위가 아니었기 때문이다. 그들은 황보혁의 손에서 쉴 새 없이 번쩍이는 혈혈검이 얼마나 대단한 기병인지 미처 깨닫지 못하고 있었다.

팍~!

목에 구멍이 뚫린 장한 하나가 그르렁거리는 소리를 내며 땅바닥에 누워 요동을 쳤다.

콰악~!

황보혁은 그의 가슴에 혈혈검을 내리꽂았다 뽑으며 다시 몸을 날렸다. 그는 이번 기회에 열혈갱생회를 희생양으로 삼아 자신의 능력이 어느 정도인지를 세가인들에게 각인시켜 줄 요량이었다.

'너희들이 이래도 말을 듣지 않는지 보자!'

황보혁은 조금씩 두려움으로 물들어가는 황보세가인들의 눈을 보자 손속이 더 잔인해져 갔다. 그럴수록 자신에 대한 충성심이 강해지리라는 생각 때문이었다.

하지만 세가인들보다는 열혈갱생회원들의 두려움이 더 컸다. 처음에는 강창기의 보호를 위해 득달같이 달려들던 그들이었지만, 막상 황보혁의 무위를 대하자 자신들이 턱없이 미치지 못함을 절감했다. 황보혁의 가벼운 손놀림에 팔이 떨어져 나가고, 삽시간에 몸에 구멍이 뚫려 쓰러지는 동료들을 보며 전의를 상실한 그들은 어느새 주춤주춤 뒤로 물러나 도주를 준비하고 있었다.

하지만 황보혁은 그들을 단 한 명이라도 살려둘 생각이 없는지 미친 듯이 검을 휘두르며 도망치는 이들부터 쓰러뜨리기 시작했다. 그것은 그야말로 일방적인 도살에 지나지 않았다.

"모두 싸워라! 우리가 열혈갱생회라는 사실을 잊었나?"

이수천은 공포에 눈과 귀가 얼어버린 동료들을 향해 고래고래 소리를 질렀다. 하지만 백여 명에 이르던 열혈갱생회인들 중 땅에 두 발을 디디고 서 있는 자들은 스물 남짓. 그들이 할 수 있는 것은 그저 사지를 벌벌 떨며 황보혁에게 죽을 차례를 기다리는 것뿐이 없었다. 이에 황보혁은 괴소를 흘리며 강창기와 이수천을 향해 걸음을 옮겼다. 핏물에 흠뻑 젖은 풀잎이 그의 발끝을 스치며 끈적끈적한 소리를 토했다.

"크크크! 재롱은 그만하면 됐다. 이제 가거라!"

쑤에엑~!

강창기는 자신의 안면을 향해 짓쳐드는 한기에 두 눈을 질끈 감았다. 검은 보이지도 않으니 이를 자신이 막는다는 건 어불성설이었다. 그저 수하들의 원한을 갚지 못하고 어이없이 개죽음당하는 현실이 분할 뿐이었다.

"……."

하지만 한참이 흘러도 아무런 일도 일어나지 않았다. 이에 강창기는 가만히 두 눈을 떴다. 자신의 앞을 가로막은 가냘픈 등을 보자 코끝이 찡해오며 눈물이 흘러나왔다.

"부… 회주님……!"

"부회주라니……?"

강창기의 목멘 음성에 황보혁이 고개를 갸웃거리며 되물었다.

"당신… 정말 몹쓸 사람이군요!"

"후후후! 백천맹의 일을 정리하고 온다더니 벌써 끝내고 온 거요?"

황보혁은 짐짓 자상한 어투로 물었으나 내심은 크게 당황하고 있었다. 백천맹과의 일을 마무리 짓고, 앞으로의 일에 대비하려면 시일이 좀 걸릴 거라던 현현의 갑작스런 등장이 못내 석연치 않았다.

'정말 내가 앞으로 어떤 일들을 벌일지 미리 알 수 있다는 게… 협박이 아니고 사실이었단 말인가?

황보혁은 매서운 눈초리로 자신을 쏘아보는 현현의 얼굴을 슬며시 피했다.

"휴우! 제가 너무 늦었군요."

현현은 참담한 심정을 금할 길 없었다.

"이 일을 막지 못한 것을 보면… 대천사님의 개입 정도가 내 능력을 넘어섰다는 뜻이겠지요? 그렇다면… 당신은 도저히 내 능력으로는 되돌릴 수 없을 테고요."

현현은 장내를 가득 메운 처참한 시신들을 둘러보며 두 주먹을 꼭 움켜쥐었다.

"지금 무슨 소리를 하는 거냐?"

황보혁은 현현의 싸늘해져 가는 음성을 들으며 점점 얼굴이 일그러져 갔다. 처음에는 그녀에 대한 두려움과 연모의 마음에 어우러져 입을 다물었는데, 점점 시간이 흐르자 그 감정들이 머릿속을 휘몰아치며 애증과 분노로 변해갔다.

"당신을 끌어들이는 게 아니었어요. 그러지 않았다면 당신이 대천사의 눈에 들지도 않았을 거고, 이런 악마가 되지도 않았을 테지요."

"으으! 그 입 다물어! 그렇지 않으면 널 죽이게 될 거야!"

황보혁은 현현의 처연한 눈동자를 보자 노화가 끓었으나 꾹 눌러 참았다.

현현은 그녀가 어떻게 생각해도 자신의 여인이었다. 그런 여인이 자신을 연민의 눈으로 바라보는 것은 사내의 자존심이 허락치 않았다. 하지만 인내하려는 마음과 달리 혈혈검의 검파를 잡은 손으로 자꾸 힘이 들어갔다.

“으윽! 나, 나는……”

파앗!

순간 머리를 저으며 신음을 흘리던 황보혁이 현현을 향해 엄청난 속도로 폭사되어 갔고, 그와 동시에 현현의 몸도 백광에 휩싸였다.

번쩍~!

현현의 주먹에서 뻗어나간 하얀 섬광이 황보혁의 혈혈검을 시작으로 그의 전신까지 모두 물들여 갔다.

‘아름답다!’

현현을 바라보는 황보혁의 심정이었다. 하지만 그가 아름다움의 극치라고 느낀 것은 현현의 얼굴이 아닌 그녀의 손놀림에 있었다. 새벽 이슬처럼 영롱한 빛을 발하는 그녀의 두 주먹에서 눈부시도록 아름다운 섬광이 뿌려졌다.

백월환(白月丸).

현현은 황보혁을 상대로 결국 천월사도의 무공인 백월환을 펼쳤다. 소천사의 능력을 사용하지 않고는 황보혁이 만든 혈혈검을 막아낼 수 없었기 때문이다.

“흐헛!”

황보혁은 순간적으로 온몸을 휩쓸고 지나가는 극랭한 기운에 몸서리치며 그 자리에 무너지듯 주저앉았다. 하지만 괴이하게도 어떠한 고통이나 아픔도 느껴지지 않았다. 단지 손가락 하나 까딱할 수 없을 무기력함과 만취한 듯 몽롱한 기분이 전신을 휩쌀 뿐이었다.

“으음! 역시 예상대로 당신은 날 죽이지 못하는군! 당신 역시 누군가의 조종을 받고 있어. 그의 허락이 없으면 결코 날 건드릴 수 없는 거야……!”

황보혁이 넋 나간 사람마냥 우두커니 땅바닥을 바라보며 입술을 뗐다. 그러나 앞에서 물끄러미 내려다보고 있는 현현을 향해 고개를 들 기력은 전혀 남아 있지 않은 힘없는 목소리였다.

"착각하지 마요. 당신이 오늘 벌인 만행 외에도 한 가지 더 밝혀야 할 사실이 있어서니까!"

"훗훗……! 궁금하군. 도대체 뭘 밝히겠다는 거지? 설마……?"

입만 웃던 황보혁의 눈이 갑자기 당황으로 세차게 떨리기 시작했다. 현현의 입에서 어떤 말이 튀어나올지 직감했기 때문이다. 하지만 현현은 그의 불안한 마음과는 달리 더 이상 입을 열지 않았다. 단지 움직일 여력 없는 황보혁의 품속에 손을 집어넣고 작은 목갑을 꺼내 들었을 뿐이었다.

"황보천 가주는 혈혈검에 의해 목이 잘린 후 이 어혈탄에 의해 시신이 훼손됐어요. 그리고… 그분의 아버님 역시… 실종된 게 아니라 황보천 가주와 비슷한 방법에 의해 살해되셨을 테지요. 다시 말해서… 그 두 분 은 당신이 주장하는 것처럼 흑화검성에 의해 당하지 않았단 말이에요!"

"허, 헛… 소리다!"

황보혁이 사력을 다해 부르짖자 현현은 그의 말을 무시한 채 황보상 등이 서 있는 쪽으로 몸을 돌렸다. 그리고는 곧바로 어혈탄이 든 목갑 의 뚜껑을 조심스레 열었다.

"이게 그 증거지요!"

패애앵……!

순간, 목갑 안에서 튀어나온 어혈탄들이 튀어나와 황보상들을 향해 날아가는 듯싶더니 곧 급선회를 하여 현현의 등 뒤에 주저앉아 있던 황보혁을 향해 쏘아져 갔다. 누가 막고 자시고 할 겨를도 없는 엄청난 속도였다. 열혈갱생회원들을 죽이며 황보혁의 전신에 흠뻑 묻은 피가 어혈탄을 부른 것이다.

"크음!"

황보혁은 침음성을 터뜨리며 두 눈을 질끈 감았다. 현현의 백월환에 격중당한 뒤라 아무런 감각도 느껴지지 않았으나, 어혈탄이 제 몸에 붙은 살을 뜯고, 피를 흡수하는 광경을 보고 있을 만큼 정신이 없는 것은 아니었다. 하지만 그것도 잠시 황보혁은 사각거리는 소리를 참지 못하고 두 눈을 번쩍 떴다.

"우우우!"

황보혁은 조금씩 지면이 올라옴을 느끼며 신음성을 삼켰다. 누가 말해주지 않아도 자신의 하반신이 어혈탄에 야금야금 먹혀가며 허물어지고 있음을 알 수 있었다.

"으음!"

삽시간에 어혈탄에 의해 전신이 사라져 가는 황보혁을 보는 황보상의 눈가에 잔 경련이 일었다. 처음에는 황보혁을 핍박하는 현현의 언행이 다소 언짢고 당황한 마음이 일었으나, 순식간에 황보혁의 몸이 황보천의 죽었을 당시의 모습으로 화해 버린 것을 보자, 더 이상의 설명을 듣지 않아도 모든 정황이 확연히 눈에 그려졌다.

"둘째 형님이… 어찌 그런 천인공노할 짓을……."

황보상은 차마 더 이상 말을 잇지 못했다. 그제야 열혈갱생회 장한들이 흘린 피 냄새가 코끝을 역하게 건드려 왔다.

'형수가 그동안 사실을 알면서도 말하지 않았던 건… 나나 세가인들이 둘째 형님의 잔인한 성정을 알 때까지 기다리기 위해서였다!'

황보상은 만일 오늘 이 같은 일을 겪지 않았다면 아무리 현현이 뭐라고 해도 황보혁이 자신의 손으로 직접 아버지와 형을 죽인 대악인임을 인정하는 가솔은 없었을 것이라고 생각했다.

"이제… 황보세가와의 인연은 이것으로 끝내렵니다. 그간의 일은 서로 불문에 붙이는 것이 세가의 앞날을 위해서도 좋을 거예요. 그럼!"

현현은 황보상 등을 향해 담담하게 머리를 숙여 보인 후 천천히 몸을 돌려 황보혁이 주저앉아 있던 자리로 움직였다. 하지만 그의 흔적은 어디에도 보이지 않았다. 황보혁의 피를 흠뻑 먹고 빨갛게 물든 열 개의 구슬만이 덩그러니 놓여 있을 뿐이었다.

"황보상! 당신이라면 세가를 제대로 이끌어갈 수 있을 거예요."

현현은 가솔들을 인솔해 맥없이 떠나가는 황보상을 보며 낮게 중얼거렸다.

"흑! 흑! 형님, 이 일을 어쩌면 좋습니까요?"

뒤에서 들려오는 울음소리에 고개를 돌린 현현의 눈이 잘게 떨렸다.

황보혁에 의해 죽은 이들을 묻으며 터뜨리는 강창기와 남은 동료들의 곡성이었다. 이에 일순 주저하던 현현이 막 강창기와 이수천을 향해 다가갈 무렵이었다.

"얼마나 더 기다려야 하지?"

얇은 청삼에 싸늘한 눈길로 현현을 바라보는 여인.

"당신은……!"

현현이 요미선자의 차가운 음성을 들으며 어깨를 흠칫 떨었다. 그사이 요미선자는 열혈갱생회원들을 향해 싸늘한 눈길을 던지다가 다시 현현에게 고개를 돌렸다.

"대천사께서 너를 부르신다! 잠자코 따라나서면… 다른 사람은 살려준다!"

“당신이… 당신이 소천사 현영이었군요!”

현현은 요미선자가 흘리는 월[月]의 기운을 감지하고 경악성을 터뜨렸다. 하지만 이내 현현은 그 작은 입을 다물고 고민에 휩싸였다.

“그분께서는 너에게 내리셨던 명을 모두 거둬들이셨다! 그러니 쓸데없는 반항은 하지 않는 게 좋을 거다!”

요미선자가 소천사 현영이라면 그녀의 말은 결코 엄포일 리가 없었기에 현현은 절망할 수밖에 없었다.

‘역시… 벗어날 수 없는 몸부림이었던가!’

현현은 체념한 얼굴로 요미선자의 앞으로 미끄러지듯 걸어나가다가 힐끗 고개를 돌려 강창기 등을 쳐다봤다.

[제가 요미선자를 따라갔다는 말은 아무에게도 하지 마세요. 저는 원래 그곳 소속이니 큰 문제는 없을 거예요. 그리고 죄송하지만 뒷일을 부탁할게요.]

강창기는 현현의 간절한 눈빛에 저도 모르게 고개를 끄덕였다. 요미선자는 이를 봤으면서도 못 본 척 고개를 돌리며 먼저 몸을 돌렸다. 이에 현현은 잠시 이수천 등을 안쓰러운 눈길로 바라보다가 이내 요미선자의 뒤를 따라 걸음을 놀렸다.

“……”

강창기는 순식간에 까만 점으로 멀어져 가는 두 여인을 착잡한 눈빛으로 바라봤다. 현현이 강압에 못 이겨 따라나서는 것임을 모르지 않았기 때문이다.

하지만 자신이 할 수 있는 일은 아무것도 없었다. 아무것도.

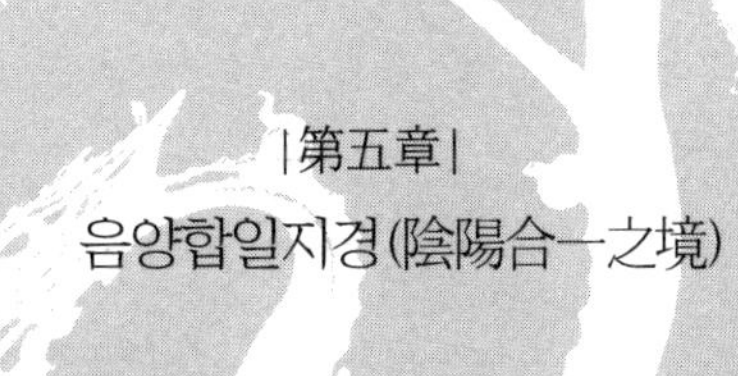

|第五章|

음양합일지경(陰陽合一之境)

신화가 만들어지고 있었다.

그것도 천하의 심장부라 할 수 있는 황궁에서, 전 무림인과 관군이 지켜보는 자리에서였다.

"푸악!"

쿵! 쿵! 쿵!

입으로 피화살을 토하며 뒷걸음질치던 구 척 거인이 결국 뒤로 나가 떨어졌다.

쿠우웅……!

차아아앙……!

한 그루 썩은 거목으로 화해 넘어간 사내의 강철 갑주가 산산이 부서져 나가며 요란한 금속성이 장내를 가득 메웠다. 자그마치 일 촌에 달하는 두께를 지닌 강철 갑주의 파편들이 시커멓게 그을린 얼음 알갱

이가 되어 박살이 난 것이다.

얼음이 그을리다니… 있을 수 없는 현상이었지만 사비의 진기를 고스란히 받았던 거인은 그런 힘이 존재할 수도 있다는 사실을 온몸으로 체험하고 있었다.

흑찰대장 유한군!

그는 흑천의 중무장부대인 흑찰대의 수장으로 얼마 전 신농방과 남궁세가를 보란 듯이 짓밟았던 무장이다. 한 번의 창질로 하늘의 그림자를 가둔다는 제세천영창법(劑世天影槍法)은 차치하고, 천부적으로 타고난 신력만으로도 일류무인 두서넛을 찢어 죽인다는 타고난 역사(力士)가 바로 유한군이다. 하지만 거대한 체구로 만인을 압도하던 그는 더 이상 아무런 위압감도 주지 못했다. 그 큰 몸이 덜덜 떨리는 것을 보고 있자니 오히려 일반적인 체구를 지닌 사람보다 더 안쓰럽게 느껴졌다.

"그러니까 처음부터 말 들었으면 좋았잖아!"

유한군의 앞으로 저벅저벅 걸어온 사비의 입에서 하얀 입김이 새어 나왔다. 유한군에 비해서는 상당히 안정된 모습을 하고 있었지만 사비역시 이전의 그와는 다른 무척 피곤해 보이는 모습이었다.

그도 그럴 것이 방금 전까지 단신으로 상대한 흑찰대 무사 이백이 이전 그가 마주쳤던 흑혈대나 흑운대에 비해 두 단계 이상의 실력을 지닌 고수들이었기 때문이다. 말이 좋아 이백이지, 한 인간이 중무장한 절정무인 이백을 홀로 상대한다는 것은 상식적으로 전혀 불가능한 일이었다. 하지만 사비는 그런 세인들의 고정관념을 비웃듯 보란 듯이 그 일을 해낸 것이다.

사비가 공황식을 처리하고 전장에 당도했을 때는 흑화일심대, 벽력문, 곤륜파 등으로 구성된 무인들이 패색이 짙던 백천맹 무사들을 도와 흑천과 가까스로 백중지세를 이루고 있을 무렵이었다. 하지만 이 치열한 접전은 시간이 지날수록 흑천 쪽에 유리한 양상으로 전개됐다. 아무리 구양극호나 궁명 도장, 당미량처럼 막강한 고수들이 합세했다고 해도, 그들만으로는 무려 일만에 달하는 흑천 무사들의 차륜전을 감당할 순 없는 노릇이었다.

그리고 이런 피아를 식별하기 힘들 정도로 혼전을 거듭하던 싸움은 흑찰대의 등장으로 거의 평정이 되어갔다.

다수가 진세를 짜서 소수를 공격한다. 더욱이 그 다수가 하나같이 고도의 무공 실력을 지니고 있다면 그 위력은 가히 상상 불허. 이에 더 이상의 희생을 줄여야겠다고 판단한 구양극호가 사자후를 토해 아군들을 뒤로 물리는 순간 사비가 등장했다.

사비는 동에 번쩍 서에 번쩍 움직이며 흑천인들을 거꾸러뜨렸고, 이에 당황한 흑천 수뇌부는 구양극호가 했던 것처럼 흑찰대를 제외한 나머지 무인들을 모두 퇴각시켰다. 사비가 쏟아내는 강맹한 기운에 쓰러지는 부상자가 순식간에 기백을 넘어섰고, 흑찰대의 육중하면서도 개세적인 공격을 발휘하는 데 다른 흑천인들이 방해물로 작용했기 때문이다.

사비는 물러나는 이들은 막지 않았다. 어차피 그의 의도는 흑천의 전멸이 아니라 이 싸움을 끝내는 데 있었기에 피하는 적까지 굳이 쫓아가 죽일 이유가 없었다. 그렇다고 해서 손속에 사정을 둔 것도 아니었다. 사비는 달려드는 적에게는 가차없이 손을 썼고, 그의 검에 휩쓸린 적들은 추풍낙엽처럼 쓰러졌다. 하지만 괴이한 것은 그런 엄청나게 잔인하고 피를 말리는 손속에도 죽는 이는 단 한 사람도 없다는 것이었다.

사비의 검에서 피어난 흑화는 적들의 옷을 검게 태웠고, 그의 주먹에서 토해진 붉은 화염과 파란 빙정의 편린들은 사방을 붉고 푸른빛으로 물들였다.

사비는 그렇게 자신의 풍류기에 반응하여 시시각각 색이 변화하는 음양혼신포 자락을 휘날리며 바람의 신화를 만들어갔다.

"다음… 나와!"

사비는 오십 장 밖에서 양옆으로 길게 늘어선 흑천의 무사들을 쏘아보며 소리쳤다.

"……."

그러나 그의 외침에 대답한 이는 아무도 없었다. 흑찰대를 무력화시킨 것도 모자라 흑천에서도 손꼽히는 실력을 지닌 흑찰대주가 단 일 수에 나가떨어진 마당에 앞으로 나설 만큼 무모하지 않았기 때문이다.

"내가 잔인한 것 같지? 그래도 할 수 없어! 니들은 이래야 말을 듣잖아. 아니라고 부정하겠지만… 너희들도 저기 있는 무림인들과 다를 바가 없어! 자신보다 강한 인간에게는 찍소리도 못하고, 조금이라도 약한 모습을 보이면 벌 떼처럼 달려들지. 난… 더 이상 그런 꼴 못 보겠어. 그러니까 오늘 아주 끝장을 보자고! 니들이 죽든, 저 백천맹 떨거지들이 죽든… 아니면 내가 죽든 말이야!"

콰직!

사비는 들고 있던 흑화검을 청석 바닥 사이로 쑤셔 넣고 전면을 응시했다. 이에 사비의 이글거리는 시선 끝에 걸린 흑천 무사들은 일순 숨을 죽였다. 그들 눈에 비친 사비의 휘날리는 머리는 사자 갈기였고, 자신들을 쏘아보는 두 눈동자는 대지를 녹이기 위해 불타는 태양이었다. 하지만 그것만으로 흑천인들의 기선을 제압하기에는 다소 부족함이 있었다. 그들에게는 아직 이 뒤집어진 전세를 일거에 역전시켜 줄 인물이 남아 있었기 때문이다.

그리고 오래지 않아 그들이 간절한 마음으로 기다렸던 영웅이 등장했다.

"나왔… 어!"

"와아! 드디어 백룡성검이……!"

하늘에서 내리는 눈으로 실을 짜 옷을 해 입은 듯 전신을 순백의 천으로 감싼 신도원의 등장에 흑천 무사들 측에서 엄청난 함성이 터져 나왔고, 이를 본 사비의 입가에도 하얀 미소가 번져 갔다.

"후후! 녀석… 결국은 이렇게 만나는군!"

쉬이이익……!

사비의 음양혼신포가 검은빛으로 되돌아가 너울거리는 사이, 구름을 가르는 백룡처럼 하늘로 솟구쳐 오른 신도원은 허공에서 곧바로 신형을 틀며 쏜살같이 날아왔다.

"난 너와 싸우고 싶지 않다!"

지면에 착지하자마자 신도원의 입에서 튀어나온 말이었다.

"그럼 뭐 하러 나왔는데?"

"한 가지… 확인하고 싶은 게 있어서……!"

"……?"

사비는 신도원의 담담한 눈을 향해 의아한 눈초리를 보냈다.

"우린… 아직도… 친구냐?"

“후후후! 그걸 말이라고 하냐? 물론 하는 짓은 별로 마음에 안 들지만 네가 내 친구라는 사실에는 변함이 없다!”

“하지만 내 가문은 사군우 대협의 죽음과 관련이 있고… 난… 난 네 사부까지 죽였다! 그런데도 내가 네 친구…….”

“뭐, 뭐라고……?”

사비는 일순 입을 다물었지만 신도원은 분명히 느낄 수 있었다. 지금 사비가 얼마나 분노하고 있는지, 그리고 그가 자신을 향해 얼마나 가공할 살기를 흘려보내고 있는지.

‘으음! 심장이 멎는 것 같다!’

신도원은 다급히 정령신공을 끌어올렸다. 풍류기로 합일되어 자신의 전신을 엄습해 오는 사비의 진기들은 그가 지닌 정신력이나 기세만으로 감당할 수 있는 성질의 것이 아니었기 때문이다. 하지만 신도원이 막 정령신공을 끌어올리는 순간, 사비가 흘려보냈던 기운들이 언제 그랬냐는 듯 말끔히 사라졌다.

“……?”

이에 신도원이 일순 당황하는 사이, 사비가 쓴웃음을 삼키며 천천히 입술을 뗐다.

“넌… 참 불쌍한 놈이다!”

“뭐?”

“누가 원수인지, 친구인지도 모르고, 상황이 어떻게 돌아가는지도 모르는 멍청한 놈이야! 너나 네가 그토록 자부하는 네 가문이나 모두!”

“그만! 너와의 승부를 시시껄렁한 말장난으로 시작하고 싶지 않다!”

사비는 눈썹을 꿈틀하는 신도원을 향해 안쓰러운 눈길을 던지며 다시 말을 이었다.

“후후후! 승부? 난 그런 거 몰라. 난 그저 지금 너를 미치도록 죽이고 싶을 뿐이다. 아저씨를 죽인 인간과 같은 피가 흐르는 놈인 것은 참아보려고 했다. 하지만 네 입으로 직접 사부를 죽였다고 말하는데 그냥 못 들은 척하면 광천자 그 노인네가 지하에서 땅을 치고 통곡을 하겠지? 하지만… 하지만 지금은… 아니다!”

사비는 쓸쓸하게 웃으며 한 손으로 머리와 어깨에 묻은 눈을 툭툭 털어냈다.

“지금 무슨 소리를 하는 거지? 나더러 이대로 그냥 돌아가라고?”

신도원은 두 눈으로 가공할 투기를 내뿜으며 사비를 향해 성큼 한 발을 내디뎠다. 이와 동시에 사비의 왼쪽 발이 살짝 뒤로 밀렸다. 하지만 그것으로 끝이었다. 사비는 지극히 자연스런 동작으로 자세를 고쳐 잡으며 다시 입을 열었다.

“네 숙부와 네 아비, 그리고… 너! 모두 내 손에 죽어! 하지만 지금은 아니야.”

“왜지? 왜 지금은 아니지?”

“너를 죽이면 이 싸움을 그칠 수 없으니까. 너와 네 아비를 신처럼 떠받드는 인간들이 미쳐 날뛰는 걸 막을 사람이 없어지면 안 되니까. 그렇게 되면… 내 손에 정말 많은 사람의 피가 묻게 될 거야……!”

“후후! 마치 흑천의 운명이 네 손에 달려 있다는 말 같구나.”

신도원이 실소를 흘리자 사비는 크게 고개를 끄덕였다.

“네가 익힌 정령신공이 꽤 대단한 무공이라는 건 대충 눈치로 때려잡아도 안다! 하지만 넌 아직 내 상대가 아니야. 이렇게 내리는 눈의 힘을 빌린다고 해도 말이야.”

사비는 떨어져 내리는 눈으로 한 손을 내밀며 다시 말을 이었다.

"넌 이 눈[雪]에 담겨 있는 수(水)의 기운을 흡수해 광명비검을 펼칠 테지. 아까 공우생이 네가 정령신공을 극성으로 익혔다고 착각했었던 것처럼 말이야. 그 덕분에 넌 공우생의 기세가 위축된 그 잠깐의 빈틈을 노리고, 그를 벨 수 있었지. 하지만 나는 달라. 난 네가 어느 정도 수준인지 알고 있고, 또 공우생처럼 죽음을 두려워하는 인간도, 삶에 미련을 둔 인간도 아니니까!"

"흥! 자신감이 지나치군! 무인에게 자만은 독이다!"

신도원이 이전과 다른 싸늘한 얼굴을 하며 냉소를 날렸다.

"후후! 그 얘기도 아저씨한테 귀가 따갑게 들었었어. 하지만 아무리 뭐라고 해도 삼재경을 벗어나지 못한 네 실력으로는 내 상대가 안 돼!"

"으음! 그렇다면 너는… 삼재경을 벗어났다는 말이냐?"

신도원의 얼굴에 일순 놀란 기색이 스쳤다. 사비의 말을 듣자니 건잡을 수 없는 불안감이 엄습해 왔다. 하지만 사비는 신도원의 물음에 답할 생각은 하지 않고 전혀 엉뚱한 말을 늘어놓기 시작했다.

"아저씨는 사극과 삼봉의 손에 죽었다. 하지만 난 오늘 깨달았다. 아저씨가 그들 손에 죽을 만큼 약한 분이 아니셨다는 걸 말이야! 삼재경 문턱에서 허우적거리는 인간들 대여섯이 덤빈다고 어떻게 될 실력이라면 음양합일지경에 이른 인간이 아니지!"

"헛소리! 더 이상 헛소리는 듣고 싶지 않다! 음양합일의 경지는 이론으로나 가능한 것! 인간의 힘으로는 도저히 오를 수 없는……!"

신도원이 세차게 고개를 저으며 불신이 가득 담긴 외침을 토하자 사비가 빙긋이 웃으며 고개를 가로저었다.

"아니! 가능하다. 나도 그때는 아저씨가 왜 삶에 연연하지 않았는지, 자신을 해치려는 사람들에게 어떻게 그토록 관대할 수 있는지 이해할 수 없었어. 그런데 말이야… 그건 아저씨가 어리석어서도, 착하기만 해서도 아니더라고. 음양합일지경은… 신체만이 아니라 지닌 본연의 심성도 어느 한쪽으로 치우침이 없어야 가능한 경지였던 거야. 그래서 여태껏 삼재경을 넘어 음양합일에 오른 사람이 나오지 않았던 거고. 사람은… 감정을 다스리고 참아낼 수는 있어도, 아예 아무런 감정도 느끼지 않는 바위가 될 수는 없으니까! 그건 자연만이 가능한 경지니까! 그런데… 아저씨는 그 불가능을 가능으로 바꿨다! 그리고… 지금 너를 보니까 말이야, 아저씨가 어떤 기분으로 공황식 같은 인간들을 바라봤었는지 알 것 같아."

"그, 그렇다면… 혹시 너도… 음양… 합일지경에……!"

신도원의 두 눈이 세차게 흔들렸다. 사비의 눈을 보고 있자니 전신은 물론이거니와 자신의 영혼까지 송두리째 빨려 들어가는 기분이었다. 더 이상 사비의 눈은 조금 전까지 하고 있던 나른하고 졸린 듯 보이는 눈이 아니었다.

'으음! 거짓이 아니다!'

순간 신도원은 마치 끝없는 나락으로 추락하는 느낌에 다리가 후들거려 왔다. 하지만 도무지 사비의 시선을 피할 수 없었다. 그의 눈빛, 그의 기운이 모두 자신의 전신을 낱낱이 훑어오며 손가락 하나도 움직일 수 없도록 옭아맸기 때문이다.

"마지막으로 기회를 줄게! 네 떨거지들을 데리고 떠나라! 그리고 흑천을 해체해! 만일 그렇게 하지 않으면… 모두 내 손에 죽는다!"

후아아앙~!

찰나지간 사비의 두 눈이 섬광을 뿌렸고, 이와 동시에 신도원의 백의가 사비의 눈에서 폭사되어 온 바람에 갈기갈기 찢겨져 나갔다.

터, 턱!

신도원은 주춤주춤 뒤로 물러섰다. 손바닥과 등줄기를 타고 흐르는 식은땀에 오한이 났다.

"……."

차마 사비를 응시하지 못하고 잠시 고개를 푹 숙인 채로 있던 신도원이 갑자기 몸을 휙 돌렸다. 등 뒤로 꽂혀오는 사비의 눈빛에 심장이 오그라들었으나, 그는 혼신의 힘을 다해 정령신공을 끌어올렸다. 하지만 그렇게 공력을 극으로 끌어올렸는데도 불구하고 사비가 내뿜는 기운은 여전히 수그러들지 않았다.

"뭐… 야?"

"백룡성검이… 왜 저러지……?"

느닷없이 자리를 벗어나는 신도원의 모습에 군웅들의 시선은 일순 의혹과 당황, 안도 등 여러 가지 감정으로 나타났다.

하지만 가장 큰 동요를 보이고 있는 이는 단연 신도원이었다. 그리고 그 동요는 등 뒤에서 다시 들려온 사비의 잔잔한 음성으로 인해 더욱 커졌다.

"혹시… 이런 생각 해봤냐? 어떻게 육패같이 서로 섞일 수 없는 세력들이 그렇게 쉽게 힘을 한데 모을 수 있었는지 말이야."

"……?"

"그건… 육패를 모아 신도세가를 친 배후가 있기 때문이다. 신비령주라나 뭐라나. 하지만 더 웃긴 건 말이야. 그 뒤에 대천사라는 미친년이 웅크리고 있다는 거야. 그러니까 너나 나나 세상 사람들이 누구에게 놀아나고 있는지 제대로 알아보기나 하고 지랄 발광을 떨어도 떨란 말이다! 멍청한 자식!"

사비의 음성이 잦아들자 신도원은 거칠게 발을 내디뎠다. 얼토당토
않은 사비의 말이 귀에 몹시 거슬렸으나, 지금은 사비의 기도에 눌려
검 한 번 제대로 빼보지 못하고 물러나는 뭉그러진 자존심을 간수하기
에도 벅차 그런 것까지 신경 쓸 여유가 없었다.

“어찌 된 일이냐?”

신도화수는 사비와 단 일 합조차 겨루지 않고 되돌아온 신도원을 바
라보며 의혹 어린 눈을 찌푸렸다.

“돌아가야 합니다!”

“으음! 난 너를 가문의 영광보다 일개 정리에 연연하는 졸장부로 키
우지 않았다!”

“차라리 그런 졸장부였다면 이렇게 괴롭지는 않았겠지요.”

신도화수의 실망에 찬 되물음에 신도원은 착잡한 얼굴로 고개를 흔
들며 걸음을 놀렸다. 신도화수의 얼굴에 스친 못마땅한 기색이 가슴을
억눌러 왔지만 더 이상 이곳에 머물고 싶은 생각이 들지 않았다.

‘가문의 영광이라고 하셨습니까? 제가 보기엔… 가문이 아닌 당신
의 욕심이 아닌가 싶습니다. 지금 당신의 눈빛에는 조금만 더 몰아붙
이면 황제가 될 수도 있다는 야망이 꿈틀대고 있습니다!’

신도원은 크게 부르짖고 싶었다. 하지만 그 말은 입 밖을 나오지 않
았다. 이제껏 신도화수가 어떻게 살아왔다는 것을 알기에 차마 그의
가슴에 생채기를 내고 싶지 않았다.

“네가 나서지 않아도 사비는 죽는다! 이 아비를 원망치 말거라!”

“아니요! 아무도… 아무도 그를 죽일 수 없습니다!”

신도원이 우뚝 걸음을 멈추고 단호하게 고개를 저었다.

“정녕 이 아비와 대적하겠다는 게냐?”

“그런 뜻이 아닙니다. 이 세상에는 사비를 막을 수 있는 자가 아무도 없습니다! 그리고… 한말씀 더 드리자면 흑화검성이 있을 때 흑천이 발호하지 않은 것은 정말 탁월한 결정이셨습니다! 흑화검성까지 살아 있었다면… 우리는 육패에게 복수조차 할 수 없었을 테니까요.”

신도원은 신도화수의 부쩍 늙어 보이는 얼굴을 바라보며 잠시 주저하다가 다시 말을 이었다.

“흑천인들의 눈을 보셨습니까? 하나같이 탐욕과 주체 못할 욕망에 번들거리는 역겨운 눈빛을 말입니다. 이전까지 순박하고 다정하던 사람들이 자신들이 그토록 증오하던 육패의 무리들과 다름없이 변해가고 있습니다! 이게 아버님께서 원하시던 새로운 세상이라면 저는 사양하겠습니다.”

“허! 뭐라……?”

신도원은 차마 신도화수의 얼굴을 쳐다보지 못하고 고개를 돌렸고, 비수가 되어 가슴에 꽂힌 아들의 말에 신도화수의 두 눈이 살며시 감겼다.

그사이 신도원은 저만치 멀어져 갔다. 자신에게 희망을 걸었던 흑천의 식구들이 눈에 밟혔지만 지금의 자신으로서는 아무런 도움이 되지 못한다는 것을 알기에 옮기는 걸음에 아무런 미련이 없었다.

투지를, 검을 들 수 있는 용기를 잃어버린 자신이 더 이상 여기서 무얼 할 수 있단 말인가.

“내가 다시 검을 들 수 있을 때, 우린 다시 만나게 될 거다. 그땐… 이렇게 물러서는 일은 없을 것이다! 사비!”

신도원은 입술을 잘근 씹으며 발걸음을 내디뎠다. 그에게는 더 이상 신도화수나 흑천의 앞날에 대한 걱정은 남아 있지 않았다. 그보다 더 중요한 목표가 생겼기 때문이다.

신도원은 사비에 의해 무너진 무인으로서의 정체성을 회복해야 했다. 그것은 그 어떤 내상보다 심각한 상처, 심마였다.

"……."

신도화수는 성공을 목전에 둔 상황에서 도망치듯 황궁을 빠져나가는 아들의 뒷등을 물끄러미 응시했다.

"허허! 무엇이 네게 때 아닌 심마를 안겨다 준 것이냐?"

신도화수는 신도원의 뒷모습에서 착잡한 시선을 떼며 다시 입을 열었다.

"이젠… 흑살조가 움직여 줘야 할 때가 된 것 같군!"

"……."

신도화수가 작게 읊조리자 이제껏 옆에서 잠자코 시립해 있던 황초명이 말없이 몸을 돌렸다. 하지만 그는 지금 아득한 심연 속으로 들어가는 나그네처럼 암담한 심정이었다.

'결국에는 이렇게 되는군……!'

황초명은 그칠 줄 모르는 눈발 속에서도 올곧이 서 있는 사비의 모습을 쳐다보며 그를 향해 성큼성큼 걸음을 옮겼다. 발아래서 뽀드득하며 선명하게 전해오는 눈의 감촉이 잠들어 있던 전신의 신경 세포들을 하나씩 하나씩 깨워가기 시작했다.

드디어 흑살조로서 해야 할 마지막 임무. 신도화정에게 받았던 명부의 마지막 줄에 적혀 있던 사내를 정리해야 할 시간이 온 것이다.

"황 집사! 앵화루는 어쩌고 여기 있는 거야?"

황초명을 발견한 사비가 괘씸한 눈초리로 고함을 쳤다.

"죄송합니다! 그것이……."

사비의 성화에 일순 당황한 표정을 짓던 황초명이 입을 열다 말고 피식 웃음을 흘렸다.

이제 와서 이런 연극이 무슨 소용 있을까. 어차피 그와 자신은 생사를 걸고 싸울 것이고 사비 또한 이런 일을 모르지 않을 터인데. 이에 황초명은 씁쓸한 표정으로 고개를 쳐들고 사비의 머리 위 하늘을 우러렀다.

잠시 잠깐이나마 그런 어쭙잖은 연극으로 혹시 사비를 속이고 암습할 수 있는 기회를 얻을 수 있지 않을까 하는 일말의 기대를 했던 모양이다.

살수는 단 일 푼의 확률에 목숨을 건다. 서툰 행동이 아니라면 어떠한 방법을 써서라도 목표물의 방심을 유발해야 한다. 따라서 자신의 이런 시도는 지극히 당연한 행동이었고, 다른 흑살조 살수들에게도 그렇게 해야 한다고 가르쳤던 방식이다.

하지만 황초명은 사비에게 그런 시도를 했다는 사실에 그런 본인의 모습이 추하게 느껴졌다.

"대인께서도 제가 흑천 사람임을 모르시지 않을 텐데요?"

그 생각을 부정이라도 하고 싶은지 황초명은 두 눈에 힘을 주며 또박또박 물었다.

"후후후! 당신이 말을 안 하는데 내가 어찌 알겠어?"

사비는 더 이상 윽박지르지 않았다. 그리고 말투도 이전과는 많이 달라졌다. 이를 느낀 황초명은 문득 사비의 그런 변화가 내심 서운한 생각이 들었다. 함께 했던 기간이 그리 길지 않았는데도 꽤 정이 들었던 모양이다.

'그러고 보니… 그래도 그때가 제일 마음 편했던 것 같군.'

잠시 앵화루에서의 일들을 회상하며 속으로 잔잔한 미소를 짓던 황초명은 귓가로 전해온 사비의 나른한 목소리에 두 눈을 좁혔다.

"예전에 화평에 처음 갔을 때 말이야. 그때 정말 온몸이 따끔거릴 정도로 날 죽이려고 혈안이었던 인간들이 주위로 몰려왔던 안 좋은 기억이 하나 있거든. 지금 그자들이 여기 있는 것 같은데… 맞나?"

"그렇습니다! 흑살조라고 하는 제 식구들입지요. 그동안 임무를 수행하며 아끼던 많은 동료들이 먼저 좋은 세상으로 떠났습니다만, 지금은 식구들을 새로 충원해 전력을 전면 보강한 상태입니다. 그러니 조심하셔야 합니다. 이제껏 흑살조의 그물에 걸려 이를 빠져나간 사람은 없으니까요!"

황초명이 서슴없이 고개를 끄덕였다.

"황 집사가 그렇게 말할 정도라면… 정말 쉽지 않겠군. 황 집사가 자부심을 가질 만한 인간들이야. 게다가 머릿수가 일흔둘이나 되다니… 이거 정말 살 떨리는데!"

사비는 고개를 끄덕이며 두 눈을 빛냈다. 말을 하는 와중에도 사방에서 조여오는 무수한 예기들이 느껴진다.

'으음! 역시… 다르다! 우리 인원을 정확하게 간파하고 있다니… 이는 흑살조의 모든 기척을 감지했다는 뜻! 하지만 그럴 리가……?

황초명은 사비의 끝을 알 수 없는 능력에 또 한 번 놀랐다. 지금 주변을 에워싸고 있는 이들은 살기와 생기 모두를 감출 수 있다는 흑살조의 초특급살수들이다. 하지만 그들의 기척은 여지없이 모두 사비에게 감지되고 있다. 세상 그 누구보다 상대의 기운을 감지할 수 있는 능력이 뛰어난 사비에게는 식은 죽 먹기보다 쉬운 일이었지만 황초명으로서는 그런 사실이 반가울 리 없었다.

"그럼, 시작하겠습니다!"

파파팟!

황초명이 말을 끝냄과 동시에 사비가 서 있는 바닥에서 은빛 광망이 솟구쳤다.

"이크!"

사비는 두 다리로 지면을 박차며 거꾸로 뛰쳐올랐고, 지면을 뚫고 나온 세 줄기 섬광도 떠오른 그의 신형을 향해 치솟았다.

타타타아앙―!

날카로운 금속성과 함께 사비를 찔러가던 세 개의 검이 양분되어 허공으로 솟구쳤다. 검을 놓친 흑살조 삼 인은 갑작스레 나타난 조력자에 대경하여 급히 좌우를 두리번거렸다. 하지만 그 어디에도 사비를 제외한 다른 이의 모습은 보이지 않았다.

그들은 이내 사비의 손에 들린 흑화검을 발견하고 두 눈을 부릅떴다. 처음 자신들의 공격을 받을 때는 들지 않고 있던 검이 언제 저 손에 쥐어졌을까.

'설마 이기어검……?'

그들은 더 생각할 겨를도 없이 몸을 날렸다. 지금은 그런 생각을 하기보다는 한시라도 빨리 사비를 죽여 무너진 흑천의 사기를 끌어올리는 것이 급선무였다.

그사이 사비는 처음 자신을 공격했던 삼 인이 아닌 다른 흑살조원들의 가공할 살초들을 받아내고 있었다.

쉬칵!

탕~!

귀청이 떨어져 나갈 듯한 날카로운 쇳소리가 들림과 동시에 사비의 주위로 수많은 섬광이 번득인다. 마치 폭죽이 터진 것처럼 보일 정도로 화려하고 정신없는 불꽃의 향연이었다.

쉬이익~!

뒷덜미로 다가드는 음산한 칼바람.

사비는 다급히 고개를 숙이며 흑화검을 들어 땅을 찍었다. 이에 그의 신형이 미끄러지듯 앞으로 이동했고, 그를 향해 날아들었던 다섯 개의 검은 애꿎은 땅만 때렸다.

하지만 사비는 여전히 숨 돌릴 여유조차 없었다. 흑살조의 살수들의 전력을 다한 공격을 막아냈다 싶으면 여지없이 더욱 가공하고 눈이 튀어나올 만큼 기막힌 수가 준비되어 있었기 때문이다.

기이한 궤적, 불가사의한 각도에서 튀어나오는 흑살조의 공격은 좀처럼 보인 적이 없던 사비의 굳은 얼굴까지 볼 수 있게 해주었다.

'젠장! 도대체 얼마나 많은 거야?'

사비는 쉴 새 없이 쏟아지는 흑살조의 살초들을 아슬아슬하게 피해 넘기며 두 눈을 찌푸렸다.

일수유가 흐르기도 전에 수십 개의 검이 맹렬한 기세로 날아들었다. 이는 흑살조의 인원이 점점 불어나고 있음을 의미했다.

사사삭~!

세 번의 파공음이 다시 울리고 허공에 뜬 사비를 향해 지면 세 방향에서 세 줄기 흰 선이 쏘아져 왔다. 그리고 그 흰 선 끝에는 죽립을 쓴 삼 인의 신형이 매달려 있었다. 흑살조 중에서도 최강이라는 죽립삼살이었다.

'으음! 이건… 다르다!'

사비는 이번의 공격이 소리는 비록 미약해도 지금까지의 공세를 모두 합친 것보다 강력한 위력이 담겨 있음을 직감했다. 하지만 이와 동시에 사비가 무위로 돌렸던 살수들의 검까지 일제히 사비를 향했다.

'끝이군!'

황초명은 더 이상 볼 필요도 없다는 듯 몸을 날렸다. 사비가 당하고 있는 공격은 흑암천멸진(黑暗天滅陣)이라는 흑살조 최후 최고의 살진(殺陣)으로 지금이 바로 그중에서도 가장 정점에 달한 순간이다.

이 흑암천멸진은 한 사람을 암습하는 살수의 특성과는 달리 황실을 치다가 실패했을 경우, 명의 백만대군을 상대하기 위해 만들어진 검진이었다.

칠십이 명의 흑살조.

그들은 이번 흑암천멸진으로 펼치는 공격에 최선을 다했다. 황초명이 아는 것처럼 이번 상대가 자신들의 마지막 임무임을 알고 있었기 때문이다.

'이자만 죽이면 고향으로 돌아갈 수 있다! 그리고 새로운 세상을 직접 볼 수 있게 되는 거야!'

한 사내의 죽음을 간절히 염원하는 칠십이 명의 검이 허공에 수천 개의 은선을 그어갔다.

그런 공세를 단신으로 받았으니 아무리 사비가 대단하다고 해도 살아날 수는 없는 일이었다.

"후후……!"

사비를 향해 몸을 날린 황초명은 자신의 귀를 의심했다. 미약하지만 분명한 웃음소리가 들려왔기 때문이다. 그리고 그 웃음소리는 자신이 아는 누군가의 목소리와 매우 흡사했다. 이에 황초명이 고개를 홱 쳐든 순간.

흑화검법 제삼식 멸아참(滅我斬)!

황초명의 두 눈이 일순 붉게 물들었다. 그리고 그 붉은빛은 곧바로 파랗게 변해갔고, 다시 검은빛에서 투명한 빛으로 일렁이며 형언할 수 없는 아름다운 광채를 뿜었다.

사비의 검을 따라 허공에 가는 선이 그어지며 그를 향해 소낙비처럼 짓쳐 들어가던 은선들이 지워져 갔다. 그렇게 흑살조의 검들을 제압해 나가던 사비의 검이 그 단순하면서도 신묘한 움직임을 멈춘 순간.

번~ 쩌어어억……!

마치 태양이 폭발하는 듯한 강렬한 광채가 일어나며 황초명의 시신경을 파열시켰고, 주변에서 사비와 흑살조의 대접전을 지켜보던 이들 역시 두 눈을 감는 것만으로는 모자라 양손을 들어 얼굴을 틀어막고, 고개를 돌리며 입술을 질끈 깨물 정도로 소름 끼치는 기운이 주변으로 퍼져 나갔다.

하지만 기이하게도 아무런 소리도 들리지 않았다. 그저 감은 눈앞으로 수많은 흑화의 잔상만이 반짝반짝거릴 뿐이었다.

투두두둑……!

황초명과 사비의 사이로 흑살조의 잘린 팔다리와 육편들이 비처럼 우수수 떨어져 내렸다.

"……!"

황초명은 경악에 찬 눈길로 사비의 얼굴을 뚫어져라 응시했다. 하지만 그가 사비의 얼굴을 실제로 볼 수 있었던 것은 아니다. 그저 그에게

서 뿜어져 나오는 가공할 열기와 극랭한 냉기로 위치를 짐작한 것일
뿐이었다.

"어째서… 어째서 그런 힘이 당신에게… 있는 거지? 흑천이 수십 년
간 준비했던 힘을 송두리째 앗아갈 수 있는 절대력이 어째서 한 사람
에게……."

황초명은 더 이상 말을 잇지 못했다. 심장이 바싹 타 들어가고 피가
역류하며 그의 마지막 생기를 태워 버렸기 때문이다. 하지만 아무런
고통이 느껴지지 않았다. 자신이 도대체 어떤 방법에 당했는지 알 수
없었으나, 찰나지간 멸아참이라는 사비의 기합성을 들으며 투명한 빛
을 바라봤을 때가 아니었나 하는 생각을 해본다.

털썩!

황초명은 힘없이 무릎을 꿇고 주저앉았다. 그의 실핏줄이 터져 붉게
흐려진 눈동자로 파리한 안색의 사비가 비친다.

"……."

사비는 황초명의 고개가 서서히 아래로 숙여지는 것을 바라보면서
도 끝까지 입을 열지 않았다. 가급적 살인을 피하려던 자신의 의지가
흑살조의 강맹한 공격에 허물어졌기 때문이다.

신도화수는 혈우 속에 홀로 우두커니 서 있는 사비를 바라보며 한동
안 말을 잇지 못하다가 이내 무겁게 입술을 뗐다.

"모두… 철수한다!"

"……."

그의 말을 들은 흑뇌당주는 아무런 토도 달지 않고 서둘러 몸을 움
직였다. 신도화수가 현 상황에서 가장 적절한 판단을 내린 것이기 때

문이다.

흑뇌당주가 분주히 수하들에게 퇴각 명령을 내리는 동안에도 신도화수의 얼굴에서는 허탈한 표정이 지워지지 않았다.

신도화수는 퇴각하는 와중에도 일사불란하게 물러서는 수하들을 바라보며 다음을 기약해야겠다는 희망을 품어봤다. 하지만 그것도 잠시 그는 이내 고개를 저으며 저 멀리 우뚝 서서 이쪽을 바라보는 사비를 힐끗 쳐다봤다. 그의 뒤로 구름 떼처럼 몰려오는 무림인들의 모습이 훗날을 기약할 수 있게 해줄 리 만무했다.

"휴우! 천리는… 우리를 향하지 않았던 모양이군."

씁쓸한 표정으로 중얼거리며 돌아서는 신도화수의 등 뒤에서 사비의 나직하면서도 너무나도 또렷한 음성이 귓전을 때렸다.

"백천맹 정지! 벽력문, 곤륜, 흑화일심대 일단 대기!"

"……."

뒤로 물러서는 흑천인들이나 그들을 뒤쫓아 지금까지 당한 수모를 되갚으려던 백천맹 측 무인들이나 일제히 그 움직임을 멈추고 사비를 쳐다봤다. 이에 사비는 음양혼신포의 표면을 타고 흐르는 핏방울들을 소매로 툭툭 털어내며 천천히 입을 열었다.

"죽고 싶으면 어디 쫓아가 봐! 니들도 똑같이 만들어줄 테니까!"

흑살조의 핏물이 비쳐서인지 그의 눈동자가 무척 붉어 보였다.

"하지만 지금이 적기요. 지금이 아니면 흑천의 무리들을……."

그나마 유일하게 남아 있던 백천맹의 수뇌 도상 대사의 말에 사비가 얼굴을 잔뜩 일그러뜨리며 되물었다.

"당신들은 지겹지도 않아? 이제 끝내자고! 언제까지 계속 죽이고 죽으면서 아옹다옹 살 거야? 정 그렇게 쫓고 싶으면 어디 쫓아가 봐. 대신 그전에 내 검부터 넘어가야 해!"

사비는 일갈과 동시에 흑화검을 들어 대리석 바닥에 콱 쑤셔 박았다. 이와 동시에 흑화일심대와 벽력문, 곤륜파의 고수들이 사비 쪽으로 이동하기 시작했다.

구양극호가 뭐라 말하려고 했으나 장도가 그의 소매를 잡아끌며 이를 만류했고, 뒤늦게 달려온 소향군주 역시 사비의 싸늘한 눈빛을 마주하자 입을 꼭 다물고 아무런 말도 하지 않았다. 이를 확인한 신도화수는 수하들을 독려해 서둘러 황궁을 벗어나기 시작했다.

"내 생각에도… 지금 돌려보낸다고 해서 끝날 일은 아니라고 보는데요. 당신은……."

"난 끝난다고 봐! 안 끝나면… 끝내주면 되고……!"

"……?"

중인들을 대표해 말을 건넸던 당미량이 움찔 놀라며 입을 다물었다.

"정말 저 인간들을 모두 죽여야 직성이 풀리겠어? 또 그렇게 한다고 해서 황실에서 그 정도로 이번 일을 마무리할 것 같아! 아니야! 아마 모르긴 해도 구족을 멸한다며 난리법석을 떨어댈걸! 그럼 죽는 사람은 저들로 끝나는 게 아니야. 저 인간들의 가족들은 물론이고 무고한 많은 사람들이 죽을 테지. 또… 그 와중에 살아남은 사람들은 세상을 저주하며 또 다른 흑천을 만들겠지. 신도세가가 그랬던 것처럼……!"

사비는 당미량에게 말했지만 그의 음성에는 풍류기가 실려 있었기에 황궁 곳곳으로 퍼져 나가고 있었다.

"잔머리 굴리면 눈앞의 이익은 취할 수 있어도 정말 큰 건 얻지 못해! 당신들은 저들의 후환이 두려워 모두 죽였으면 하겠지만 그랬다가는 더 큰 원한을 안고 사는 거야! 왜들 그렇게 머리가 안 돌아가."

사비는 제 머리를 톡톡 치며 다시 말을 이었다.

"좋아! 이왕 정리하기로 한 거… 내가 끝까지 마무리하지! 그리고 이건 탈혼광랑 사비로서가 아니라 흑화검성 사군우의 뜻을 이어받은 사내로서 하는 말이야! 그러니 앞으로 이 일을 놓고 왈가왈부하는 인간이 있으면……."

"대주께서 나서시기 전에 우리 흑화일심대가 용서하지 않겠소!"

이제껏 잠자코 있던 대력신장 백리준의 사자후가 전각들 사이를 뚫고 메아리쳤다. 그는 사비의 나직하면서도 또렷한 음성을 흉내 낼 수 없었지만 오히려 쩌렁쩌렁 울리는 그의 음성은 중인들에게 위압감을 주기에 훨씬 적절했다. 이에 백리준을 향해 피식 웃으며 고개를 끄덕여 보인 사비는 다시 장내를 돌아보며 입을 열었다.

"대력신장은 백천맹을 정리하도록! 난… 남은 매듭을 풀어보지!"

말을 마친 사비는 곧바로 걸음을 옮겼다.

소향군주가 막 그의 곁으로 다가오려 했지만, 사비는 한 손을 들어 그녀를 제지한 후 삽시간에 걸음을 옮겨 장내를 벗어났다.

"정말 빠르군!"

휘이익~!

장도가 사비의 신출귀몰한 신법에 감탄하며 그의 뒤를 따르자, 당미량과 구양극호, 추룡객과 위진군이 연이어 허공을 격하고 신법을 전개해 앞으로 쏘아져 갔다.

사비 일행이 앞 다투어 사라지는 모습을 지켜본 궁명 도장은 곤륜 문하생들을 향해 짧게 지시한 후 사비가 떠날 때와 마찬가지로 어떠한 인사도 없이 장내를 벗어나기 시작했다.

그는 더 이상 중원 땅을 밟고 서 있고 싶지 않았다. 그러기에는 피

냄새가 너무 짙었고, 서로 간의 이익을 위해 아귀다툼을 벌이는 중원무인들의 탐욕스런 모습을 보는 것도 너무 어지러웠다. 곤륜을 속이고 굉천자를 죽인 신도원을 응징함이 마땅했지만, 그 일은 사비가 곤륜을 대신해 나설 것이라고 확신했다. 그렇게 사비와 관련된 이들이 모두 장내를 벗어나자 도상 대사 주위로 정도의 명숙들이 모여들기 시작했다.

"대사! 어쩌시겠소? 사 대협의 말대로 흑천을 저대로 보내실 거요?"

"으음!"

도상 대사는 주변의 독촉 어린 시선을 받으며 두 눈을 지그시 감았다.

"그 대답은 제가 하지요!"

한 여인의 음성에 중인들의 호기심 어린 시선이 일제히 한곳으로 옮겨졌다. 그리고는 그 시선은 곧 존경과 앙모의 빛으로 변했다.

소향군주.

그녀가 엄숙한 표정으로 중인들의 시선을 마주 받으며 입을 열었다.

"황상께서 무림인들에게 이르라 하셨습니다. 본디 황실의 권위를 손상시키고, 천하의 분위기를 어지럽힌 죄가 커 무림인들 모두에게 그 죄를 물으려 했으나, 무종사 사비 대협의 청도 있고 하니 이쯤에서 사태를 정리하겠다고 하셨습니다. 단! 앞으로 이와 비슷한 일이 한 번 더 일어날 시… 그때는 이 땅에서 무림이라는 단어는 영원히 사라진다고 하셨습니다! 이상이에요! 그러니 이제 모두 돌아가세요!"

소향군주가 몸을 휙 돌리자 그녀를 따라왔던 황실 무사들이 일제히 움직이기 시작했다. 이에 도상 대사를 재촉하던 명숙들은 일순 머쓱해하며 뿔뿔이 흩어졌고, 무림인들의 얼굴에는 다양한 감정이 교차했다.

살아났다는 안도감, 명성을 날리지 못했다는 아쉬움 등. 하지만 그 와중에도 공통된 생각이 하나 있었으니 그것은 다름 아닌 사비가 무종사라는 직위에 있다는 소향군주의 발언에 관한 것이었다.

그것은 사비가 사군우의 무종사라는 직위를 이어받았다는 사실을 의미했다. 이에 어떠한 해명이 없음에도 불구하고 중인들은 사비와 그를 길러낸 사군우를 칭송하기 시작했다. 누가 뭐라고 해도 앞으로 중원무림을 이끌어갈 사람은 사비였기 때문이다.

황실이 인정하고, 중원무림을 구한 영웅 탈혼광랑을 길러낸 사군우를 떠받들자는 의견이 여기저기서 우후죽순처럼 터져 나왔고, 흑화일심대에 가입하겠다는 혈기방장한 젊은이들이 백리준 앞으로 달려나왔다. 심지어는 자신들의 영역에 사군우의 사당을 짓겠다는 사람이 나올 정도였다.

하지만 이런 군웅들을 바라보는 백리준의 얼굴은 냉담했다. 그는 흑화일심대와 함께 군웅들을 하나도 남김없이 돌려보낸 후 곧바로 황궁을 빠져나가기 시작했다.

"어떤 특별한 의도나 비책이 담겨 있던 행동이 아니었다. 그런데도 모두가 대주의 말을 듣는다. 황상부터 무림의 하급무사에 이르기까지 누군가의 명에 별로 익숙하지 않은 이 모든 사람들이 지극히 당연하다는 듯 저분의 말을 따르고 있어. 이는 사비 대주의 언행에 어떠한 사심도 담겨 있지 않기 때문이야. 모두에게 가장 최선의 방도가 무엇인지를 본능적으로 깨닫고 말하는 것이니 따를 수밖에 없는 게야. 우리가 예전에 대형을 맹목적으로 추종할 수밖에 없었던 그 이유로……."

백리준은 동료들의 뒷모습을 바라보며 나직이 중얼거리다가 천천히 눈을 들었다.

어느덧 머리 위로 쏟아져 내리던 눈발이 잦아들고 있었다.

*   *   *

오밀조밀한 전각들 사이로 유독 눈에 띄는 이층 전각.

흑색 기와를 머리에 이고 있는 이 전각은 선혜원주 화정의 거처다. 화정의 진맥을 받기 위해 중원 곳곳에서 몰려든 객들로 인해 항상 문전성시를 이루는 곳치고는 꽤 한산해 보인다. 아니, 지금은 그 전각 앞 청석 바닥에 앉아 있는 신도화정의 황량한 모습으로 인해 오히려 을씨년스러운 분위기가 연출되고 있었다.

머리를 풀어헤친 채 메마른 표정으로 정좌를 한 신도화정. 화석처럼 굳어 있던 그의 눈꺼풀이 조금씩 위아래로 갈라지기 시작했고, 눈을 뜬 신도화정의 앞으로 한 사내가 느릿느릿 걸어왔다.

"당신이 이곳을 제 발로 찾아올 줄은 몰랐소!"

신도화정이 반가운 손님을 맞는 사람처럼 가벼운 미소를 머금자, 다가온 사내가 히죽 웃으며 입을 열었다.

"후후후! 난 처음부터 네놈이 흑천 소속이라는 걸 알고 있었지. 명색이 밤의 제왕이라 불리는데… 내가 그 정도도 모르고 있었을 것이라고 생각했다면 섭섭하군."

"그런데도 나를 내버려 뒀다는 건… 우리 손을 빌어 다른 오패들을 제거할 속셈이었던 거요?"

"……."

신도화정의 정곡을 찌르는 물음에 은강후는 일순 아무 말도 하지 못했고, 이를 본 신도화정은 피식 웃으며 다시 말을 이었다.

"하지만 처음부터 당신 뜻대로 풀릴 일이 아니었소. 야문에도 우리의 눈과 귀가 존재했으니까……!"

신도화정은 눈앞에서 두 눈을 번들거리는 은강후를 바라보며 조소를 머금었다. 육패의 패망 위기가 닥친 상황인 줄도 모르고 자신의 잇속을 챙기는 데만 급급했던 은강후의 어리석음이 못내 한심했다.

하지만 달리 보면 저런 자들을 처단하기 위해서라도 반드시 흑천이 나섰어야 했다. 은강후를 비롯해 썩어빠진 인간들을 정리한 것만으로도 그간 흑천이 행했던 일들이 세상을 위한 행위였기에.

잠시 은강후의 얼굴을 물끄러미 응시하던 신도화정이 천천히 고개를 내리며 입술을 뗐다.

"당신을 정리하는 일까지 미뤄놓은 것을 보면… 원이가 급하긴 급했나 보구려."

"흥! 감히 누가 누구를 정리한다는 것이냐?"

"나 말고도 당신을 정리할 사람은 세상에 널렸소."

"사태가 위급해지니 정신이 오락가락하는 모양이구나. 흑천은 이미 궤멸 상태다! 새로운 세상을 열겠다며 떠들던 수백만의 인간이 모두 뿔뿔이 흩어졌단 말이다! 마사회까지 본격적으로 흑천을 까부수고 다니니 더 이상의 저항은 부질없는 것이라 여겼을 테지! 더욱이 흑살조나 흑혈대 같은 네놈들이 자랑하던 그 부대들은 모두 탈혼광랑과 흑화일심대에게 박살났다. 그러니 무공이라고는 일초 반식도 모르는 인간들이 아무리 많다 한들 무림인을 상대로 어쩔 수 있겠느냐? 크크크!"

은강후는 신도화정이 날렸던 조소에 복수라도 하려는 듯 얼굴 가득 비릿한 미소를 지으며 재차 입을 열었다.

"우스운 일이야! 천하에 똑똑하기로 소문난 신의 화정이 한낱 범부들도 다 아는 현실을 인정하지 않다니… 아직까지 몸을 피하지 않은 것을 보면 목숨이 여벌로 몇 개 더 있나 보지?"

은강후는 팔짱을 낀 채 가소롭다는 표정으로 신도화정의 얼굴을 꼬나봤다. 하지만 신도화정은 여전히 담담한 눈길로 은강후의 시선을 받으며 나직이 답했다.

"하나는 알고 둘은 모르는구려! 우리는 탈혼광랑이나 마사회가 두려워 흩어진 게 아니오. 천주의 분부를 받잡고 더 나은 세상을 꿈꾸며 잠시 숨을 죽이기로 한 것뿐! 그리고… 흑천의 힘은 흑살조나 흑혈대 같은 고수들에 몰려 있지 않소이다. 우리의 진정한 힘은 세상을 구하고 서로에게 유익함을 줄 수 있는 그런 복된 세상을 바라는 의지에 있소."

"구세익민(救世益民)이라! 말은 그럴싸하군! 하지만 그런 훌륭한 뜻을 품은 자들이 갑자기 뿔뿔이 흩어진 건 어찌 설명할 텐가? 지은 잘못도 없고 떳떳하다면 왜 세상의 이목을 피해 다시 음지로 돌아갔냐는 말이다!"

"천주께서는 그런 세상을 열기에는 우리 스스로의 수양이 부족하다고 판단하셨소! 그래서 썩은 고기 떼를 걷어낸 것으로 이번 생에서의 우리 임무를 마치기로 한 것이오. 고맙소! 내게 마지막 고기를 치울 영광을 줘서……! 하하하하하!"

"으으! 네놈이 정녕 끝까지 미친 척을 하는구나! 그렇다면……!"

신도화정이 실성한 사람처럼 앙천광소하자 은강후가 두 눈을 좁히며 한 걸음 앞으로 다가왔다.

쌔쌔애액!

은강후의 손바닥에서 튀어나온 두 자루 비도(飛刀)가 눈부신 광채를 내뿜었다. 유형화된 강기의 응집체, 탈수환비였다. 그 두 개의 강기환이 그의 코앞에 앉아 있는 신도화정의 복부와 안면을 향해 맹렬한 속도로 꽂혀가는 순간이었다.

차앙~!

"무슨 짓이냐!"

은강후는 두 눈을 부릅뜨고 버럭 노호성을 터뜨렸다. 자신의 지시로 땅 밑에 은잠 중이던 혈매화가 쏜살같이 튀어나와 탈수환비의 공세를 무위로 돌렸기 때문이다.

"이 사람… 죽이면 안 돼!"

"안 되다니? 지금 뭐라고 지껄이는 것이냐?"

은강후의 되물음에 혈매화가 얼굴을 살짝 찌푸리며 더듬더듬 다시 말을 이었다.

"이 사람은… 물과 땅의 힘을 캐낸 사람이다. 그리고 아직… 그 일을 끝내지 못했다!"

"뭐, 물과 땅? 네… 년이! 끝까지 속을 썩이는구나!"

신도화정의 눈으로 의아한 빛이 스치는 사이, 은강후가 분기탱천하여 한 손을 번쩍 치켜올렸다. 하지만 혈매화는 흐리멍덩한 눈으로 그의 얼굴을 빤히 쳐다볼 뿐 전혀 피할 생각을 하지 못했다.

"그 손 내려놔!"

순간 등 뒤에서 들려온 냉기 서린 음성에 쳐들렸던 은강후의 손이 멈칫했다. 하지만 그것도 잠시 은강후는 자신이 주춤했다는 사실에 크게 자존심이 상한 듯 있는 힘껏 팔을 휘둘렀다.

짜… 악!

은강후의 사정없는 손찌검에 저만치 나가떨어진 혈매화가 벌떡 일어나 다시 달려왔다.

"자, 잘못했다! 다시는 안 그런다!"

혈매화는 입가에 핏물이 주르륵 흘러내리고 있는데도 이를 닦을 생각을 하지 못하고 곧바로 은강후에게 달려와 그 앞에 엎드렸다. 마치 말 잘 듣는 사냥개처럼…….

"매화! 일어나라! 어서… 일어나!"

화무영의 두 눈이 분노로 세차게 떨렸다. 그의 양옆에 시립해 있던 위청양과 갈파도는 화무영이 뿜어내는 강렬한 마기에 일순 숨이 가빠와 아무 말도 못하다가 이내 입을 꾹 다문 채 은강후를 불쌍한 눈초리로 바라봤다.

'야왕도 끝이군!'

위청양은 어리둥절한 표정의 은강후를 바라보며 설레설레 고개를 저었다.

"나 화무영은 오늘부로 야문의 이름을 이 땅에서 지우리라!"

은강후를 쏘아보는 화무영의 눈빛. 심연처럼 차갑게 가라앉아 있지만, 그 동공의 중앙에는 뜨거운 열기가 세차게 소용돌이치고 있다. 또한 어찌나 이를 꽉 깨물었는지 턱 양옆의 볼 근육이 부르르 떨린다. 이는 그간 자신들이 봐온 인자한 마도제일인의 모습이 아니었다.

'십이제천에 버금가는 고수들이라니……! 가만… 저 가운데 있는 자는 혹시……!'

갑작스레 나타난 세 사람의 강맹한 기도에 놀란 은강후는 그들을 스윽 훑어보다가 낯익은 얼굴을 발견하고 뒤로 한 걸음 물러났다.

"헛! 네, 네놈은… 타락수라!!"

화무영을 알아본 은강후는 순간 하늘이 노래지는 느낌을 받았다. 이제야 화무영을 알아본 자신의 눈썰미가 그렇게 야속할 수가 없었다.

저 가운데 서 있는 창백한 사내가 타락수라 화무영이 맞는다면 양쪽에
서 있는 은백색 머리의 노인과 사자 눈을 한 흑발노인은 화무영의 뒤
를 그림자처럼 따른다는 한음신마 위청양과 축융마존 갈파도가 틀림없
을 터. 마도 최강의 고수 셋이 자신 앞에 나타난 것이다.

　흑천과 백천맹의 싸움이 정점으로 치달을 때까지 나서지 않던 마사
회는 황궁에서의 대결전으로 패퇴하던 흑천인들의 길목을 차단하고 그
들을 공격했다.
　핵심 고수들 태반이 궤멸된 흑천은 마사회의 적수가 될 수 없었고,
이 때문에 흑천은 사비의 바람과 달리 극심한 타격을 입었다. 반면 마
사회는 별다른 피해 없이 흑천이 보유했던 강남 지역들을 흡수해 나갈
수 있었다. 마사회는 이 천재일우의 기회를 놓치지 않고 백천맹보다
더한 마도 세력으로 거듭나는 계기로 삼은 것이다.
　하지만 화무영은 이런 상황을 겪으며 마사회가 자신의 자리가 아니
라는 생각을 했고, 이에 회주 자리를 내놓았다.
　당연히 마검사들은 화무영의 사퇴를 결사반대했고 갈파도와 위청양
은 이를 말리기 위해 따라나섰다가, 신도화정과 흑천의 관련 소문을 듣
고 선혜원까지 함께 오기에 이른 것이다.

　'좋지 않군! 하지만……!'
　은강후는 죄인마냥 자신 앞에 푹 고개를 숙이고 엎드려 있는 혈매화
를 힐끗 쳐다본 후 짐짓 여유로운 표정으로 다시 눈을 들었다.
　"마사회의 고인들께서 이곳은 어인 일이시오?"
　은강후의 자못 정중한 물음에 위청양은 화무영의 눈치를 슬쩍 살핀

뒤 천천히 입을 열었다.

"선혜원이 흑천과 관련이 있다는 소문을 듣고 이를 확인해 보기 위해 왔소이다."

"호오! 그렇다면 잘됐소이다! 내가 이곳을 찾은 이유도 마사회와 다르지 않으니 말이오. 허허허!"

은강후는 짐짓 호쾌하게 웃으며 혈매화를 향해 전음을 날렸다.

[내가 신호하면 넌 저자들을 죽여라!]

은강후의 전음에 혈매화의 고개가 눈에 띄지 않을 정도로 살짝 끄덕여졌다. 이에 한결 더 여유가 생긴 은강후는 입을 굳게 다문 채 화무영에게 시선을 고정하고 있는 신도화정을 향해 슬쩍 고개를 돌렸다. 자신이 아니어도 저들이 가만히 있을 리 없으니 신도화정의 죽음은 기정사실, 지금은 일단 여기서 몸을 빼는 일만 생각하면 될 것 같았다.

"네가… 올 줄은 몰랐구나!"

신도화정의 잔잔한 음성에 화무영은 굳은 얼굴로 걸음을 내디뎠다. 그러자 그의 앞에 서 있던 은강후의 눈이 급격히 일그러졌다. 화무영의 단 한 번의 움직임에 기혈이 뒤엉켜 왔기 때문이다. 셋의 합공만 조심하면 될 거라는 생각이 크나큰 착각이었던 것이다.

퍼퍼… 퍽~!

화무영의 눈에서 뿜어져 나온 기이한 빛에 은강후의 의복이 갈기갈기 찢겨져 나갔다.

"으윽! 마, 마선(魔仙)의 경지!"

은강후는 목울대를 넘어오는 핏물을 삼켜 넘기며 불신의 침음성을 흘렸다. 그의 몸은 화무영의 쏘아보는 시선에 내상을 입을 정도로 약하지 않다. 아니, 십이제천에 속할 정도의 엄청난 고수가 눈빛에 눌려 부상을 입었다는 것은 결코 있을 수도 없는 일이었다.

이는 화무영이 눈빛에 마기를 실어 보냈다는 뜻. 즉 어떤 무공초식이나 구결 없이 의지만으로 마기를 날릴 수 있다는 것은 그가 마선의 경지, 정도의 삼재경에 해당하는 고수라는 의미였다.

'마기를 드러내고 거둠이 이토록 자연스럽다는 것은 저자가 도황마제보다 훨씬 강하다는……!'

은강후는 어느새 마기를 몸속으로 갈무리하고 자신을 향해 언제 그랬냐는 듯 무심한 시선을 던지는 화무영을 바라보며 불신의 시선을 던졌다.

'이대로 있다가는… 죽는다!'

은강후는 화무영의 담담한 얼굴에서 자신을 향해 던지는 강렬한 살기를 느꼈다. 마기조차 감출 실력의 고수가 일부러 살기를 드러낸다는 건 좋은 징조가 아니었다. 이에 황급히 정신을 추스른 은강후는 혈매화를 향해 고개를 홱 돌렸다.

"혈매화! 지금이다! 쳐라!!"

파앗!

은강후의 벽력같은 외침에 혈매화의 신형이 엎드린 자세 그대로 다가오는 화무영을 향해 폭사되어 갔다.

그 직후 그녀는 공중에서 신형을 뒤집으며 양팔을 어지럽게 교차시켰다.

쓰쓰쓰쓰……!

순간 그녀의 양팔과 다리에서 튀어나온 네 줄기 혈선(血線)이 화무영에게로 쏘아져 갔고, 은강후는 그 틈을 노리고 가부좌를 틀고 앉아 있는 신도화정의 머리 위로 번개처럼 신형을 솟구쳤다.

"난… 네게 이 자리를 벗어나라고 허락한 적이 없다!"

화무영은 독이 잔뜩 오른 뱀처럼 사납게 짓쳐드는 혈선들을 무시한 채 은강후의 뒷등만 뚫어져라 응시했고, 그를 대신해 양옆에 서 있던 위청양과 갈파도가 동시에 육장을 들어 풍차처럼 휘둘렀다.

파파파광~!

혈매화가 날린 혈선들이 위청양과 갈파도의 장풍과 부딪치며 시뻘건 혈무로 터져 나갔고, 동시에 화무영이 눈으로는 파란 광망을, 입으로는 만년 빙설보다도 차가운 일갈을 내뱉었다.

"만마폭륜(萬魔瀑掄)!"

투아아악!

은강후를 노려보는 화무영의 손에서 수백 개의 푸른 강기들이 쏟아져 나왔다.

"흐헛!"

은강후는 뒷목을 엄습하는 오싹한 한기에 대경하여 몸을 확 돌렸다. 휘몰아쳐 오는 푸른 섬광들에 눈앞이 어지러웠다. 이에 본능적으로 전신 공력을 끌어올린 순간. 섬뜩한 음향이 은강후의 주변을 울렸다.

퍼퍼퍼퍼퍼퍼……!

은강후의 몸은 사방으로 찢겨져 나갔다. 십이제천 중의 일인치고는 너무나도 어이없는 죽음이었지만, 위청양과 갈파도는 그게 당연하다는 표정이다. 저 자리에 은강후가 아닌 본인들이 서 있었다고 해도 결과는 별반 다르지 않을 것임을 알기 때문이었다.

슈우욱~!

"매화! 이제 그만 해!"

사악~!

화무영은 귓전을 때리는 날카로운 파공음에 급히 고개를 틀었다. 하지만 그의 새하얀 뺨으로 가는 혈선이 파이는 것은 어쩔 수 없었다. 그만큼 혈매화의 공격은 날카롭고 은밀했다. 처음 자신의 공격이 위청양 등에게 막힌 것에 놀랐는지 이번 공격은 더욱 신속하고 치밀했다.

패패패패애앵!

짓쳐드는 혈선들을 피하기 위해 화무영이 전신을 팽이처럼 급회전시켰다. 하지만 혈선들은 화무영을 비껴가지 않고, 회전하는 그의 전신을 함께 감싸 돌았다.

그 수는 무려 열둘. 마치 열두 마리 뱀이 똬리를 틀 듯 혈선은 그의 전신 곳곳을 날름거리며 휘돌았다.

위청양과 갈파도는 이를 보고도 감히 나설 생각을 하지 못했다. 무슨 이유인지 화무영이 한 손을 들어 그들을 제지했기 때문이다.

"매화야, 나다. 백색대협! 기억 못하겠니?"

"……."

화무영의 간절한 눈빛을 받은 혈매화가 잠시 전신을 흠칫 떨었다. 그의 부드러운 음성과 정감 어린 눈빛이 낯설지 않았다. 하지만 그렇다고 혈수십이기의 기운들을 거둬들인 것은 아니었다.

혈매화가 혼란에 휩싸인 와중에도 그녀가 날린 혈수십이기가 담긴 혈선들은 화무영의 사지와 몸통을 더욱 거세게 조여들어 갔다.

키키키잉!

"으음!"

화무영은 눈을 부릅떴다. 어느새 몸 곳곳에 밀착된 채 송곳처럼 파고들기 시작했기 때문이다. 비록 마령심공의 기운을 극대로 끌어올려 저항하고는 있었지만 혈수십이기를 그냥 맨몸으로 받는다는 것은 미친 짓이었다.

"신지를 제압당한 여인 때문에 목숨을 버리는 건 어리석은 짓이다!"

은강후의 몸이 터져 나갈 때도 잠자코 있던 신도화정의 무거웠던 입이 열렸다.

혈매화의 상태를 한눈에 알아보고, 화무영이 그녀와 남다른 관계임도 대번에 짐작한 그는 화무영이 저런 행동을 한다고 해도 혈매화의 정신이 회복되지 않을 것임을 알았다.

비록 자신으로 인해 마령심공을 익히고, 타락수라라고 불리며 중원인들의 지탄을 받은 화무영이었지만, 흑천의 일만 아니면 화무영은 신도화정이 지닌 모든 것을 전수해 줬을 제자나 다름없는 존재였다. 그래서인지 신도화정의 눈에 묻어나는 근심이 가식으로 보이지 않았다.

하지만 화무영은 신도화정의 권유에도 아랑곳하지 않고 혈매화만 뚫어지게 쳐다볼 뿐이었다.

'매화! 기억해 내라! 이제 더 이상은 너를 놓지 않겠다!'

화무영은 괴로워하는 혈매화의 얼굴을 보며 입술을 잘근 씹었다.

'휴우! 이런 순후한 성격을 지닌 녀석을 복수의 도구로 썼다니… 내가 처하게 된 이 현실은 역시 인과응보라고 해야 옳은 것인가?'

고통으로 핏발이 선 화무영의 두 눈을 바라보던 신도화정은 속으로 설레설레 고개를 저으며 회한에 잠겼다.

흑천을 세우고 경영할 때는 몰랐는데, 막상 복수의 대상 중 유일하게 남아 있던 야왕까지 모두 죽고 나니 지난 일들이 후회로 밀려왔다. 하지만 신도화정은 이내 마음을 돌려먹었다. 지금에 와서 해보는 후회는 감정의 사치에 지나지 않음을 알기에 이제 더 이상은 후회하지 않기로 했다.

'군우… 그 친구에게 죄를 저지른 순간부터… 지옥에 한 발을 담그고 살았던 게야. 야왕도 죽었으니 이제 그곳에 갈 일만 남았군. 미안하네. 죽어서라도 사죄를 하고 싶었는데… 자네와 나는 죽어서도 머무는 곳이 다를 것 같군!'

신도화정은 피식 미소를 머금었다. 어찌 됐든 할 수 있는 최선을 다 했으니까.

흑천의 절정고수들이 모두 사라진 상황에서 야왕 은강후를 죽일 사람은 아무도 없었고, 결국 이를 해결하기 위해 신도화정은 자신이 선혜원에 남아 있다는 사실을 중원에 알렸다. 이제껏 선혜원을 벗어나지 않으면서까지 이루려 발버둥 쳤던 자신의 목표가 은강후의 죽음으로 모두 완성됐으니 아쉬움이 남을 아무런 이유가 없었다.

'사비… 그가 올 줄 알았는데… 무영이가 빨랐군!'

신도화정은 두 손으로 머리를 쥐어뜯으며 괴로워하는 혈매화와 맞은편에 서서 안타까운 눈으로 이를 지켜보는 화무영을 돌아보며 속으로 중얼거렸다.

'으음! 이건… 매화의 힘이 아니다!'

화무영의 눈이 당황으로 흔들렸다. 좀 전까지는 그나마 버틸 만했는데 혈매화가 갑자기 몸을 흠칫 떨며 상황이 악화되었기 때문이다.

"호호호홋! 어리석은 놈! 네놈이 감히 월[月]의 권능을 받아내겠다는 게냐?"

혈매화의 음산한 소성에 장내에 있던 이들은 등줄기로 오싹함을 느꼈다. 혈매화의 목소리와 눈빛에 인간의 감정이라고는 볼 수 없는 사이한 기운이 실려 있었기 때문이다.

"매화……!"

"앵화루에서 헤어졌을 때, 넌… 현월(玄月)부터 찾았어야 했다. 그랬다면 내 눈을 피해 야문에 숨어들어 간 현월의 시도는 성공했을지도 모르지. 그랬다면 이 아이의 운명도 달라졌을 테고…….""

"현월이라니… 그게 무슨 소리냐?"

"후후후! 멍청한 놈! 지(智)의 권능을 이어받은 아이가 택한 놈치고는 너무 멍청하구나! 난 그 사내들의 멍청함이 미치도록 싫다!!"

"까아아악……!"

혈매화가 지면을 차고 공중으로 솟구침과 동시에 대지를 찢어발길 듯한 날카로운 소리가 천지사방에 메아리쳤다. 이에 장내의 중인들이 일제히 두 손으로 귀를 틀어막았다.

"크윽~!"

"우욱!"

갈파도와 위청양이 그 자리에 무너지듯 주저앉으며 신음을 토했고, 공력이 약한 신도화정은 오공으로 피를 쏟으며 그대로 혼절했다. 오직 화무영만이 전력을 다해 혈매화의 요사한 음공에 저항하며 버티고 있었다.

쩌저정~!

화무영의 몸 주변 대기가 얼음이 부서지듯 균열이 가기 시작했고, 동시에 그의 몸을 조여들어 가던 열두 혈선은 뱀이 벗어놓은 허물처럼 땅으로 떨어지며 잘게 부서져 나갔다.

"너는… 매화가 아니다! 누구냐 넌!!"

화무영은 두 눈에서 파란 광망을 토하며 혈매화를 향해 몸을 날렸

다. 하지만 그의 의지와 달리 몸은 오히려 지면으로 조금씩 박혀 들어
갔다. 혈매화가 다른 이들에게 보내던 기운들까지 모두 화무영 한 사
람을 향해 쏟아 붓기 시작했기 때문이다.

쿠르르르릉……!

화무영이 딛고 서 있던 땅이 갈라지며 악마의 아가리처럼 음산하고
깊은 어둠이 서서히 모습을 드러냈다.

"마화(魔火)의 불꽃으로 마령을 부르노니……!"

화무영은 마령심공의 마기를 십이성 극성으로 끌어올리며 두 손을
합장했다. 그러자 금방이라도 땅 밑으로 꺼져 들어갈 것처럼 휘청거리
던 그의 몸이 허공으로 둥실 떠올랐다.

"카카… 카! 천월(天月)의 힘을 어찌 한낱 마령의 기운 따위로 막아
낼 수 있을까?"

남자인지 여자인지 모를 기이한 음성이 혈매화의 입에서 흘러나옴
과 동시에 놀라운 현상이 일어났다.

콰콰콰콰……!

혈매화의 옷이 찢어발겨지며 그녀의 전신에서 순백의 월광이 쏟아
져 나온 것이다. 그리고 그 월광은 거대한 백색 파장을 일으키며 주변
을 초토화시켜 갔다.

"푸악~!"

월광에 휩쓸린 직후 위청양과 갈파도는 그대로 석상처럼 굳어버렸
고, 그들의 머리 위로 화무영이 검은 피화살을 토하며 날아갔다.

콰직!

위청양과 갈파도의 정수리로 혈매화의 손이 내려쳐졌다.

화무영은 오장 육부에 찬 서리가 긴 듯 빡빡한 고통에 전율하면서도,

위청양과 갈파도에게 펼쳐진 혈매화의 한 수를 똑똑히 지켜봤다.

혈매화와 그들 사이의 거리는 무려 십 장.

순식간에 십 장 길이로 늘어난 혈매화의 팔, 그리고 위청양과 갈파도를 덮고도 남는 크기로 커진 일 장이 넘는 그녀의 손. 도무지 보고도 믿을 수 없는 광경, 꿈이라면 다시는 꾸고 싶지 않은 악몽이었다.

위청양과 갈파도를 한 줌 혈수로 만든 그 손은 수유도 못 되어 경악으로 전율하는 화무영을 향했다.

슈아앙……!

화무영은 이를 피하기 위해 이를 악물고 발버둥 쳤으나 도무지 몸이 옴짝달싹하지 않았다.

'이건! 막을 수… 있는… 힘이 아니야……! 으윽!!'

강렬한 빛무리에 화무영은 급하게 옆으로 고개를 틀었다.

주르륵~!

그의 코에서 붉은 선혈이 흘러나왔다. 하지만 그 선혈은 밑으로 떨어지지 않고 허공에서 그대로 정지했다. 동시에 화무영에게 몰려들었던 고통들이 서서히 사라지기 시작했다.

마치 흘러가던 시간이 일시에 정지해 버린 그런 느낌이었다.

"……?"

화무영은 그런 현상이 누군가의 손이 자신의 어깨에 닿으면서부터였음을 직감했다. 그리고 일순 의혹에 잠긴 그의 귓가로 너무나도 귀에 익은, 그리고 너무나도 그리웠던 음성이 들려왔다.

"백색이는 좀 쉬고 있어라!"

"주, 주공!"

슈우욱……!

화무영의 반가운 외침이 끝나기도 전에 사비는 그의 옆을 스쳐 혈매화를 향해 폭사되어 갔다. 아무런 저항도 하지 못했던 화무영과 달리 사비의 움직임은 무척 자유롭고 여유로워 보였다. 아니, 사비는 세상 그 어떤 빛보다 빠르게 움직였다.

"네년이… 대천사였구나!"

혈매화와 칠 장의 거리를 두고 그대로 허공 중에 떠 있는 사비.

풍류기를 끌어올린 그의 눈에 혈매화의 몸에서 줄기줄기 뻗어 나오는 수천, 수만 가닥의 은빛 실선이 들어왔다.

사비가 이제껏 풍류비공을 통해 본 바로는 인간이 뿜어낼 수 있는 기류는 아무리 뛰어난 고수라고 해도 많아야 고작 몇 개에 지나지 않는다. 저토록 많은 수의 기류라면 도저히 인간의 것으로 볼 수 없었다.

"인간이 아니라… 세상에 다시없을 마물이었군!"

사비는 허리에 찼던 흑화검을 꺼내 들며 혈매화를 향해 천천히 비행해 갔고, 사비를 보는 혈매화의 두 눈에는 한 가닥 이채가 떠올랐다.

우우우웅……!

혈매화와 거리가 오 장으로 좁혀진 순간, 사비의 손에 들린 흑화검이 비스듬히 기울어지며 좌에서 우로 움직였다.

휘이잉……!

한줄기 미풍과 함께 혈매화의 시야를 가득 메워가는 검은 꽃잎들. 하지만 이전에 펼치던 흑화검법과 달리 이번 공격에는 화류패기가 아닌 풍류비공의 진기가 실려 있었다. 이를 알아챈 혈매화의 두 눈이 세차게 흔들렸다.

"이것은… 풍! 류! 기!!!"

번쩍~!

혈매화가 입을 여는 사이 사비의 검이 그녀의 허리에 작렬했다. 하지만 사비의 검은 허공만 잘라내고 말았다.

혈매화가 어느새 백여 장 밖까지 신형을 순간 이동시킨 뒤였기 때문이다. 실로 상상조차 할 수 없는 빠름이었다.

"정령신공, 마령심공, 화류패공… 마지막 풍류비공까지 나타났으니 드디어 월의 권능이 인세에 현신할 시기가 도래했구나! 쿠후후후훗! 이 아이와 현현을 찾고 싶다면 천월사도로 오너라! 기다리고 있으마."

스팟~!

혈매화의 신형이 환한 빛과 함께 순식간에 사라졌다. 이를 본 사비의 눈에 일순 근심이 어렸다.

"현현이… 거기 있다고?"

하지만 사비는 이내 마음을 추스르며 천천히 고개를 돌렸다. 화무영은 입공을 하는 자세로 꼿꼿이 선 채 마령심공을 돌리는 것으로 보아 다행히 큰 부상은 입지 않은 것 같았지만, 위청양과 갈파도는 시신조차 보이지 않았다.

그리고 그의 눈은 신도화정을 발견하고 잘게 흔들렸다.

가까스로 중심을 유지한 채 사지를 부르르 떨며 앉아 있는 신도화정의 모습이 사비의 동공 속에서 위태롭게 흔들린다.

잠시 신도화정을 노려보던 사비가 이내 성큼성큼 걸음을 옮겼다.

"신도세가 무공 말이야, 육패가 신도세가 건드린 이유가 그 무공 때문이었다면서? 그런데… 내가 보기에도… 그거 마공 맞아!"

신도화정과 마주 선 사비의 입에서 엉뚱한 말이 튀어나왔다.

"뭐……? 천하에서 가장 순수한 힘의 원천인 정령신공을 어찌 마공이라 하는 것이냐?"

"마공이라고 해서 꼭 해골 같은 거나 백색이처럼 음산하고 창백해 보여야 한다거나 하는 고정관념은 버려! 그냥 세상에 해악을 끼치는 게 마공이야! 어때? 쉽지?"

"당치 않은 소리! 신도세가인들은 정령신공으로 무고한 자들을 해친 적이 없다! 그저 약하고 힘없는 자들이 행복하게 살 수 있는 세상을 만들기 위해 항상 노력해 왔을 뿐이지. 그게 어찌 마공이라는 거냐?"

"물어봤어?"

"……?"

사비의 물음에 신도화정이 일순 어리둥절한 표정이 됐다.

"세상 사람들 모두 모아놓고 물어봤냐고? 당신의 그런 판단이 강자의 독선과 아집이라는 생각은 안 들어?"

"……."

"이상한걸! 내 눈에는 딱 그런 걸로 보이는데 말이야. 잠혈초로 아저씨의 생명줄을 갉아먹었던 것도, 똑같은 방법으로 나까지 죽이려 했던 것도… 그것도 세상을 위해서야? 뭐, 좋아! 까짓거 그 정도는 그냥 넘어가 줄 수도 있어. 하지만 당신이 과연 아저씨하고 나에게만 그런 악랄한 수를 썼을까? 세상을 구한답시고, 가문의 복수를 한답시고 아무 죄 없는 사람을 얼마나 죽였는지는… 내가 말하지 않아도 당신이 더 잘 알 것 같은데… 아니야?"

"……."

신도화정은 아무 소리도 하지 못했다. 그렇게 잘 돌아가던 머리가 사비의 말 몇 마디에 석고로 가득 찬 듯 굳어졌다. 사비가 던지는 말들이 모두 사실이었기 때문이다.

"하나 묻지! 백색이, 아니, 화무영이 말이야. 걔도 당신 손에 놀아난 인간들 중 하나… 맞지?"

"……!"

신도화정은 아무 소리도 하지 못했다. 하지만 사비는 신도화정의 무언이 긍정임을 아는 까닭에 더는 묻지 않고 고개를 주억거리며 다시 말을 이었다.

"흐음! 역시 그렇군. 내 친구 중에 당문 출신이 있거든. 그 친구 말이 오래전에 남궁원예라는 인간이 탈백은침을 당문에서 얻어갔다고 하던데… 그것도 화무영하고 관련이 있겠지? 그럼… 그 개새끼가 주범이잖아!"

사비는 신도화정의 대답도 듣지 않고 한 손으로 턱을 어루만지며 화무영을 힐끗 쳐다봤다. 화무영에게 직접 전하는 것보다 차라리 이런 식으로 돌려 전하는 것이 덜 불편할 것 같다는 생각 때문이었다.

역시 사비의 생각대로 화무영은 그와 신도화정의 대화에 적잖은 동요를 보이고 있었다.

그사이 신도화정은 붉게 물든 얼굴로 고개를 숙였다. 사비의 말을 듣자 차마 고개를 들 수 없을 정도로 부끄러웠다.

신도화정은 마치 발가벗은 몸으로 무대 위에 선 재인(才人)마냥 시뻘겋게 물든 얼굴로 두 주먹을 꼭 움켜쥐었다.

"맞네! 자네 말이 맞아! 사람 속을 모두 들어가 보지 않고 어찌 천하가 원한다는 말을 했을꼬? 내 가문을 위해 어찌 다른 사람들의 가슴에 한을 남길 생각을 했을꼬? 하지만… 그때는 다른 것은 아무것도 생각할 수 없었다네. 지닌 것이라고는 아픈 형님과 가문의 한을 대신 풀어야 한다는 사명감뿐이 없던 내게 다른 길은 없었네!"

"그럼… 내가 당신에게 복수를 해도 뭐라고 못하겠네?"

“복수라니……?”

“흑화검성 사군우. 그분이 내 아버지야! 그럼 나도 당신을 죽여서 나도 불구대천의 원수를 갚을 자격이 있는 건가?”

“으음!”

신도화정이 사비의 충격적인 말에 잠시 입을 열지 못하자, 사비는 씁쓸한 얼굴로 다시 말을 이었다.

“하지만 난 관둘래! 당신은 공황식이나 공손천량처럼 내게 죽을 가치도 없어! 그 인간들은 적어도 지들이 나쁘다는 건 인정했거든. 당신처럼 더러운 오물로 가득 찼으면서도 고고한 척하는 인간하고는 다르다고. 그냥 살아! 어디 얼마나 잘사나 보자고!”

사비는 무뚝뚝한 표정으로 몸을 휙 돌렸다.

“허허허!”

신도화정은 사비의 투박한 걸음을 물끄러미 바라보다가 허탈한 웃음과 함께 하늘로 고개를 쳐들었다. 구름 한 점 없는 시리도록 파란 하늘이었다. 그런데 그런 깨끗한 하늘을 보고 있자니 마치 자신의 눈에 맑은 하늘이 더럽혀지는 것 같다는 생각이 들었다.

‘내가 세상의 정화를 위해 애쓴 선구자가 아니라, 세상을 피로 물들인 야심가에 지나지 않았던가? 정녕 세상을 더럽힌 오물이란 말인가?’

신도화정이 물끄러미 하늘을 우러르는 사이 사비는 아직 회복되지 않은 화무영을 안아 들고 걸음을 돌렸다.

화무영은 두 눈을 꼭 감고 있었다. 하지만 화무영은 신도화정에게 달려들지 않았다. 한 인간에 대한 맹렬한 살기를 감당하기에도 벅찼기 때문이다.

‘남궁원예! 네 목숨은 내가 취한다! 반드시!’

화무영이 피가 나도록 입술을 깨무는 사이 신도화정은 천천히 한 손
을 머리 위로 들어올렸다.

퍼억~!

화무영을 번쩍 안아 들고 떠나가는 사비의 등을 바라보는 신도화정
의 고개가 옆으로 비스듬히 기울기 시작했다. 그리고 그와 비례하여
그의 눈과 코에서 멈췄던 선혈이 다시 새어 나오기 시작했다.

'자네에게도 용서를 빌고 싶었는데… 내겐 그럴 자격조차 없었군!'

신도화정의 눈에 가득 찼던 사비의 모습이 점점 반으로 접혀가기 시
작했다.

|第六章|

바람의 비기

쏴아아아……!

해변까지 밀려와 새하얀 거품만을 남긴 채 사라지는 파도. 사비는 그 바닷물에 가만히 한 손을 담그고 상념에 젖어 있다.

그 옆에 쪼그리고 앉은 당미량은 처음 보는 바다의 모습에 넋이 빠진 상태였고, 그들의 뒤에 선 장도는 수평선 저 멀리로 시선을 두고 있다가도 가끔씩 힐끔힐끔 사비의 등을 쳐다보며 눈치를 살폈다.

그들이 있는 이곳은 청도에서 도보로 이동해도 반 식경이면 충분한 거리에 위치한 고운포(孤雲浦)라는 백사장이었다.

사비와 함께 가겠다고 고집을 피우던 위진군은 부친 위청양의 죽음에 큰 충격을 받고 부랴부랴 비파산으로 되돌아갔고, 추룡객은 아무래도 위진군을 홀로 보내는 것이 불안했는지 사비 등에게 작별 인사를 하고 곧바로 그를 쫓아갔다.

그리고 얼마 후, 소향군주는 아수라장이 된 중원을 복구해 달라는 부탁을 해왔고, 사비는 이를 선뜻 승낙한 뒤 구양극호에게 모든 일을 맡겼다.

이에 구양극호는 흑화일심대, 소림, 무당의 인사들과 함께 새로운 무림의 질서를 확립하기 위해 바쁘게 움직이기 시작했다.

백리준은 흑화일심대를 데리고 백천맹을 해체하는 과정에서 추밀원과 흑천의 관련 사실을 밝혀내어 그들을 척살했고, 구양극호와의 공조를 통해 중원의 실세로 급부상했다.

사비는 백리준이 자신의 당부를 저버리고 흑화일심대를 해체하지 않았음이 내심 못마땅했으나 그런 일에 대해서는 가타부타 말이 없었다.

백리준이 다른 마음을 품지 않으리라는 믿음이 있어서이기도 했지만 더 큰 이유는 자신이 앞으로 해야 할 일에 대한 생각으로 다른 일에 신경 쓸 여력이 없었기 때문이다.

끝도 없이 출렁이는 바다를 바라보던 사비가 씁쓸한 표정으로 입을 열었다.

"죽였구나. 네 몸에서 아직까지 피 냄새가 나는 것을 보면 죽기 전에 고생 좀 시킨 모양이지?"

"……?"

각자 다른 생각에 빠져 있던 당미량과 장도가 일순 어리둥절한 표정으로 사비의 얼굴을 쳐다봤다. 그의 물음이 누구에게 던진 것인지 잠시 헷갈렸기 때문이다. 하지만 그들의 당황은 모래 밑에서 스윽 올라온 화무영으로 인해 더 이상 이어지지 않았다.

"그러지 못했습니다! 하지만… 소란을 그렇게 만든 진범은 남궁원예가 맞았습니다!"

아직까지 분이 가시지 않는지 화무영의 눈동자는 파란 광망으로 일렁였다.

선혜원에서 사비의 말을 들은 직후 남궁원예를 찾아 나섰던 화무영은 그에게 소란을 해쳤다는 자백을 받아낸 후 곧바로 그를 죽였다. 하지만 화무영은 그게 너무 아쉬웠다. 본래는 보다 잔인하고 고통스럽게 죽이려 했지만 너무 화가 난 나머지 미처 마기를 조절하지 못했고, 그의 마기에 적중된 남궁원예는 그대로 즉사를 하는 큰 행운(?)을 준 셈이 됐기 때문이다. 그 덕분에 피해를 본 이들은 추밀원 소속의 인물들이었다. 그들은 남궁원예와 같은 흑심당 소속이었다는 이유 하나만으로 화무영의 손에 혈수로 터져 나갔고, 마지막으로 남아 있던 추밀원주, 아니, 흑심당주는 무참히 뭉그러진 채 백리준의 손에 넘겨졌다. 이에 백리준과 구양극호 등은 뛸 듯이 기뻐했다. 흑심당주가 지니고 있는 정보라면 흑천의 재도발에 대한 우려와 부담감을 크게 덜 수 있기 때문이다.

"임 대인은… 찾았어?"

"예! 찾았습니다. 주공 말씀대로 임 대인은 현현 낭자의 부친이 아니라 천월사도에서 파견한 인물이었습니다. 저어, 그런데…….."

"왜?"

화무영이 일순 주저하며 말을 잇지 못하자 사비가 의아한 눈으로 물었다.

"임 대인은 제가 찾아올 것을 이미 예상하고 있었던 것 같습니다.

저를 보자마자 천월사도까지의 이동로가 적힌 이 지도를 넘기고 자결을 했으니까요. 여기……!”

화무영은 임로주에게 얻은 지도를 내밀었다.

“으음, 이건……?”

“그의 등가죽입니다. 천월사도의 지도가 거기에 새겨져 있었습니다.”

화무영이 심각한 표정으로 고개를 끄덕였다.

“으음! 임 대인도… 죽였냐?”

“생사람 잡지 마십시오! 제가 함부로 사람을 죽이지 않는다는 건 주공이 더 잘 아시지 않습니까? 임 대인은 이제 편히 쉴 수 있게 됐다며 오히려 제게 고맙다는 인사까지 했습니다.”

“함부로 사람을 안 죽이긴… 예전에는 보는 사람마다 피를 쪽쪽 빨아먹으려고 달려들던 주제에…….”

“혁! 주공! 누가 들으면 진짜인 줄 알겠습니다!”

사비가 살짝 눈을 흘기자 화무영은 펄쩍 뛰며 두 손으로 사비의 입을 틀어막았다.

“퉤! 퉤! 이 인간이 어따 그 더러운 손을 대고 지랄이야!”

“그러니까 그런 쓸데없는 소리는 제발 하지 마십시오!”

사비가 자신의 손을 떨치며 꽥 고함을 치자 화무영이 퉁명스레 대꾸하며 당미량과 장도의 얼굴을 슬쩍 돌아봤다.

“알았어! 어서 출발이나 하자고!”

“분명히 약속하신 겁니다!”

사비는 귀찮다는 듯 고개를 몇 번 끄덕이며 곧 걸음을 옮겼다. 이에 화무영도 엷은 웃음과 함께 사비의 뒤꽁무니를 바짝 쫓았다. 하지만 그런 겉모습과 달리 그들의 내심은 천근만근 무겁게 내려앉고 있었다.

'임 대인이 지도를 건넸다고……? 그럼 역시 대천사는 나를 불러들이고 있는 건가? 하지만… 왜지? 내게 뭘 얻을 게 있다고……?'

고운포를 벗어나는 사비의 이동 속도가 점점 빨라지기 시작했다.

'현현은 대천사가 이미 신의 반열에 들어섰다고 했다. 그렇다면… 신이 사는 곳으로 보내줘야지! 기다려라!'

사비는 현현을 떠올리며 입술을 질끈 깨물었다.

그의 발길에 채인 모래들이 햇살에 반짝거리며 아우성을 쳤다.

망망대해에 떠 있는 일엽편주.

동녘에서 뜨기 시작한 해는 그 배의 선두에 부딪치며 알알이 퍼져 나가는 파도를 반사시키며 작은 무지개를 만들었다.

철… 썩!

"아무래도 더 큰 배를 구할 수 있을 때까지 기다렸어야 했습니다!"

키를 잡은 화무영의 눈에는 근심이 어려 있다. 뱃전에 와서 부딪치는 파도가 조금씩 거세지는 것이 아무래도 심상치가 않았기 때문이다.

그들이 탄 배는 잔물결에도 심하게 기우뚱할 정도로 작은 크기. 누선이나 판옥선 수준은 안 되더라도 사공 하나를 더 태우지 못해 화무영이 키를 잡아야 했다는 사실은 정말 답답한 일이 아닐 수 없었다.

"만월(滿月), 만월이 되기 전에 가야 해!"

사비는 화무영의 아쉬움 섞인 말을 일언지하에 잘랐다. 이에 뒤편에 앉아 기우뚱거리는 배의 중심을 잡기 위해 안간힘을 쓰던 장도와 출렁이는 물결 때문에 심한 뱃멀미로 기운이 쪽 빠져 머리를 푹 숙이고 있던 당미량이 약속이나 한 듯 고개를 쳐들었다.

청도에서 배를 띄울 때부터 지금까지 줄곧 저 말만 반복했기에 이제는 그러려니 할 정도로 익숙해진 대사였지만, 사비의 이번 음성은 이전과 판이하게 달랐다.

'떨고 있어! 저 사람이……?

당미량은 속으로 세차게 고개를 저었다. 사비는 눈앞에서 어떠한 일이 일어나도 눈 하나 깜짝하지 않을, 두려움이나 공포라는 단어가 전혀 어울리지 않는 사내였다.

그런 그의 목소리가 떨리다니… 당미량은 그 사실이 도무지 믿기지 않는지 다른 일행을 힐끔 돌아봤다. 그러나 장도나 화무영의 표정 역시 당미량과 마찬가지로 하나같이 굳어 있었다. 그녀보다 사비와 지낸 날이 훨씬 많은 그들도 지금의 사비 모습은 꽤나 낯설었다.

"꽉 잡아!"

사비의 입에서 짧은 외침이 터짐과 동시에 나머지 일행이 반사적으로 배의 난간이나 튀어나온 부분을 향해 다급히 손을 뻗었다.

콰르르르르……!

순간, 맑던 하늘이 삽시간에 어두컴컴해지며 사비 일행이 탄 배가 방향을 잃고 빙글빙글 회전하기 시작했다.

"배가, 배가 돌고 있어요!"

당미량의 뾰족한 외침에 대답하는 이는 아무도 없었다. 그들은 그녀의 외침이 아니어도 자신들이 타고 있는 배가 소용돌이에 휩쓸리고 있음을 똑똑히 지켜보고 있었기 때문이다.

"으음!"

키를 잡은 손아귀에 힘을 주며 사비를 힐끗 쳐다보던 화무영의 입에서 침음성이 터져 나왔다.

'웃다니……?'

사비는 웃고 있었다. 목소리가 떨릴 정도로 평정심을 잃고 있던 방금 전과 달리 지금 그의 모습은 여유, 그 자체였다. 그리고 소용돌이에 휩쓸린 배의 회전 속도가 점점 빨라져 갈수록 사비의 입가에 머문 미소도 더욱 진해졌다.

"후후후! 이런다고 내가 겁을 집어먹을 거라고 생각했나?"

사비는 실성한 사람처럼 중얼거렸고, 나머지 사람들은 이런 위급한 상황 중에 헛소리를 지껄이는 사비가 어이없는지 속으로 설레설레 고개를 저었다. 하지만 사비는 다른 이들의 시선은 전혀 아랑곳하지 않고 더욱 큰 목소리로 외쳤다.

"난… 알아! 네가 나를 필요로 한다는 거! 그러니까 까불지 말고 어서 길 안내나 하라고……! 이 미친년아!!"

사비의 낭랑한 목소리가 소용돌이와 파도로 만들어진 수벽(水壁)들을 뚫고 수백 장 밖으로 퍼져 나갔다.

"……!"

사비의 긴 외침이 그친 직후, 금방이라도 배를 집어삼킬 듯 휘돌던 소용돌이가 언제 그랬냐는 듯 거짓말처럼 잠잠해졌다.

쉬이이이익……!

"헛! 주, 주공! 배가……!"

화무영은 자신이 조종하지 않고 있는데도 불구하고 쏜살같이 질주해 나가는 배의 움직임에 놀란 나머지 사비를 향해 고개를 획 돌렸다.

"그냥 둬! 이젠 우리가 아무리 가기 싫다고 발악을 해도 천월사도로 가게 됐으니까. 그년이 그래도 말귀는 알아먹는 것 같군! 후후후!"

사비는 파도는커녕 잔 파문조차 일지 않는 해수면을 바라보며 하얀 이를 드러냈다. 하지만 그를 바라보는 화무영 등의 얼굴은 거북의 등껍질처럼 굳어 있었다. 그간 배를 타고 오며 사비에게 들었던 대천사와 천월사도에 대한 얘기가 과장이 아니었음이 실감이 났기 때문이다.

바다는 마치 죽은 시체처럼 침묵했고, 하늘은 썩은 곰팡이에 오염된 연못처럼 검은 구름으로 가득 차 있었다.

배는 반나절을 달렸고, 사비 말대로 아무런 일도 일어나지 않았다. 그리고 그 지루하고 긴 여정은 벌떡 일어나 전면을 손가락으로 가리키는 장도의 우렁찬 목소리로 끝을 맺었다.

"가만… 저건……?"

"천월사도예요!!"

장도의 손끝을 따라 시선을 옮겼던 당미랑은 긴 초승달 모양의 해변을 발견하고 짧게 답했다. 굳이 창공에서 내려다보지 않아도 섬이 어떤 모양인지 알 수 있을 정도로 뚜렷한 초승달의 형상이었다.

그사이에도 배는 물살을 헤치며 그 섬을 향해 돌진해 갔고, 잔잔했던 바다와 잠들었던 하늘은 배가 해안가에 가까워지자 조금씩 이전의 모습으로 되돌아가기 시작했다.

도무지 이해할 수 없는 괴이한 자연 현상들을 경험해서인지 사비 일행의 얼굴은 하나같이 어두웠다.

"으음!"

당미랑은 한 손으로 이마를 가리며 눈썹을 살짝 찡그렸다. 구름이 걷히고 맑게 갠 하늘에 눈이 부셨기 때문이다.

철퍼덕……!

장도가 가장 먼저 배에서 내렸다. 죽은 듯 잠잠했던 바다가 다시 파도를 만들기 시작하며 의복을 적셨지만, 장도는 거칠 것 없는 얼굴로 뭍을 향해 힘차게 발을 놀렸다.

"자식! 경공은 배워서 어따 쓰려고……!"

사비는 파도를 헤치며 해안가로 성큼성큼 걸어가는 장도를 보며 히죽 웃다가 이내 허공으로 몸을 날렸고, 화무영과 당미량이 두 마리 제비처럼 유연한 동작으로 그 뒤를 따랐다.

터터틱~!

누가 먼저랄 것도 없이 날아 내린 사비 일행은 뒤늦게 모래사장 위로 올라오는 장도를 거들떠보지도 않고 전면으로 시선을 고정했다. 해안가에서 사십 장가량 떨어진 송림(松林)을 뚫고 네 필의 말이 끄는 수레 한 대가 다가오고 있었기 때문이다.

"이 자식아! 미리 경공 좀 쓰라고 말해주면 어디가 덧… 헉!"

씩씩거리며 사비 곁으로 다가오던 장도는 눈앞에 펼쳐진 기이한 광경에 일순 아연실색했다.

그것은 다른 동료들도 마찬가지였다. 앞으로 다가온 수레가 눈앞에서 벼락이 떨어져도 괘념치 않을 사비와 그 동료들이 할 말을 잃게 만들 충분한 모습을 하고 있었기 때문이다.

수레를 끌고 있는 것은 말이 아니라 건장한 사내들이었다.

네 사내는 모두 쇠사슬로 만든 줄을 목에 걸었고, 입에는 재갈이 물려 있다. 하의는 대충 얽어서 만든 짐승의 가죽이 전부였고, 상체는 아무것도 걸치지 않았는데, 성한 곳을 찾기 힘들 정도로 하나같이 흉터투

성이었다. 그리고 그 이유는 사내들이 끄는 수레에 탄 여인의 손에 들린 채찍을 보면 짐작할 수 있었다.

게다가 그들은 네 발로 움직이고 있었다. 순식간에 사비 등의 앞으로 다가오는 속도로 보아 한두 해 동안의 훈련으로 이루어진 동작은 분명 아니었다. 이에 사비나 그의 동료들은 그 사내들을 보며 모두 한 단어를 떠올릴 수밖에 없었다.

노예!

아니, 노예는 적어도 네 발로 기지는 않는다. 이들은 노예가 아니라 짐승과 다를 바 없는 모습을 하고 있었다.

잠시 후 사비와 십 장 거리에 이른 여인이 힘차게 고삐를 당겼고, 이를 신호로 수레가 그 자리에 멈춰 섰다.

"이건… 좀 심하군!"

"심한 정도가 아니라……!"

장도는 설레설레 고개를 저었고, 당미량은 그의 말에 동조하다 말고 눈살을 찌푸렸다. 사내들 중 누군가가 호기심을 이기지 못하고 눈을 굴렸는지 뒤에 있던 여인의 손이 가차없이 휘둘러졌기 때문이다.

짜악~!

"흡!"

채찍을 맞은 사내는 눈동자의 흰자위가 새빨갛게 충혈될 정도로 고통에 겨워하면서도 결코 신음만큼은 흘리지 않았다. 또 그 옆 다른 사내들은 사내의 등에서 튄 피가 얼굴에 묻었는데도 닦을 생각을 하지 않고 죽은 곰 새끼마냥 엎드려 꿈쩍도 하지 않았다.

"네놈들은 누구냐?"

수레 위에 선 여인이 오만한 표정으로 사비 일행을 쭉 둘러봤다. 머리에 두른 띠와 이마 정중앙에 박아 넣은 은월(銀月) 형상의 장식이 눈에 띄었다. 또한 평범한 얼굴이었으나 지닌 실력은 그렇지가 않은지 장도나 당미량 같은 고수가 살짝 경계심을 느낄 정도로 강인한 기운을 흘리고 있었다.

"몇 명이지?"

사비는 앞으로 한 걸음 나오며 여인을 못마땅한 얼굴로 쳐다봤다. 이에 수레에 탄 여인이 눈을 부라리며 날카로운 고함을 토했다.

"감히!! 한낱 짐승 주제에 은월사(銀月使)에게 질문을 하다니! 천월사도의 율법을 어겼으니 이는 마땅히 죽음으로 다스려야 한다!"

후아악~!

여인은 들고 있던 채찍을 들어 허공에서 빙글 돌렸다가 장작을 패듯 강하게 내려쳤다. 이에 그녀의 손에 들린 채찍이 도끼처럼 육중한 소음을 토하며 경풍을 일으켰다. 하지만 사비는 이를 피할 생각이 없는지 채찍이 정수리 지척에 이르렀는데도 꿈쩍하지 않았다. 자신을 대신해 나설 이가 있음을 알고 있었기 때문이다.

"너 같은 년들이 몇이나 더 있냐고 묻잖아!!"

우렁찬 목소리로 외친 장도가 사비 앞을 가로막으며 한 손가락을 흔들었다. 그러자 그의 손가락 끝을 따라 얇은 섬광이 뻗어 나왔다.

피융~!

"아악!"

장도의 뇌전기가 여인의 이마에 작렬했다. 이에 여인은 수레에서 튀어나가 땅바닥에 곤두박질쳤고, 그 직후 감전된 사람처럼 부르르 떨더니 이내 그 움직임을 멈췄다.

"이 자식이 뇌화시 한 방 맞더니 미쳤나. 아주 작살을 내는구나!"

"그게 말이지… 아직 힘 조절이 안 돼서 말이야."

장도는 머리를 긁적이며 시커멓게 변해가는 여인의 시체를 향해 미안한 눈초리를 던졌다.

사비는 장도에게 핀잔 섞인 시선을 한차례 던진 후 곧바로 엎드려 있는 사내들을 향해 고개를 돌렸다.

"당신들 말고 사람이 더 있나?"

"……."

사내들은 사비의 물음에 아무도 대답하지 않고, 그저 두려움으로 떨리는 눈동자를 들어 당미량의 눈치를 힐끔힐끔 살필 뿐이었다. 그러자 사비는 갑자기 떠오른 생각에 당미량을 향해 턱짓을 했다. 이에 사비의 뜻을 눈치 챈 당미량이 앞으로 걸어나오며 나긋한 음성으로 물었다.

"당신들 말은 할 줄 아나요?"

당미량의 물음에 사내들이 몸을 흠칫 떨며 이마를 땅바닥에 처박았다.

'아저씨가 이런 곳에서 살았단 말이지! 아저씨가……!'

사비는 저도 모르게 두 주먹을 불끈 쥐었다. 이들의 모습을 보니 사군우의 혹독했던 과거가 가히 짐작이 됐다.

그렇게 힘든 삶을 살았으니… 보다 나은, 보다 편한 세상을 살고 싶었을 텐데 그러지 않았던 사군우가 못내 안타까웠다.

'능력이 있었는데도… 그러지 않았어! 노력하지 않은 대가는 취하지 않고, 소박함에 거하며, 무미건조함을 즐긴다. 그게 사내니까……! 어쩌면… 아저씨는 이 사람들이 겪을 고통 때문에 차마 편한 삶을 추구할 수 없었을지도 몰라.'

사비는 사군우가 자신의 가슴속에 남긴 말을 되새겨 보며 천천히 고개를 들었다. 그의 눈에 당미량의 명을 받고 겁먹은 눈을 드는 사내들의 모습이 들어왔다.

이십육호의 안내를 받아 남노촌(男奴村)으로 이동한 사비 일행은 돼지우리보다 못한 마을 모습에 일순 할 말을 잃고 멀뚱히 서로만 바라봤다. 오물더미와 집은 거의 구분이 가지 않았고, 코끝을 찔러오는 악취는 절로 코를 잘라 버리고 싶을 정도였다.

하지만 무엇보다 어이없는 것은 아무리 그렇게 하지 말라고 해도 사내들이 결코 두 발로 서지 않는다는 것이었다. 말은 중원인들과 크게 차이가 나지 않을 정도로 유창하다는 게 다행이라면 다행이었으나, 이는 천월사도 여인들이 남노들을 부리기 수월하기 위한 이유 외에는 아무것도 없었다.

그리고 사내들은 이름조차 없이 그저 숫자로 불렸다. 호기심이 많아 채찍질을 당했던 사내는 자신을 이십육호로 소개했다. 자세히 뜯어보면 꽤 영준한 모습이었지만, 얼굴에 낀 뗏국물과 잠시도 가만히 있지 못하고 흔들리는 동공 때문인지 그렇게 보기 좋은 인상은 아니었다. 하지만 놀랍게도 남노촌에 들어선 직후 그의 눈빛과 얼굴 표정은 눈에 띄게 달라졌다.

이는 천월사도 여인들이 결코 시궁창 같다는 이유로 남노촌 안으로 들어오는 법이 없어서였는데, 남노촌의 더러움은 결국 그나마 자유로운 공간을 마련하기 위한 남노들의 처절한 몸부림이었던 셈이다.

"제 꿈은 종마가 되는 것이었습니다! 물론 이는 모든 천월사도 남노들의 꿈이지요. 남자로 태어나 가장 영광스런 자리이니 어찌 욕심이

나지 않겠습니까?"

"그렇게 종마가 되고 싶었어?"

"이르다 뿐이겠습니까? 종마가 되는 자들은 일을 하지 않습니다. 항상 배부르게 먹고, 편안한 침대에서 잘 수 있지요. 그리고… 두 발로 걸어다녀도 되는 자격을 얻게 되니까요!"

말을 하는 이십육호의 두 눈에 희망이 어렸다.

솔직히 사비는 그런 그가 이해되지 않았지만 한편으로는 태어나 지금까지 살아온 환경이 인간을 저렇게 만들 수도 있구나 하는 생각도 들었다. 자신 역시 청도 시전을 오가며 거칠 것 없이 살아왔던 날이 있었기 때문이다.

'하지만… 내겐 아저씨가 있었지. 밑바닥이었던 나를 제대로 된 사내로 다시 살 수 있게 해줬던 분! 이젠… 내가 아저씨를 대신해 이들을 구해줄 차례야!'

사비는 어쩌면 사군우의 가장 큰 소원이 천월사도 사내들의 구원이었을지도 모른다는 생각이 들었다. 다만 대천사라는 존재와 상대하는 게 얼마나 무모하고, 불가능한 줄 알기에 차마 말을 하지 못했을 뿐.

한편 사비의 마음속 다짐을 꿈에도 모르는 이십육호는 하던 얘기를 마저 이어가고 있었다.

"하지만 그건 어디까지나 꿈일 뿐이지요. 보통 이십 년에 한 번씩 종마들을 선출하는데 최근 종마 선출식은 몇 년 전에 끝이 나버렸거든요. 그래서 어쩌면 제게는 앞으로 기회가 없을지도 모릅니다. 휴우!"

이십육호는 실망이 역력한 얼굴로 차근차근 천월사도에 대한 설명을 이어갔다.

"천월사도의 최상위에는 대천사님이 계십니다. 그리고 그 밑으로 세 명의 소천사들께서 자리하시지요. 하나 저를 비롯한 모든 남노들은 그분들이 누구인지 전혀 알지 못하고, 뵌 적도 없습니다. 대천사님은 말할 것도 없고, 소천사님들 역시 천월사도에서는 신과 다름없는 존재이시니까요."

"흐음!"

사비의 눈에 이채가 서렸고, 그의 뒤에 서 있는 장도와 화무영의 얼굴은 묘하게 일그러졌다. 하지만 이십육호는 그들의 표정에는 전혀 관심이 없었다. 그저 가끔가다가 남노촌과 조금 떨어진 곳에 서서 사비 일행이 나오기만을 눈이 빠지게 기다리고 있는 당미랑을 힐끔거릴 뿐이었다.

"그 소천사님들 밑으로는 천월사도의 대소사를 총괄하는 다섯 명의 호천사(護天使)님들이 있습니다. 다시 그 호천사님들 밑으로는 천월사도 여인 분들의 수련과 섬의 경비를 담당하는 열 명의 금월사(金月使)께서 계십지요. 그리고 마지막으로 남노들을 직접 관리하고 일을 시키는 분들이 바로 은월사(銀月使)들이십니다. 일전에 만나셨던 그분이 은월사 중 한 분이시지요."

"은월사라는 년들은 몇 명이지?"

"백 명입니다. 아니, 지금은… 구십구 명이겠군요."

"그게 다라면… 생각보다 적군!"

사비는 천월사도의 인원이 백 명이 조금 넘는다는 말이 의외인지 두 눈을 살짝 찡그리며 다시 물었다.

"왜 이렇게 적지?"

"나름대로의 고충이 있기 때문입지요. 천월사도의 무공은 강한 음기를 지닌 여인만이 익힐 수 있습니다. 그래서 그 무공을 익히다가 중도에 탈락한 여인은 부지기수지요. 그런 여인들은 이를 수치스럽게 여기고 용혈산(龍血山)의 용암류(鎔巖流)에 몸을 던집니다."

"으음!"

사비의 뒤에서 잠자코 듣고 있던 화무영이 나직한 침음성을 흘렸다. 아무리 세상과 단절된 곳이라고 해도 이렇게 비상식적인 일들이 만연한 천월사도를 이해하는 것은 쉽지 않은 일이었다.

"하지만… 저희 남노들의 신세는 그녀들에 비해 훨씬 참담하고 기구합니다. 신체 건장하고 젊은 남노들 중 종마로 간택되어진 이들은 여인들의 수태를 위해 힘을 쓰며 호의호식하며 살 수 있지만, 그 수는 극히 적고 이 또한 그들의 씨가 여아가 아닌 남아로 나왔을 때는 얘기가 달라지지요."

"그러고 보니 아이들이 보이지 않는군. 애들은 어디 있지?"

사비는 그제야 남노촌에 어린아이들이 없음을 알아채고 의아한 눈으로 물었다.

"여자 아이들은 태어나자마자 천사궁으로 가서 생활하고, 남자 아이들은 용혈산 인근에 있는 사육당(飼育堂)에서 열 살까지 삽니다."

이십육호의 말을 들은 사비의 두 눈이 급격히 일그러졌다. 사육당이라는 이름만 들어도 어떤 곳일지 짐작이 됐기 때문이다.

"그럼 열 살이 되면… 어떻게 되지?"

사비가 열 살 나이에 종마로 간택되었다는 사군우의 말을 떠올리고 묻자 이십육호가 처연한 표정으로 입을 열었다.

"그때부터… 불과 인연을 맺습니다! 불과 인연이 닿은 아이는 종마로 간택되어지고, 그렇지 못한 아이는 이곳으로 오게 되지요. 하지만 역시 대부분은 불을 이기지 못하고 죽고 맙니다.”

“혹시… 그게 불로 손을 지지는 걸 말하는 건가?”

“아니! 그걸 어떻게……?”

이십육호가 동그랗게 뜬 눈으로 묻자 사비의 뒤에 서 있던 화무영과 장도가 일제히 얼굴을 굳혔다. 비록 사비의 얼굴은 보이지 않았지만 그들은 사비가 지금 어떤 심정일지 충분히 짐작할 수 있었다.

‘사부님께서 이곳 출신이었다니……!’

화무영은 더 이상 듣지 않아도 알 수 있었다. 사비가 왜 그토록 위험을 무릅쓰고 천월사도로 오려 했는지, 왜 천월사도에 대한 말을 가급적 아꼈는지.

‘그렇다면 정녕 지금까지 벌어진 모든 일들에 천월사도가 연루되어 있단 말인가?’

화무영은 문득 괴기스러운 모습으로 변해 자신을 속수무책으로 만들었던 혈매화를 떠올리며 몸서리를 쳤다.

천월사도… 자신들이 밟고 있는 이곳은 인간의 땅이 아니었다.

사비와 이십육호의 대화는 캄캄한 밤이 찾아올 때까지 이어졌다.

사비는 들으면 들을수록 기가 막히고 어이없는 남노들의 현실에 불뚝불뚝 화가 솟구쳤지만 묵묵히 이십육호의 말을 경청했다. 사군우를 대신해 이들을 구하려는 자신의 결심이 불가능에 가까운 일이라는 생각이 자꾸 들어서 다른 말이 나오지 않았다.

그리고 그것은 이십육호의 다음 말로 더욱 확실해졌다.

“헛! 저희를 구하신다고요? 불가능한 일입니다! 저희가 천월사도를 벗어날 수 있는 방법은 없습니다.”

이십육호는 사비의 도와준다는 말에 펄쩍 뛰며 다시 말을 이었다.

“여긴 천하에서 가장 음기가 센 곳입니다. 그래서 남자들은 살 수 없는 곳이지요. 그런데도 이렇게 우리 남노들이 살 수 있는 건 모두 저기 보이는 용혈산 때문입니다.”

이십육호의 눈이 남노촌 서쪽으로 아득히 보이는 거대한 산을 향했다. 그 산의 머리 위로 올라오는 검은 연기가 뭉치며 주변 하늘을 검게 만들고 있었다.

“용혈산이 지닌 화기가 아니었으면 우린 벌써 음기에 몸이 상해 죽었을 겁니다. 옛날에는 실성한 남노들이 천월사도를 벗어나려는 시도를 했었다지만, 지금은 아무도 그런 미친 짓을 하지 않지요. 바다로 나가면 그대로 몸이 검게 타 들어가면서 죽어버리거든요.”

이십육호는 생각만 해도 끔찍하다는 듯 몸서리를 쳤다.

“화산독(火山毒)입니다!”

사비 뒤에서 가만히 서 있던 화무영이 심각한 표정으로 다시 말을 이었다.

“천월사도는 천하에서 음기가 가장 강한 태음지(太陰地)입니다. 그런데 이 태음지에 그와 상반되는 극양의 기운을 지닌 화산이 존재하고 있습니다. 이 때문에 용혈산에서 나오는 분진과 화기가 태음지의 음기와 상충(相衝)하며 이곳 사내들을 중독시킨 겁니다. 즉 이곳에서 벗어나면 생명을 이어갈 수 없는 몸 상태가 된 것이지요.”

“그럼 이곳을 빠져나갈 수 없다는 말이야?”

화무영의 쓸쓸한 말에 사비가 상심한 얼굴로 되물었다.

“한 가지 방법이 있긴 한데…….”

잠시 주저하던 이십육호가 슬며시 입술을 뗐다.

"방법이 있다고?"

사비가 두 눈을 빛내며 고개를 돌렸다.

"용혈산을 흐르는 용암류를 건너면 됩니다."

"허! 뭐요? 사람이 용암을 건너다니… 그게 말이 되는 소리요?"

귀를 쫑긋 세우고 듣던 장도가 어이없는 표정으로 되물었다.

"이론적으로는 가능한 말입니다. 용암류만이 천월사도의 음기에 손상된 저들의 혈맥을 회복시켜 줄 수 있기 때문이지요. 하지만 그건 저들의 피부가 불에도 녹지 않는다는 가정하에 가능한 일입니다. 휴우!"

화무영이 이십육호를 대신해 설명하며 짧은 탄식을 토했다.

"인간의 몸으로 어떻게 용암을……."

장도는 입을 열다 말고 설레설레 고개를 저었다. 이건 결코 벗어날 수 있는 방법이라고 부를 수 없는 것이었다.

사비 일행이 천월사도 사내들의 절박한 현실에 안타까워하며 잠시 입을 다문 사이, 이십육호는 얼굴 가득 고마움을 담고 천천히 입을 열었다.

"그래도 우린 아직 희망을 버리지 않았습니다. 수십 년 전에 용혈산의 관문을 넘으셨던 분이 계시니까요. 그분처럼 용암류를 넘으려면 종마가 되어야 합니다. 종마가 되어야 용암류를 넘을 수 있는 방법을 익힐 수 있으니 말입니다!"

"으음!"

사비가 저도 모르게 침음성을 삼켰다. 지금까지 이십육호가 한 얘기들을 통해 사군우의 어두웠던 과거가 하나하나 머릿속을 스치고 지나갔다.

"그게… 누구지?"

"우리 남노촌에서는 신처럼 떠받드는… 아니! 용암류를 건너신 분이니 신이 맞으시지요! 하지만 그분의 함자는 모릅니다. 다만… 그분이 용혈산을 나가실 때 나타내셨던 신위를 기억하며 검은 꽃의 신[黑花神]이라 부를 뿐입니다!"

쿵!

사비와 장도, 그리고 화무영에 이르기까지 이십육호의 입에서 튀어나온 흑화신이라는 말에 모두 기이한 전율에 휩싸였다.

이들은 사군우를 신으로 떠받들며, 삶의 희망으로 살며 짐승보다 못한 삶을 견뎌내고 있었던 것이다. 사군우는 이들의 고통을 알고 있었기에 중원에 나와서도 어느 세력에도 속하지 않고 무도만을 추구했던 것이고… 어쩌면 그 무도의 추구도 대천사의 손에서 이들을 구하기 위한 노력이었는지도 모른다.

한동안 두 눈을 꼭 감고 있던 사비가 그 무겁던 입술을 뗐다.

"대천사… 그 개 쓰레기 같은 년은… 지금 어디 있지?"

"커억!"

사비의 욕지거리에 이십육호의 눈이 보기 안쓰러울 정도로 튀어나왔다.

사비 일행은 날이 밝는 대로 용혈산으로 향했다.

용혈산은 생각보다 오르기가 쉽지 않은 산이었다. 산의 표면은 검게 그을린 흙으로 뒤덮여 있고, 한 걸음을 내디딜 때마다 발바닥을 통해 후끈한 열기가 전해져 왔다.

어떠한 생명체의 흔적도 보이지 않았다. 산이 지닌 열기를 감당할 수 없기 때문이리라.

"아직 멀었나?"

장도는 콧등을 타고 흐르는 굵은 땀방울을 소매로 훔치며 주변을 두리번거렸다.

"저쪽인 것 같습니다!"

이제껏 말이 없던 화무영이 한 손을 들어 우측을 가리켰다. 그의 손끝을 따라가니, 높이가 칠 장에 폭이 오 장은 족히 되어 보이는 동혈(洞穴)의 입구가 보였다.

"가자!"

사비는 뒷짐을 진 채 느릿느릿 동혈 쪽으로 걸음을 옮겼고, 그 뒤를 따르는 일행의 얼굴에는 수심이 가득했다.

안으로 들어선 사비는 쉴 새 없이 동혈 내부를 훑었다. 발밑 지면 곳곳에서 올라온 연기가 사방을 자욱하게 감싸고 있었지만, 그런 것으로 사비의 시야를 가릴 수는 없었다.

그리고 얼마 후 벼랑 끝이 나타났다.

사비는 이십 장 너머에 있는 절벽을 발견하고 걸음을 멈췄다. 절벽은 등 뒤로 자그마한 길을 이고 있었고, 한 사람이 겨우 건널 정도로 좁은 그 소로의 끝은 기암괴석으로 꽉 막혀 있었다.

사비는 그 절벽과 자신들 사이에 놓인 시뻘건 용암류를 바라보며 잠시 쓴 입맛을 다셨다.

절벽 끝에서 뿌연 수증기가 피어오르는 것으로 보아 뭔가가 있는 것 같기는 한데, 용암류의 폭이 무려 이십 장이다 보니 별로 넘어가고 싶은 생각이 들지 않았다.

"길을 잘못 든 것 같은데……."

"아니! 제대로… 온 것 같아요."

용암의 열기에 얼굴이 시뻘겋게 익어버린 장도가 비지땀을 흘리며 입을 열자 당미량이 사비 대신 입을 열며 슬며시 소매 속으로 손을 집어넣었다. 그리고는 왼손에는 독질려, 오른손에는 육혼망을 각기 쥐고 사비의 시선이 고정된 곳으로 온 신경을 집중했다.

사비처럼 전면의 상황을 선명하게 볼 수 있는 능력은 없었지만 화염과 자욱한 수증기 너머에서부터 전해오는 가공할 살기는 굳이 그런 시력이 아니어도 느낄 수 있는 것이었다.

"당 낭자는 우측을, 장 대협은 좌측을 맡아주십시오!"

화무영이 둘에게 당부한 후 곧바로 사비 곁으로 걸음을 옮겼다. 그의 침중한 어조로 보아 필시 전면의 적이 만만한 상대가 아님을 알 수 있었다.

사실 엄밀히 따져 이곳에 모인 사 인은 중원무림의 현존 최강고수들이라고 해도 과언이 아니었고, 그것은 흑천과의 격전을 통해 증명이 되었다.

사천제일수라 불리는 당미량의 현란하고 신묘한 암기술, 이제는 타락수라가 아닌 마도제일고수라는 이름으로 더 잘 알려진 화무영의 환우마하장, 그리고 뇌화시를 맞음으로 해서 고금 제일의 뇌전기를 얻은 장도의 벽력칠권까지, 어느 것 하나 빠지지 않는 천하에 다시 보기 힘들 절기의 소유자들이었다.

그런 자들이 하나같이 긴장감이 감도는 눈으로 합공을 모의하고 있는 것이다.

"이렇게 빨리 올 줄 몰랐다!"

수증기 사이로 들려온 냉랭한 음성, 그리고 뒤를 이어 허공을 밟고 걸어오는 여인, 요미선자였다.

"당신이… 여기 있을 줄 알았다면 그때 살려두는 게 아니었어."

사비는 요미선자의 무심한 얼굴에 시선을 꽂고 씁쓸한 어조로 중얼거렸다.

"그때나… 지금이나 넌 내 상대가 못 된다! 난 무의 권능을 이어받은 소천사니까!"

"후! 과연 그럴까? 그럼 어디 그 대단한 무공 한번 견식해 보자고! 장도야!"

"끄응! 하여간 저 인간은 꼭 이럴 때만 날 찾는단 말이야! 으랏차!"

사비는 장도를 향해 턱짓을 했다. 이에 장도는 뇌화대공을 끌어올리며 요미선자를 향해 신형을 날렸다.

픽~!

피잇……!

장도의 양 주먹이 요미선자의 복부에 작렬한 직후 바람을 가르는 소리가 들렸다. 그의 공세가 소리보다 빨라 일어난 현상이었다.

"도대체가… 선타후음(先打後音)의 경지라니……!"

당미량의 경탄성이 동혈을 울렸다. 장도의 신수가 이전보다 나아졌음은 눈치 채고 있었지만, 선타후음이라는 공전절후의 속도를 낼 수 있을 정도라고는 보지 않았었기 때문이다. 하지만 그녀의 감탄과 달리 장도의 안색은 더욱 진중해졌다. 동료들의 눈에 비친 모습과 달리 자신의 주먹이 요미선자의 복부 대신 빈 허공을 때렸음을 알기 때문이다.

쉬익~!

장도는 목뒤에서 들려온 경미한 파공성에 대경하여 전력을 다해 뇌화대공을 끌어올렸다.

지지… 지이잉!

그의 전신이 벼락에 맞은 듯 번쩍이며 주변 공기들이 파동을 쳤고, 곧이어 장도의 두 주먹과 요미선자의 양 발이 허공에서 부딪치며 요란한 폭음이 터졌다.

퍼어엉~!

장도는 울컥 올라오는 핏물을 삼키며 몸을 뒤로 물려 사비 곁에 날아 내렸다. 하지만 요미선자는 달랐다. 그녀는 충격을 완화하기 위해 뒤로 몸을 빼야만 했던 장도와 달리 처음 있던 허공에 그대로 떠 있었다.

그녀가 입고 있는 청삼 자락이 발밑 용암류에서 모락모락 피어올라오는 열기에 나풀거리며 마치 하강한 선녀의 모습을 연상케 했다.

"그러고 보니 뇌전권의 제자였군! 그런데 어떻게 사부보다……."

요미선자는 '사부보다 강한 뇌전기를 지니고 있느냐'는 다음 말은 내뱉지 않았다. 장도가 아무리 강하다고 해도 천월사도의 무공을 사용할 수 있는 자신보다 강할 수는 없었기 때문이다. 이에 그녀는 장도의 옆에 있는 사비를 향해 슬며시 시선을 옮겼다.

"너만이 내 상대가 될 수 있다! 지금 승부를 내겠느냐?"

"후후후! 이런 약골 녀석 한 번 이겼다고… 기고만장한 거야?"

사비는 장도의 어깨를 툭툭 치며 피식 웃었다.

"이 자식이… 너 친구 맞아?"

급격히 자존심이 상한 장도가 두 눈을 부라리며 버럭 고함을 치는 순간, 그의 곁을 스치고 당미랑이 날아올랐다.

획~!

허공으로 솟구쳐 오르며 몸을 세 번 뒤집은 그녀의 눈동자에 어느덧 요미선자의 전신이 꽉 들어찼다.

피슝!

순간 당미량의 손에서 은빛 광망이 쏟아져 나와 요미선자를 향해 일직선을 그리며 날아갔다.

피피피슝!

당미량은 쉬지 않고 비은선류를 전개했다. 연속적으로 날린 네 개의 은선은 그녀가 할 수 있는 최대한의 힘, 그 이상으로 넘어간 것이었다. 장도 같은 실력의 절세고수가 한 수에 밀리는 것을 보고 처음부터 전력을 다하지 않으면 승산이 없다고 판단했기 때문이다.

'걸려들었어!'

당미량은 쏘아 보낸 은선을 피할 생각을 하지 못하고 멀뚱한 눈으로 응시하는 요미선자의 얼굴을 보며 속으로 쾌재를 불렀다.

쑤에에엑……!

순간 귀부의 곡성이 동혈에 메아리쳤다.

"이건!!"

그 소리를 들은 당미량은 경악성을 터뜨리며 경신법을 전력으로 발휘해 있던 자리를 벗어났다.

파라라라락……!

당미량이 전신을 모로 누이고 급회전하자 그녀의 몸에서 요란한 소음이 터져 나왔다.

콰아아아앙—!

귀청을 찢을 듯한 폭음과 함께 그들이 선 벼랑 끝으로 용암류의 일부가 튀어 올라올 정도의 진동이 일었다.

하지만 용암이 튀어 올라온 이유는 당미량이 있던 자리가 진공 상태로 변하며 생긴 엄청난 흡인력 때문이었다.

"아!"

당미량은 침음성을 삼키며 용암이 튄 옷을 황급히 벗어 던졌고, 그녀가 벗은 경삼이 치익 소리를 내며 타 들어갔다.

그사이 요미선자는 사비 일행이 서 있는 곳과 팔 장가량 떨어진 지면 위로 날아 내렸다. 그녀가 내린 곳은 사비 등이 지나온 길로 아무래도 퇴로를 차단하려는 의도 같았다.

하지만 창백한 인상을 하고, 또 입고 있는 옷에 은빛 가루들이 잔뜩 묻어 있는 것으로 보아 당미량의 비은선류로 조금이나마 피해를 보긴 본 모양이었다.

하지만 그녀는 여전히 여유로운 표정으로 잠시 입을 다물었다. 그리고 얼마 안 있어 중인들의 시선을 받으며 또 다른 여인이 요미선자의 곁으로 날아 내렸다. 현현이었다.

사비와 그의 동료들의 시선이 모두 그녀의 손에 들린 작은 활에 고정됐다.

"너… 어떻게 된 거지?"

사비의 목소리가 심하게 떨렸다. 하지만 현현은 이를 못 들은 듯 고요한 눈으로 주변을 둘러보며 입을 열었다.

"이곳은 남노들이 천월사도를 벗어날 수 있는 유일한 관문이며, 대천사를 배알할 수 있는 유일한 통로예요. 또… 흑화검성 사군우 대협께서 용암류를 건너 중원으로 나가신 곳이기도 하지요."

"……?"

현현의 발언에 사비 등의 얼굴이 대번에 굳어졌다.

"도대체 무슨 말을 하는 거야?"

사비가 눈을 좁히며 묻자 요미선자가 옷에 묻은 은빛 가루들을 툭툭 털며 대신 답했다.

"선택의 기회를 주려는 거다. 천월사도를 벗어나는 관문을 넘을 생각인지… 아니면 대천사를 배알할 통로로 삼을 것인지……!"

"넌… 내가 뭘 어떻게 하기를 바라는 건데?"

사비는 현현의 얼굴을 뚫어져라 응시하며 물었다. 그녀의 파리한 안색을 보자 걱정이 앞섰으나 지금은 그런 안부를 물을 만큼 여유롭지 못했다. 이에 현현은 사비를 향해 간절한 눈빛을 던지며 입을 열었다.

"지금 이곳을 벗어나면 당신에게는 더 이상 아무 일도 벌어지지 않아요. 하지만 그러기 위해서는 저 용암류를 건너야 하지요!"

현현의 눈길을 따라 고개를 돌린 사비는 시뻘건 화염을 토해내는 용암류를 바라보며 잠시 입을 다물었다.

이윽고 사비가 무겁게 다물었던 입술을 뗐다.

"두렵나?"

"……?"

"내가 대천사에게 죽을까 봐 두려운 건가? 막상 대천사를 다시 보니 내가 전혀 상대가 되지 않는다고 생각한 거야? 그래서… 네 권능이라는 걸 팔아 날 살리려는 거고……?"

"……."

현현은 아무 말도 하지 못하고 고개를 내려뜨렸다. 이런 사연을 눈치 챈 사비라면 자신의 뜻대로 움직여 줄 리 만무했다. 아니, 오히려 더욱 대천사를 보려고 날뛸 것이다. 이에 낙심한 현현이 힘겹게 고개를 들었다.

"대천사님을 뵈려면… 소천사들의 시험을……."

"따라준다! 네가 원하면 따라준단 말이야. 까짓거! 여태껏 뭐 하나 제대로 들어준 것도 없는데 이거라도 들어달라면 들어주지!"

현현의 말을 가로막은 사비는 성큼성큼 걸음을 옮겨 용암류 쪽으로 다가갔다. 그러자 그가 입고 있던 음양혼신포가 점점 붉어지기 시작했다.

"어떻게 하면 되지? 이렇게 건너면 되는 건가? 아저씨도 이렇게 건넌 거야?"

"앗!"

"헉! 안 돼!"

사비의 동료들이 경악성을 터뜨리며 신형을 날렸다. 하지만 이미 사비의 한 발은 용암 속으로 빨려 들어가듯 사라진 뒤였다.

치이이익……!

매캐한 연기가 피어오르며 살이 타는 냄새가 동혈에 번져 갔다. 이를 본 현현은 옆으로 고개를 돌렸고, 당미량은 힘없이 자리에 주저앉았다.

사비 곁으로 달려온 장도와 화무영이 그를 붙잡기 위해 손을 뻗었지만, 마치 투명한 막에 막힌 듯 그들의 손은 사비와 삼 촌 지척에 이르자 튕겨져 나왔다.

그사이 사비는 조금씩 용암 속으로 들어가기 시작했다.

발이 잠기고, 다시 발목이 잠기고, 무릎까지 용암에 가려졌다. 그의 굳은 표정만 아니면 용암과 닿는 순간 그의 몸이 형체도 없이 녹아들어 가는 것이라 착각이 들 정도로 참혹한 광경이었다.

‘화류패기로 용암류를 견뎌내는 경지라면… 전신을 화단으로 만들었다는 얘기군! 그리고… 다른 뭔가가 더 있어!’

사비의 몸놀림에서 기이한 기류를 발견한 요미선자만이 흥미로운 눈초리를 보일 뿐, 나머지 사람들은 모두 아연실색한 얼굴로, 참담한 심정으로 사비의 하는 모습을 말없이 지켜봤다.

사비는 자학이라도 하는 사람처럼 경공조차 발휘하지 않고, 용암류 건너편 절벽을 향해 힘겹게 걸음을 옮겼다.

억겁과도 같은 시간.

풍류비공을 터득하지 못했다면 결코 해낼 수 없는 일.

사비가 건너편 절벽 끝에 당도했을 때, 현현은 결국 그 자리에 주저앉아 버렸다.

“이제 됐어요! 다른 분들도 가도 좋아요!”

하지만 건너편에서 들려온 사비의 음성에 현현을 비롯한 동혈 안의 모든 이들의 얼굴은 참혹하게 일그러졌다.

“가긴 어딜 가? 이제 네 소원 들어줬으니까 난 지금부터 내가 하고 싶은 대로 한다! 대천사! 그년 만나려면 어떻게 해야 하나?”

“커억!”

장도의 입이 주먹 두 개가 들어갈 정도로 커졌고, 화무영의 창백한 안색은 푸르뎅뎅하게 변했다. 당미량은 아예 일어날 생각도 않고 멍하니 고개만 숙이고 있었다.

그사이 사비는 요미선자와 현현의 앞으로 날아 내렸다. 도대체 어떤 방법으로 넘어왔는지 모를 정도로 쾌속하고 기묘한 움직임이었다.

“백 장을 격한 이형환위라면… 공간을 초월하는 경지에 올랐음이니… 네놈은 도대체 어떤 무공을 익힌 거냐?”

요미선자의 목소리에는 은근한 경탄이 묻어 있었다. 천월사도의 무공이 아닌데도 이런 현묘한 무공이 있을 수 있다는 사실이 놀랍기 그지없었다.

"그야… 아저씨에게 배운 무공이지! 그보다는 대천사를 만나는 방법부터 듣고 싶은데……!"

요미선자의 말에 싱긋이 웃어 보인 사비는 현현에게 고개를 돌리고 그녀의 대답을 재촉했다.

"그분을 만나려면 소천사들의 시험을 통과해야 해요."

"소천사들의 시험?"

"네! 저의 시험은 이미 통과하셨어요. 이제 다음 시험은 소천사 현영이 주관합니다."

현현은 요미선자를 힐끗 쳐다본 후 뒤로 몸을 뺐다. 하지만 폐령연자궁을 쥐고 있는 그녀의 손이 살짝 떨린다는 사실은 아무도 눈치 채지 못했다.

"후후후! 재미있군. 그러고 보니 넌 언의 권능을 가진 소천사였지? 그럼 그 시험이 예언과 관련된 것이었을 텐데… 내가 저기로 향한 것이 네 예언과 안 맞았던 모양이지?"

사비가 히죽 웃으며 물었지만 현현은 더 이상 대답하지 않았다. 지금부터 그녀가 할 수 있는 일은 아무것도 없었다. 그저 사비가 현영의 시험을 무사히 통과하기만을 간절히 바랄 뿐이었다.

"따라와라!"

요미선자는 입을 엶과 동시에 허공으로 몸을 띄웠다. 그 직후 그녀의 몸은 눈부신 광채로 휩싸였다.

'처음부터 월영강신체(月影降神體)를 이루다니……! 정말 저 사람을

죽일 작정이야!'

현현은 요미선자의 무공이 천월사도의 무공 중에서도 가장 강한 월영강신체임을 알아보고 절망했다.

월영강신체는 달의 기운을 받아 몸 전체를 강기의 결집체로 만드는 공부로 대천사와 요미선자를 제외한 어느 누구도 사용치 못하는 무공이었다.

사비도 요미선자의 모습이 심상치 않다 싶었는지 침중한 안색으로 그녀를 향해 몸을 날렸고, 동시에 그의 눈빛이 투명하게 일렁였다.

스웃……!

순간 사비는 자신과 요미선자를 제외한 모든 사물이 일시에 정지함을 느꼈다. 자신들의 발밑에서 살아 있는 생명처럼 꿈틀대던 용암도, 걱정스런 눈으로 바라보는 현현이나 다른 동료들도 모두 굳어 있었다.

여태껏 단 한 번도 극성으로 펼쳐 본 적이 없던 풍류비공을 최대로 펼치며 일어난 현상이었다. 심지어는 요미선자의 몸에서 발광(發光)하는 하얀 입자들까지 모두 선명하게 보일 정도였다.

휘이이……!

사비의 귀로, 아니, 그의 모든 감각 기관을 통해 요미선자의 움직임이 느껴졌다. 하지만 그렇다고 쉽게 막을 수 있는 그런 공격은 아니었다.

그녀가 내민 손끝에 맺힌 검의 형상에 세상 그 어떤 것으로도 막을 수 없다는 생각이 들게 할 만큼 강한 절대력이 담겨 있었기 때문이다.

'풍류비공으로도 어떤 방위로 공격해 올지 알 수 없다니……!'

사비는 크게 당황했다. 요미선자의 움직임은 여전히 한없이 느리게 느껴졌지만, 자신의 몸은 그보다 더 느리게 움직였다. 그리고 눈에 보이던 요미선자의 기운들이 삽시간에 자취를 감추며, 그의 마음은 더욱

조급해졌다.

한마디로 요미선자의 바람이 느껴지지 않는 것이다.

'그래! 만월이야! 바람은 만월에서부터 불어오는 거였어!'

요미선자의 강기검이 이마에 닿는 순간 사비는 고개를 뒤로 젖히며 허공에서 수십 바퀴 공중제비를 돌았다.

요미선자는 검과 함께 회전하며 뒤로 물러나는 사비의 전신을 향해 검을 흔들어댔다.

째째째째에에에……!

순간 그녀와 그녀가 들고 있는 검이 수백 개로 늘어나 사방팔방에서 사비의 삼백육십 요혈을 찔러 들어갔다. 마치 삼백육십 명의 요미선자가 동시에 사비를 향해 모든 공격을 집중하는 것처럼 보일 정도였고, 그들의 싸움을 지켜보던 사비의 동료들이 일순 현기증을 느끼며 두 눈을 질끈 감을 정도였다.

피융!

사비의 귀로 맑은 비파음이 들렸고, 그때부터 모든 사물의 움직임이 다시 빨라지기 시작했다.

쉬아아아악……!

만월을 닮은 하얀 섬광이 사비의 가슴을 노리고 뻗어갔다.

현현의 폐령연자궁이었다.

하지만 사비는 이를 피하지 않았다.

그 이유는…….

퍼어어어어억……!

요미선자의 등이 활시위처럼 꺾였다. 그리고는 곧바로 그녀는 한 송이 푸른 꽃이 되어 절벽 밑으로 떨어져 내렸다.

턱~!

사비는 그녀의 손목을 잡고 끌어 올렸다. 하지만 폐령연자궁의 위력이 아직 상쇄되지 않았음인지 그녀의 떨어지는 속도는 전혀 줄지 않았다.

"놔라! 난 그가 죽었을 때 이미… 죽은 사람이었다……!"

요미선자는 손목을 틀어 사비의 손을 뿌리치며 고요히 눈을 감았다. 떨어져 내리는 그녀의 입가에는 희미하게나마 미소가 걸려 있다. 사비는 그 미소가 요미선자가 세상에 태어나 처음으로 지어보는 미소일 거라고 생각했고, 그만큼 가치있는 아름다움이 담겨 있다고 생각했다.

첨벙~!

요미선자의 모습이 용암류 속으로 사라짐과 동시에 사비는 승천하는 용처럼 웅혼한 기세를 보이며 현현과 동료들 사이로 떨어져 내렸다.

"내가… 그녀를… 죽였어요. 나보다 아픈 사람인데… 나보다 외로웠던 사람인데……."

현현은 두 손으로 얼굴을 감싸 쥐고 흐느꼈다. 그녀의 손을 타고 붉은 선혈이 흘러내린다.

폐령연자궁을 날리며 감당할 수 있는 힘을 넘어선 것이리라. 그러지 않았다면 사비와 요미선자가 뿜어내는 힘을 뚫고 들어올 수 없었을 터였다.

"그렇지 않아. 네가 알다시피… 요미선자는 처음부터 당신에게 죽을 생각이었다. 그래서 난 그녀의 바람을 느끼지 못한 거야. 나를 죽일 생각이 없었으니까……!"

사비는 힘없이 옆으로 쓰러지는 현현을 번쩍 안아 들며 중얼거렸다.

"백색이는 나와 가고, 장도와 미량은 여기 남는다!"

"하지만……!"

사비는 장도에게 현현을 넘기고 단호한 얼굴로 몸을 돌리고, 이내 용암류 건너편으로 신형을 날렸고, 곧바로 화무영이 그 뒤를 따랐다.

수증기의 막으로 둘러싸인 방원 일 장 정도의 공간.

붉은 경장 차림의 여인이 꼿꼿한 자세로 그 공간의 중앙에 서 있다.

'나는 혈매화(血梅花)다. 나는 지금 과거로 돌아가고 있다. 한 송이 매화가 되어 허공을 휘휘 돌며, 시간의 문을 넘어 이전 생으로 가고 있다. 그 과거의 문을 밀고 드러난 나의 모습은……'

사령마혼술을 펼치며 중얼거리던 혈매화가 전신을 흠칫 떨었다. 그리고 곧바로 그녀의 입에서 경악에 찬 탄성이 터져 나왔다.

"시, 신비령주!"

자신의 잃어버렸던 과거를 기억해 내고 몸서리치던 혈매화의 머릿속으로 수많은 영상들이 스쳐 지나간다.

어린 시절 초승달 모양의 긴 해변에서 무공을 수련하던 기억, 스무 살이 되던 해에 한 여인을 따라 어떤 비밀스런 공간으로 이동했던 기억 등 셀 수 없이 많은 기억의 편린들이 그녀의 뇌리를 흔들었다.

"그곳에서… 소천사의 생을 얻었지. 영혼을… 판 대가로!"

혈매화는 지의 권능을 물려받은 소천사 현월(玄月)이었다.

그녀는 신비령주로서 신도세가를 멸하고 육패가 세상을 얻게 한 뒤 신도화수와 화정이 자리를 잡을 수 있도록 암중으로 지원했다.

그리고 신도화수 형제가 흑천의 기틀을 세우자 그녀는 자신의 모든 기억을 지워 버리고 혈매화라는 이름으로 거듭났다. 그리고 야문에서 시간을 보냈다. 대천사의 눈을 피해……

이윽고 혈매화는 천천히 고개를 들었다. 동굴 천장 끝에 작은 구멍이 뚫려 있다. 그 구멍 사이로 드러난 하늘을 바라보는 그녀의 눈빛은 참으로 맑았다.

그동안 자신이 겪었던 모든 일들을 정돈한 모양이었다.

신비령주가 되어 신도세가를 멸할 때만 해도 아무런 죄책감이 없었던 그녀는 중원의 문물과 그곳에서 살아가는 사람들을 보며 천월사도와는 전혀 다른 분위기에 놀랐다. 사람의 생명을 우습게 여기는 천월사도와는 근본적으로 다른 중원은 그녀에게 신선한 충격이었다.

사랑이 있고, 정이 있고, 인간애가 있는 곳. 결국 혈매화는 그런 사람다운 삶을 살고 싶다는 생각을 했고, 대천사의 그늘에서 벗어나겠다는 대단히 위험한 결심을 하기에 이르렀다.

하지만 대천사의 눈을 피하는 것은 불가능에 가까웠다. 대천사는 혈매화에게 영성의 끈을 이어놓고 그녀의 눈을 통해 중원 세상을 바라보고 있었기 때문이다.

그래서 혈매화는 기억을 버리기로 했다.

'천월사도의 소천사보다 차라리 야문 살수로서의 삶이 나았었다!'

야문에서의 삶은 고단했으나 대천사의 눈을 피하기에는 더할 나위 없이 적합한 곳이었다. 하지만 화무영과의 만남으로 인해 자신에게 가장 소중한 삶이 무엇인지를 깨달았고, 스스로의 의식에서조차 도망쳤던 그녀는 다시 세상으로 나왔다.

"그랬군. 앵화루에서 소천사 현영과 마주쳤을 때… 대천사에게 감지됐었던 거야! 이젠… 벗어날 수 없어!"

혈매화는 본인이 서 있는 이곳이 대천사의 결계가 쳐진 그녀의 공간임을 확인하고 절망했다. 자신이 이 자리에 있다는 건, 대천사가 곧 승천식을 거행한다는 의미였다. 누군가가 대천사의 승천을 도울 재물이 되기 위해, 소천사들의 관문을 통과하기 위해 이곳으로 오고 있는 것이다.

"누구지? 도대체 누가 월의 권능을 얻기 위해 필요한 네 가지 힘을 모은 거지? 어찌 됐든… 이제 모두 끝이야. 모든 게 대천사의 뜻대로 돌아가고 있어!"

혈매화는 처음부터 알고 있었다. 소천사들은 대천사의 승천을 준비하기 위한, 월의 힘을 얻기 위한 한낱 도구에 불과했음을… 그래서 대천사의 손을 벗어나기 위해 그토록 사력을 다했던 것인데… 이젠 모두 부질없는 일이 되어버린 것이다.

혈매화가 힘없이 고개를 숙인 사이 누군가가 그녀를 향해 걸어왔다.

"당신은……!"

눈앞의 기척에 고개를 든 혈매화의 눈동자가 잘게 흔들렸다.

"아무래도 이번 소천사의 시험은 내가 받아야 할 것 같소!"

화무영은 결연한 표정으로 말하며 그 자리에 털썩 주저앉았다.

그와 혈매화가 서로를 뚫어져라 응시하자, 이를 본 사비가 어깨를 으쓱하며 그들을 지나쳐 소로로 들어섰다.

하지만 혈매화도, 화무영도 사비를 막지 않았다.

"지의 권능을 이어받은 소천사 현월의 시험은… 끝없는 미로로 시작해요. 아무도 벗어날 수 없는 영혼의 미로. 지금부터 그 출구를 찾아보세요! 그리고 이 시험은… 승천식의 시작이지요!"

혈매화가 말을 마친 순간.

화무영과 혈매화가 있는 공간이 순식간에 암흑천지로 변했다. 아무것도 보이지 않았고, 아무 생각도 들지 않았다. 심지어는 아무것도 없다는 그 공허한 느낌마저 없었다.

"이곳은 월의 공간! 어떤 의지도, 어떤 기운도 들어올 수 없는 망자들의 세계! 당신에게 나와 당신… 둘 모두의 운명이 달렸어요."

화무영의 가슴속으로 전해오던 혈매화의 음성이 점점 잦아들었다.

그리고 그들은 어디에도 보이지 않았다.

쏴아아아아~!

칼바람이 몰아친다.

그 바람을 맞으며 양옆 용암류 사이로 위태롭게 연결된 좁은 소로 위에 신도원이 서 있다.

콰콰콰콰아아아……!

그리고 그 옆으로는 장대한 폭포가 쏟아져 내리고 있다. 처음 봤을 때 뿌옇게 흐려 보이던 그 수증기가 폭포였던 것이다. 하지만 세찬 바람 소리에 묻혀 폭포의 굉음조차 귀에 들리지 않는다.

"지겨운 놈!"

사비는 피식 미소를 머금었다.

"마찬가지다!"

신도원은 앞으로 한 걸음을 내디뎠다. 그와 동시에 그가 입은 백의와 긴 머리가 세차게 나부낀다.

콰르르르르릉……!

천지를 쪼갤 듯 쏟아져 내리는 폭포수.

그 앞으로는 한 사람도 지나기 힘든 소로가 가지의 무게를 이기지 못해 늘어진 천년 거목처럼 길게 휘어져 있다.

그 소로 위, 두 다리를 박고 선 신도원과 사비는 검을 사선으로 내려

땅 끝에 걸뜨린 채 대치 중이다.

사비의 흑의와 신도원의 백의가 폭포수의 하얀 포말을 머금은 바람에 휘날리며 묘한 분위기를 연출하고 있었다.

"이제 다시 검을 들 수 있게 된 건가?"

"덕분에!"

"그럼 빨리 끝내자. 기다리는 사람이 있어서 말이야."

"그러지!"

파앗!

신도원은 고개를 끄덕임과 동시에 하늘로 솟구쳐 올랐다. 사비는 그의 신형을 따라 눈을 들었다.

신도원의 주변에 펼쳐진 기이한 광경이 사비의 눈을 어지럽혔다. 쏟아져 내리던 폭포의 물줄기들이 신도원을 향해 몰려들더니 그의 몸을 맴돌기 시작했기 때문이다.

마치 용권풍에 휩싸인 듯 거대한 물의 회오리에 싸인 신도원이 허공에서 내려다보며 검첨으로 사비의 두 눈을 가리켰다.

"잘 봐둬라! 이게 바로 신도세가의 무공, 정령신공(精靈神功)의 진정한 힘이다!"

푸아아악!

신도원은 외침과 동시에 쏜살같이 신형을 날렸다. 그의 몸을 휘감고 돌던 물줄기들과 그와 하나가 되어 사비를 향해 맹렬한 속도로 날아왔다. 이에 사비도 진기를 끌어올리며 흑화검을 빼 들고 신도원을 향해 몸을 날렸다.

번쩍……!

사비와 신도원의 검이 부딪친 순간. 그 둘은 모두 너무나도 눈부신

빛에 두 눈을 질끈 감아버렸다.

그리고 곧바로 내력 대결이 시작됐다.

'으음! 이건!'

사비는 신도원의 검을 통해 쏘아져 오는 진기가 이상함을 눈치 채고 두 눈을 번쩍 떴다.

[무슨 일이 일어났는지 난 모른다! 정신을 차려보니 이곳이었고, 누군가가 내 정령신공의 힘을 빼앗으려 한다는 것만 짐작할 뿐이다. 하지만 내가 그의 적수가 안 된다는 것도, 그가 우리 사이에 있었던 모든 우연과 필연의 시작이라는 것도 느낀다. 그래서… 네게 내 힘을 전하기로 했다! 사죄의 의미로 받아들여도 좋고……!]

머릿속을 울리는 신도원의 전음에 사비의 눈이 일그러졌다. 이런 식으로 공력을 전수하는 것이 얼마나 위험천만한지 아는 까닭이다.

그러나 지금은 다른 방법이 없었다. 이미 신도원의 극성을 이룬 정령신공이 노도와 같은 기세로 사비의 전신으로 흘러들어 오고 있었기 때문이다.

하지만 그 둘은 모르고 있었다.

다시 흘러내리기 시작한 폭포수가 거대한 얼굴의 형상을 이루며 그들을 주시하고 있다는 것을…….

"미련한 자식! 조금은 남겨둬야지. 그걸 다 주면……."

사비는 어쩌면 살아나기 힘들 정도로 탈진한 신도원을 뒤로하고 모질게 몸을 돌렸다. 그리고 그는 곧바로 폭포를 향해 몸을 날렸다.

휘익~!

"헛!"

사비의 눈이 당황으로 흔들렸다. 눈앞이 갑자기 이전과는 전혀 다른
세상으로 변해 있었기 때문이다.

하늘에는 음유로운 달과 하얀 별들이 총총히 떠 있고, 밟고 있는 땅
은 평평하게 깎은 돌바닥이 끝도 없이 펼쳐져 있다. 눈을 씻고 봐도 좀
전까지 사비가 서 있던 동굴의 모습은 보이지 않았다.

"참으로 오랜 시간을… 기다렸도다!"

쉬이이익……!

마치 천지의 공기가 한곳으로 응집되는 듯 대기가 와류를 형성하기
시작했다. 그리고 잠시 후 대기가 응집된 곳이 서서히 사람의 형상으
로 변해갔다.

미(美).

세상 만물의 아름다움은 모두 모아놓은 듯 미의 극치를 이룬 여인이
사비의 앞에 모습을 드러냈다.

"당신이… 대천사……?"

사비는 그녀의 등 뒤로 보이는 은백색의 날개를 보며 물었다. 하지
만 눈앞의 현실이 믿기지 않는지 사비의 두 눈에는 자꾸 힘이 들어갔
다.

"내가 아름다워서… 의외인가?"

"……?"

"넌 내 본모습을 본 첫 인간이다. 그리고 마지막 인간이 되겠지."

"후후후! 그렇게 쉽지는 않을 거야."

"역시 흑화의 아들이라 그런지 다르구나. 네가 남자만 아니었다면
소천사로 삼고 싶을 정도로 탐이 나는구나."

사비가 어느새 정신을 추스르고 대꾸하자 대천사는 살포시 미소를

머금고 말했다. 하지만 괴이하게도 그녀의 입술은 열리지 않았다. 그렇다고 전음도 혜광심어도 아니었다. 사방에서 그녀의 목소리가 들려왔다. 심지어는 사비가 자신이 말한 것이 아닌가 하는 착각을 할 정도였다.

"그렇게 탐나면 어디 꼬리 한번 흔들어보시지!"

"호호홋! 뭐라? 재미있는 인간이로구나!"

우르르르릉……!

대천사의 맑은 소성이 울려 퍼지자 하늘이 흔들리고, 땅이 일어나는 기사(奇事)가 일어났다.

하지만 사비는 이에 아랑곳하지 않고 두 눈을 좁히며 말을 이었다.

"뭐? 재미있는 인간? 그럼 너는 뭔데?"

"나?"

휘이익~!

웃음을 뚝 그친 대천사가 사비의 코앞까지 다가왔다. 이에 사비는 등골이 오싹했다. 만일 대천사의 움직임이 자신을 노렸던 것이라면 과연 막을 수 있었을까 하는 의문 때문이었다.

"난… 아무것도 아니다! 하지만… 세상 그 자체이기도 하지."

"후훗! 지금 스스로를 신으로 여기는 건가?"

"아니! 난 괴물이다. 달에 미친 요물이지! 하지만 오백 년 전에는 나도 분명 사람이었다."

"오백 년 전?"

사비는 어이없는 표정으로 물었고, 대천사는 그의 주변을 빙글빙글 돌며 고개를 끄덕였다.

"하지만 다른 사람과는 달랐지. 내 몸에는 음과 양이 함께 있었으니까⋯⋯!"

"으음!"

사비는 저도 모르게 침음성을 삼켰다. 전혀 예상치 못한 말이 대천사에게서 흘러나왔기 때문이다. 하지만 곧바로 들린 대천사의 다음 말들은 더욱 믿기 힘든 것이었다.

"그때 난 세상 사람들의 웃음거리이며 노리개였다. 낮에는 사내로, 밤에는 여인으로 살아야 하는 천형을 앓던 몸이었지만⋯ 나도 분명 인간이었다! 하지만⋯ 그중에는 어이없게도 내 그런 몸을 탐하는 추악한 자들도 있더구나!"

후아아앙⋯⋯!

대천사의 몸이 대기를 따라 크게 일렁이며 백색 섬광이 터져 나왔다.

"물론 그들은 모두 사내였다. 그래서 난 결심했지. 여인이 되기로! 그래서 이 땅의 모든 사내들을 짐승으로 만들어 버리기로 말이야!"

"그래서? 그래서 이렇게 사내들을 섬에다 가둬놓고 미친 짓거리를 하고 있는 건가?"

"흥! 인과응보는 이런 때 사용하는 말이란다. 호호호호!"

대천사의 소성이 사방에서 들려왔다. 사비는 그녀의 이야기를 들으면서도 대천사의 기운이 한곳이 아닌 천지 사방에서 느껴지는 것에 대해 또 한 번 전율했다. 오백 년 동안 흡수한 월의 기운으로 이미 대천사는 월의 기운이 미치는 곳이면 어디든 있을 수 있는 초월적 존재였다.

"후후후! 하지만 그때 난 여인이 될 수 있는 방법을 찾지 못했었다. 그래서 자포자기하는 심정으로 고운포를 찾았다가 한 사람을 만났지."

대천사는 오백 년 전 일을 회상하며 소리없이 미소 지었다. 그녀의 감정이 부드러워지자 그녀의 등 뒤에 어린 후광과 주변 대기들 역시 부드럽게 일렁였다.

"유일하게 날 하나의 인간으로 대해 줬던 분이셨지. 그분은… 신라인이셨다. 신도무적이라는 사내에게 뭔가 깨달음을 주고 떠나시는 모습을 보고 난 그분을 쫓아가 죽기로 매달렸지. 결국 그분의 은혜로 여인이 되는 방법을 알게 됐다. 그게 천월사도의 여인들이 익히는 월의 무공들이다! 또한 세상 그 무엇보다 강해지는 길이기도 했지!"

우우우웅……!

대천사는 사비에게서 멀찍이 떨어져 나가며 양손을 들어올렸고, 그 직후 그녀의 손 사이로 둥그런 구체가 뭉치기 시작했다.

"하지만 난 그것으로 만족할 수 없었다. 여인이 된 나는… 날 진정으로 사랑해 줄 이가 그리웠다. 하지만 그분은 한낱 인간이 다가설 수 없는 높은 곳에 계신 분이니… 그래서 난 결심했다. 진정한 달[月]이 되기로… 그래서 그분을 찾아가기로!"

"그게 중원을 어지럽힌 것과 무슨 상관이지?"

"월의 기운을 취하기 위해서는 수, 토, 화, 풍의 기운을 지니고 있어야 한다! 그래야 월기를 다스리기에 부족함이 없는 몸으로 탈태할 수 있지! 그러기 위해서는 정령신공, 마령심공, 화류패공, 그리고 풍류비공을 얻어야 했다! 그게 천월사도의 오백 년 역사다! 하지만 풍류비공이 화류패공의 마지막 장에 적힌 후기였음을 알았다면 이렇게 오랜 시간이 걸리지도 않았을 테지… 또 사내들과의 사랑을 금지했던 내 명을 소천사들이 지키기만 했어도, 더 빨라졌을 테고… 이게 모두 네놈과 흑화 때문이다!"

"흥! 네가 말하는 그분이 과연 네가 이럴 줄 알았을까 몰라."

"후후후! 그건 네놈 몸속에 있는 네 가지 기운을 취해 달이 된 후 그분을 찾아가 뵈어 여쭤보마!"

파아아앗……!

대천사의 날개가 한 번 떨림과 동시에 그녀의 신형이 사비의 지척에 이르렀다. 이에 사비는 풍류비공을 끌어올리며 허공으로 솟구쳐 올랐고, 그 뒤를 따라 허공으로 올라가는 대천사의 신형이 서서히 백광으로 물들어갔다.

퍼퍼펑~!

불꽃이 하늘을 수놓았다.

사비는 흑화검을 들어 대천사의 몸을 그어갔다. 휘영청 뜬 만월이 그 둘의 머리 위로 은은한 달빛을 토하고 있었다.

그 달빛을 받으며 사비나 대천사 모두 전력을 다했다.

사비는 자신이 아는 모든 무공과 지닌 모든 힘을 동원해 풍류비공으로 합일시켜 갔고, 대천사는 전신을 월영강신체로 만들어 사비를 압박해 들어갔다.

하지만 대천사의 힘은 역시 인간의 능력으로 감당할 수 있는 것이 아니었다.

대천사의 눈짓 한번, 손짓 한번에 사비의 온몸은 수많은 혈흔과 상처로 뒤덮여 갔다. 하지만 다행히 그가 입고 있는 음양혼신포가 월의 기운을 완화시켜 줬고, 일전에 상대했던 요미선자와의 대전 경험은 대천사의 기묘한 움직임을 조금이나마 예상할 수 있게 해주었다.

그렇게 시간을 초월하여 이어졌던 공방이 이제는 막바지에 접어들고 있었다.

'역시 달빛의 강도에 따라 힘에 차이가 나! 해답은… 달에 있다!'

거친 숨을 몰아쉬던 사비가 공작새처럼 날개를 활짝 편 대천사를 똑바로 노려보다가 지면을 박찼다.

"타앗!"

"후후후! 너의 진기는 이미 고갈됐다! 이제 끝을 내자꾸나!"

대천사의 몸이 흐릿해지더니 찰나지간 허공에 뜬 사비 앞에 나타났다. 하지만 사비는 당황하지 않았다. 오히려 기다렸다는 듯이 회심의 미소를 지으며 전신 진기를 밖으로 폭발시켰다.

"이건 세상을 어지럽힌 대가! 정령신공(精靈神功)……!"

콰류류류류……!

사비의 검이 회전함과 동시에 대천사의 발밑 지면을 뚫고 엄청난 물줄기들이 대천사를 향했다.

"이건… 화무영이 연인을 잃어야 했던 대가! 마령심공(魔靈心功)……!"

사비의 두 주먹에서 푸른 강기들이 쏟아져 나왔다. 달빛을 머금어 더욱 귀기스러운 느낌을 전하는 마령심기였다.

"그리고 이건… 아버지를 위해서야……! 하아앗……! 화류패공(火流敗功)……!"

사비가 긴 기합성과 함께 흑화검법을 펼치며 대천사를 향해 날아갔다.

"후후후! 넌 그래 봐야 인간에 지나지 않는다!"

후우우웅……!

대천사의 몸에서 은빛 광망이 일었다. 하지만 대천사는 사비가 날린 물과 푸른 섬광, 그리고 검은 꽃송이들에 휩싸여 그 뒤를 이어 짓쳐드는 그의 투명한 몸짓은 보지 못했다.

스슷!

대천사의 귓가로 바람 스치는 소리가 들렸다.

"으음!"

대천사는 경악에 찬 눈으로 고개를 들었다. 사비의 입가에 걸린 잔잔한 미소에 심장이 오그라드는 느낌이었다.

"워, 월의 기운을 피해내다니……."

대천사가 사비를 향해 달빛을 쏘아 보낸 순간, 사비는 이미 그 자리에 있지 않았다. 하지만 사비는 어느 순간 다시 그 자리에 나타났다. 아니, 처음부터 그 자리에 있었다. 대천사가 인식하지 못했을 뿐.

손을 뻗으면 닿을 듯 지척의 거리인데도 자신이 평생 달려도 닿을 수 없는 거리처럼 느껴졌다.

자신의 월기(月氣)가 닿을 수 없는 거리.

'설마… 무공간(無空間)이란 말인가……?

대천사는 그 어떤 것도 침범치 못할 공간이 자신과 사비 사이를 가로막고 있음을 직감했다.

"으음! 인정할 수 없다!!"

대천사는 침음성을 삼키며 세차게 고개를 저으며 사비를 향해 신형을 날렸다.

스파아앗……!

동시에 사비의 몸과 그의 주변 대기가 투명하게 일렁이며 대천사를 향해 마주쳐 갔다.

번쩍……!

사비와 대천사의 신형이 겹쳐졌다.

그리고 잠시 후 둘의 몸이 떨어져 내리기 시작했다.

콰직~!

대천사의 두 발이 대지 깊이 뿌리박히며 둔탁한 소음이 울렸다.

콰당~!

하지만 사비는 지면에 부딪쳤다가 다시 그 충격으로 날아올랐다. 그의 떠오르는 몸을 따라 한줄기 혈선이 그어진다.

"……."

쿠웅~!

사비가 다시 땅바닥에 박히며 자욱한 먼지를 사방으로 뿌리자 대천사는 이를 말없이 바라보다가 희미한 미소를 머금었다.

"방금 펼친 무공이……?"

"쿨럭!"

대천사의 물음을 들은 사비가 힘겹게 자리에서 몸을 일으키다가 피를 토했다.

"……."

이를 보는 대천사의 눈이 흔들린다. 힘줄이 불끈 튀어나온 두 주먹을 땅에 쑤셔 박으며 일어나기 위해 안간힘을 쓰는 사비의 모습에서 여인이 되기 위해 발버둥 치던 예전 자신의 모습을 보았기 때문이다.

"바람의 비기! 풍류비공(風流飛功)이다. 난 그저 바람이 시키는 대로 했을 뿐이야."

"바람이라……."

대천사는 서서히 눈을 감았다.

오백 년 전 최치원이 신도무적에게 했던 말이 떠올랐다.

"그저 바람이라오. 잡을 수도 없지만 어디에도 얽매이지 않고 떠도는 바람을 보여줬을 뿐이오"

그때 신도무적이 놔두고 간 화류패공이 어떻게 천월사도까지 흘러들어 왔는지는 대천사도 모른다.

하지만 그것만은 분명했다. 이 모든 인연의 고리… 어쩌면 최치원은 사비를 통해 자신의 최후가 장식될 것까지 예상했는지도 모른다. 하지만 그를 원망할 생각은 추호도 없었다.

'만약을 대비하신 것일 테지. 내가 바람을 따라 흘러가지 않고 그 바람을 거스르거나, 붙잡으려고 몸부림칠지도 모른다고 걱정하신 거겠지!'

대천사는 힘없이 고개를 떨어뜨렸다. 그는 분명 자신에게 여인이 될 기회를 주었을 뿐이고, 오백 년을 한과 영생불사의 꿈으로 살아온 건 어디까지나 본인의 의지로 선택한 삶이었다.

"바람이라……."

휘이이잉……!

순간 망연한 표정으로 뇌까리던 대천사의 얼굴이 어딘가에서 불어온 바람에 쓸려 나갔다.

그녀의 어깨에 붙어 있던 날개도, 그녀의 시리도록 맑은 눈동자도, 그리고 그녀가 지금껏 버리지 못했던 한과 염원마저도 모두.

남김없이…….

끼이익!

계림 관로를 따라 달리던 마차가 멈춰 섰다.

그리고 그 마차에서 아이를 안은 사내가 내렸다. 하지만 사내가 안아 든 건 아이가 아니라 작은 체구의 노인이었다.

"후회하지 않느냐?"

사내 품에 안긴 노인이 눈 위로 보이는 사내를 향해 넌지시 물었다.

"후회는… 아마 예전… 검을 든 그 순간에 했었던 것 같습니다."

노인의 눈망울로 사내의 담담한 입술이 들어왔다. 그리고 잠시 후 다시 그 입술이 달싹인다.

"전… 이렇게 아버지와 함께 살 수 있게 된 것만으로 만족합니다."

"허허허! 한낱 짐에 불과한 늙은이와 사는 게 뭐 그리 좋은 일이라고… 나 같은 늙은이를 데리고 있으니 아마 장가가기도 힘들 게다!"

"그건 걱정 마십시오. 대신 제가 한인물 하지 않습니까?"

사내는 가볍게 고개를 저으며 노인을 나무 그늘 밑에 내려놨다.

"허허허허!"

노인은 사내의 농에 어이없는 소성을 터뜨렸다. 그의 주름진 노안에 깔끔한 백의에 잘생긴 청년이 비친다.

"그래… 원아! 앞으로… 어찌할 생각이냐?"

신도화수는 잠시 주저하다가 물었다. 공력을 모두 잃은 아들이 할 수 있는 일이 과연 무엇일까 하는 걱정에 잠 못 이루던 그였지만, 아무래도 당사자는 신도원이었기에 그에게 괜한 상처를 주는 것은 아닌가 하는 염려가 들었다. 하지만 그의 걱정과 달리 신도원의 얼굴에는 여전히 밝은 미소가 떠나지 않고 있었다.

"화평으로 갈 생각입니다! 그곳에서… 기루를 해볼 생각입니다. 그 녀석이 투자를 하겠다고 약속했거든요!"

"헛! 뭐라? 기루? 허허허!"

신도화수는 헛바람을 집어삼켰다. 하지만 그것도 잠시 그의 얼굴에도 잔잔한 미소가 어렸다.

"자! 그럼 출발하시죠! 화평까지는 먼 길입니다!"

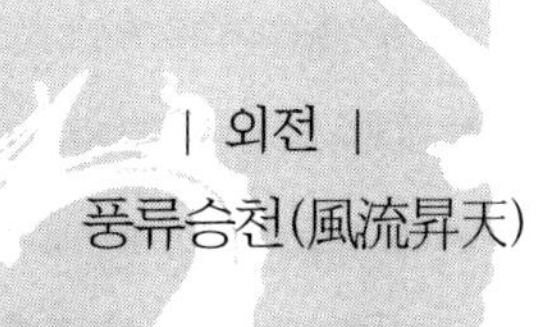

| 외전 |
풍류승천(風流昇天)

쏴아ㅡ!

주변을 감싼 노송들이 산들바람에 상쾌한 울음을 토하고 있지만, 관제묘 안에 마주 앉은 사내와 아이의 표정은 자못 심각했다.

사내는 턱밑 가득한 수염을 쓰다듬으며 짐짓 엄한 표정을 짓고 있고, 그 앞에 앉은 꼬마 아이는 두 무릎을 꿇고 가지런히 머리를 조아리며 사내의 입이 떨어지기만 기다렸다.

"자고로 사내란 인내와 끈기! 그리고 깡이 있어야 한다. 깡!"

사내는 가슴 앞으로 주먹을 불끈 쥐어 보이며 눈을 빛냈다. 이에 아이는 감히 마른침도 삼키지 못한 채 똘망똘망한 눈알만 굴렸다.

"할 수 있겠느냐?"

잠시 아이의 표정을 살피던 사내가 은근한 어조로 물었다.

"예에."

"잉? 사내 목소리가 그게 뭐냐? 아버지가 사내는 어때야 한다고 했지?"

"작더라도 한 방에 기선 제압할 수 있는 목소리요. 남자들은 꼬랑지를 내리고, 여자들이 들으면 한눈에 반하게 만드는 그런……."

"옳거니! 그럼, 그럼!"

사내는 기분 좋게 고개를 끄덕이며 다시 말을 이었다.

"그럼 시작하자꾸나! 너는 그래도 운이 좋은 거야. 이 아버지는 너보다 배는 많은 나이 때 했거든. 자, 봐라! 누구 손이 더 커?"

사내가 아이의 손을 잡아당겨 자신의 손과 대며 물었다.

"아버지요."

"그렇지! 그럼 누가 더 아프겠어? 면적이 이렇게 차이가 나는데."

"아버지요."

아이는 이건 아닌데 하는 얼굴이었지만 다른 대답을 했다가는 어떻게 될지 잘 알기에 기어들어 가는 목소리로 사내가 듣고 싶어하는 대답을 해줬다.

"그러니까 꾹 참고 버텨! 이 아버지도 한 거니까. 알았지?"

"예!"

아이가 고개를 주억거리자 사내는 손가락을 들어 삼 장 옆에서 활활 타오르고 있는 장작불을 가리켰다.

"그럼… 이제 꺼라!"

"……."

아이는 입술을 질끈 깨물며 불 옆으로 이동했다. 발끝이 바르르 떨리는 것으로 보아 무척 하기 싫은 모양이었지만 그보다는 아비의 불호령이 더 무서웠다.

“들이밀어……!”

사내의 외침에 망설이던 아이는 있는 힘껏 불로 양손을 집어넣었다.

파앗!

아이가 손을 집어넣음과 동시에 한줄기 바람이 아이를 쓸었다.

“당신! 정말 미쳤어요?”

너무 화가 나 입술을 파르르 떨고 있는 여인은 현현이었다. 그녀는 도끼눈을 뜨고 다시 한 번 뾰족한 외침을 터뜨렸다.

“애를 잡으려고 작정을 했냐고요!”

“내가 뭘?”

사비가 의아한 눈초리로 묻자 현현이 가슴에 품은 아이를 놓칠세라 꼭 품은 채로 다시 입을 열었다.

“화류패공 같은 건 절대 가르치지 말라고 했잖아요. 그것 말고 풍류비공을 가르치라니까 왜 자꾸 애를 잡으려고 들어요? 왜?”

“화류패공이 뭐가 어때서? 사씨 집안 남자라면 당연히 화류패공을 배워야지! 그리고 풍류비공은… 무공이 아니래도 그러네. 쩝!”

“아무튼 화류패공은 절대 안 돼요! 어디 할 짓이 없어서 애 손을 불에 지져요. 아버님도 그런 건 바라지 않으실 거예요.”

현현은 사비에게 빠르게 말을 뱉은 후 아이를 보듬어 안고 냉큼 몸을 돌렸다.

“씨이! 화류패공은 사씨라면 당연히 배워야 하는 거야. 두고 봐! 내 반드시 가르치고 말 테니!”

순식간에 시야에서 멀어져 가는 현현과 아이를 지켜보며 아쉬운 눈초리를 던지던 사비가 이내 몸을 돌리고 사군우와 현화의 무덤 쪽으로 걸음을 옮겼다.

문득 떠오른 생각에 걸음을 뚝 멈춘 사비의 눈이 불을 뿜었다.

"가만! 그럼 백색이 아들이라도 제자로 삼을까?"

잠시 고민하던 사비는 손가락으로 수염을 꼬며 다시 발을 놀렸다.

"흐흐흐! 내가 왜 여태껏 그 생각을 못하고 있었지?"

사비는 떠오른 생각이 마음에 드는지 기분 좋은 웃음을 흘리며 멀어
져 갔다. 고개를 연신 두리번거리는 것이 화무영을 찾는 것 같았다.

하지만 사비의 엄청난 계획은 이미 숲 속에서 이를 엿듣고 있던 화
무영과 매화에게 들통이 난 상태였다.

화무영은 화를 참을 수 없는지 전신을 부들부들 떨고 있었고, 그 옆
에 웅크리고 앉은 매화는 강보에 싼 아이를 안아 어르며 심각한 표정
을 짓고 있었다.

"아무래도… 명아를 데리고 잠시 피해 있는 게 좋겠지요?"

"으음……! 그래야 될 것 같군!"

매화의 물음에 잠시 입을 다물고 고민하던 화무영이 이내 침통한 표
정으로 고개를 끄덕였다. 과연 자신들이 사비의 눈을 피해 은신할 수
있을지 의문이었지만 아들의 목숨을 살리기 위해서는 어떻게든 노력은
해봐야 했다.

"그럼 우리 벽력문으로 가 있어요! 그래도 구양 문주님이라
면……."

"아니! 그것보다는 차라리 당문으로 가지! 만일 주공께서 찾아오시
더라도 작은 사모가 계시니 어쩌지 못할 테니까!"

"하지만… 아기가 태어나기 전까지는 찾아오지 말라고 했잖아
요?"

"지금 그런 걸 따질 때야?"

화무영은 매화에게 핀잔을 준 뒤 곧바로 몸을 일으켰다. 과연 사비의 마수를 피할 수 있을까 하는 걱정 때문인지 그의 안색은 평소보다 더욱 창백해 보였다.

하지만 서둘러 자리를 피하려던 화무영과 매화는 이내 그 자리에 멈춰 서야 했다. 그들의 귓가로 사비의 나직하지만 선명한 음성이 바람을 타고 흘러들어 왔기 때문이다.

"아버지! 내가 그랬죠? 다시 돌아오면 그때는 세상에서 제일 큰 놈으로 비석 하나 세워 드린다고! 그 약속 이번에도 못 지킬 것 같아요. 백색이하고 매화하고 저렇게 도망가면… 저것들 잡아 족치기도 바쁘거든요. 히히히!"

사군우와 현화의 무덤을 물끄러미 바라보던 사비가 음흉한 웃음을 흘리며 천천히 고개를 돌렸다.

"그럼… 다녀올 테니까 어머니하고 사이좋게 지내고 있어요!"

"……."

화무영과 매화는 사비의 목소리를 듣자마자 곧바로 일신의 경공을 최대로 발휘해 사라져 버렸다. 하지만 사비의 얼굴에는 햇살처럼 눈부시고 환한 미소가 가득했다.

"너희들도 이제는 좀 자유롭게 살아야지!"

사비는 화무영 가족이 떠난 방향을 바라보며 씩 웃다가 이내 길게 숨을 들이마셨다.

처음부터 그들을 쫓을 생각은 없었다. 단지 화무영의 가족들에게도 그들만의 추억을 만들 시간을 주고 싶었을 뿐이다. 자신이 이곳에서 아버지와 어머니의 무덤을 곁에 두고 살아가며, 가족들과의 행복을 만

끽하고 있는 것처럼.

　사군우와 사비의 소중한 추억이 어린 이 관제묘도 이제부터는 사비
와 그의 아들이 만들어갈 추억들이 더해질 것이다.

『大尾』